台灣文學中的社會

五十年來台灣文學研討會論文集(一)

出版／行政院文化建設委員會

編印／文訊雜誌社

序

　　台灣光復至今，已屆滿五十週年。這期間社會、經濟、文化的變遷，有如滾滾洪流，不斷在向前邁進，每一天都有人在創造歷史，也同時在向歷史挑戰。值此時刻，一向思慮敏捷的文學家，總會把各種社會現象及人生百態，用他們的生花妙筆，寫下雋永的篇章，不僅豐富台灣的文壇，也凸顯這塊土地的特色。

　　因此，我們特別策劃「五十年來台灣文學研討會」，以為這五十年來的台灣文壇，做一番檢視及反省，這個計畫承中央大學李瑞騰教授同意擔任總策劃人，經多次開會研商，最後決定研討會內容分為「台灣文學中的社會」、「台灣文學發展現象」、「台灣文學出版」等三個單元，並在研討會之前，先舉行一場「面對台灣文學座談會」，作為暖身。基於區域平衡的考量，分別委託中央大學、靜宜大學及文訊雜誌社主辦，未料第一場「面對台灣文學座談會」在台灣師範大學舉行時，教育大樓國際會議廳擠滿人潮，有坐在會場階梯上的、有站在窗外引頸聆聽的，一個會議室擠了二、三百人，真是盛況空前，使得一向屬於小眾的研討會，忽然成了熱門話題，這更給我們信心。台灣文學研究，經過學者們的默默耕耘，成果已逐漸呈現，而由政府、學術單位、民間團體的共同合作也提供了未來推動台灣文學研究發展可行的模式。

　　「五十年來台灣文學研討會」在今年元月即全部圓滿結束，但

因多數論文經過作者重新修正，研討會記錄的整理亦耗日費時。因此，本研討會論文集遲至今日才得以問世，再次感謝策劃人李瑞騰教授的策畫，中央大學、靜宜大學、文訊雜誌社的主辦以及所有學者、專家的熱心參與，沒有你們的付出及奉獻，我們不會有這本書的出版。未來在台灣文學這條漫長的道路上，我們仍將共策前進，共同灌溉、豐富的塊園地。

行政院文化建設委員會主任委員

林澄枝

八十五年六月

前言

⊙李瑞騰

1 緣起

　　去年春天，「台灣現代詩史研討會」一場又一場的召開，學界和文壇的朋友熱情參與，場內場外的討論都非常熱烈，有時不免觸及一些文藝事務，總能激發出一些新的想法。時值台灣光復五十周年，於是就談到辦個大型研討會來慶祝並紀念。當這個構想落實成案，文建會欣然接受，執其事者且積極主動的促成了這樣一件大事。

　　我原來的構想是三場學術會議，每場兩天，各發表十二篇論文，分別由一個教研或文化單位來負責，幾經考量與磋商，遂決定由中央大學中央系主辦「台灣文學中的社會研討會」、靜宜大學主辦「台灣文學發展現象研討會」、文訊雜誌社主辦「台灣文學出版研討會」，總其名曰「五十年來台灣文學研討會」，由我本人擔任總策畫，分別請中大的顏崑陽教授、靜宜的鄭邦鎮教授、文訊的封德屏總編輯擔任分項計畫的主持人。

　　由於希望能扣緊台灣光復的節慶，乃先行在光復節當天下午舉辦一場座談會，以「面對台灣文學」為題，把有關的重大議題與現象攤開來，也算做為三場學術會議的暖身運動，反應非常熱烈。基於預算，在中大的這一場縮減為一天半，規畫了九篇論文。

　　對文建會來說，這是一種比較特別的委託案，在一個總計畫底

下，再由不同的單位分項去執行，行政的複雜與繁瑣可想而知了，溝通協調更屬不易，好在大家都有辦好這系列活動的心願，一切會務也就會依序往前推動了。

2 用心

五十年來的台灣，變化很大，文學也在衝突激盪中曲折發展，其間的互動對應，足使這一段文學歷史豐饒多姿。然而，過去很長的一段期間，我們並沒有給予應有的重視，最近幾年的情況雖已大為改觀，但由於諸多主客觀條件的限制，還不盡令人滿意，尤其原應該是本地文學研究重鎮的大學校園，到現在還不能主動、積極致力於此，令人感到遺憾。

多少年來，有關台灣文學的研討活動，主要是媒體和社團在主辦，校園文學人力被動的參與。這種情形如今已在改變當中，民間研究者紛被請進大學校園參與研討，那種有別於課堂教學，一種活潑的論辯情境，正在文學系所之間產生一些微妙的效應。

這一次的規畫，有兩場由大學中文系主辦，而文訊的兩場也選擇在校園或與大學合辦，其用心亦無非如此。而主題的設定，人選的聘請以及議程的安排等，也都按學界規格，我們料想應能在校園起了一定程度的促進作用。

3 視野

五十年來的台灣文學究竟包含多少值得探索的議題，首先當然是台灣文學的界定問題。觀點不同，界定的寬窄就有所不同，評價當然更可能出現差異了。而就時間上來說，這五十年間所形成的風貌，和先前的有什麼關係？它如何形成的？相對於政經歷史的發展，我們如何為它進行分期以及作家作品的定位？文學思潮如何演變？文學意見如何辯論？文學社羣、文學媒體、文學流派、文學出

版等等現象，如何在一定的時間階段裏互動激盪？全都需要以翔實的文學史料來研究分析。

更進一步說，在地理上，台灣位處中國大陸東南外海，曾是海盜出沒之處，也曾是列強覬覦的地方。鄭成功於此為基地盼能復國，大清帝國擁有它卻不知珍惜，日本人佔領它把它當作本土外延地拼命剝削，回歸中國以後也沒被善待，一九四九年以後成了反攻大陸的復興基地，美國圍堵中共往太平洋滲透的前哨要地。其後我們辛苦的在這裏發展民主政體、自由經濟，開創了前所未有的輝煌歷史。在這樣的背景中，台灣的文學無可避免的要和中國文學產生極其複雜的關係，和美日等東西方文學也牽扯不清。因此，不管是分析台灣文學發展現象，或是探索台灣文學中的社會，都必須有一個開闊的視野，宏觀和微視兼而有之，歷史與現實都能照顧，一切以尊重歷史事實、還原文學面貌、掌握作家精神為原則。

在整個研討會之中特別策畫了「文學出版」。如所周知，出版是文化發展最重要的檢驗指標之一。文學出版的興衰，其實也正是文學的興衰。文學出版的探討，既是出版學，也是文學社會學及文學史的研究。我們結合出版界與文學界的力量，從生產到銷售，從封面到內頁，從圖書到雜誌，從出版的個別現象到總體發展，初步觸及台灣文學出版的一些重大議題。值得我們進一步探索下去。

4 期待

研討會已於今年年初圓滿落幕，論文集也即將編成，做為整個活動的總策畫，除了感謝文建會的委辦並且充分授權，特別要感謝分項計畫主持人及三個執行單位，沒有他們的協同合作，這樣一個學術大計畫根本不可能完成。當然，所有參與其事的諸位學界及文壇先進，更是貢獻良多，於此一並致謝。

學術議場是一個開放的論述空間，其可貴之處乃在於相關學術

人力的匯集，我們曾有幸相互問學，齊心致力於文學現象的研析，誠盼有機會再聚一堂，擴大領域，深化議題，共同書寫台灣文學璀璨的歷史光華。

＜面對台灣文學＞
座談會

５０年來的台灣文學

橫看成嶺側成峰

怎麼解釋？如何研究？

歷史的滄桑又該如何描述呢？

把問題攤開

讓璨然的陽光照耀進來

台灣文學是什麼？

●陳萬益

　　文學來自土地與人民，記錄土地的滄桑、人民的經歷、自然的和諧與社會的爭鬥等；台灣文學就是記錄台灣這塊土地上台灣人民的生活經驗、思想情感、歡笑苦楚的作品。葉石濤說：「沒有土地，哪有文學？」陳映真說：「文學來自社會，反映社會。」三○年代的黃石輝的名言更明確指出台灣文學和土地、人民的密切關係，他說：

> 你是台灣人，你頭戴台灣天，腳踏台灣地，眼睛所看的是台
> 灣的狀況，耳孔所聽見的是台灣的消息，時間所歷的亦是台
> 灣的經驗，嘴裡所說的亦是台灣的語言，所以你的那枝如椽
> 健筆，生蕊的彩筆，亦應該去寫台灣的文學了。

可是，這樣天經地義、淺白易曉的道理，却在三○年代形成以後，一再遭到質疑、扭曲。

　　日本殖民政府雖然不排斥台灣人使用「台灣文學」的名號，使得《台灣文學》、《台灣文藝》、《台灣新文學》等等充滿台灣人意識的雜誌為新文學運動奠基，但是，在統治者的眼底，「台灣文學」是日本文學的「外地文學」、「殖民地文學」，他們重視的是在台日本人的創作，而台灣人的創作則有意被忽略。四○年代甚至剝奪台灣人使用台灣語文創作台灣文學的權力。

　　戰後台灣文學依然遭遇到苛酷的命運，國民黨政府沿襲日本殖

民政權的「國語」政策，質疑台灣文學的「奴化」思想，把台灣文學定位為「邊疆文學」，甚至對從事台灣文學建設的省籍人士叩以「分離主義」的帽子（錢歌川語）。再加上二二八事件與隨後五○年代的白色恐怖，幾乎使台灣作家成為「啞口詩人」（蘇維熊詩），喪失了自我的名份。

日據時代的台灣文學被抹消了，雖然前輩作家仍以堅毅精神維繫一線香，但是，除了吳濁流獨樹「台灣文藝」之名默默耕耘之外，台灣文學被冠以「台灣省文學」、「鄉土文學」，被中華民國文藝正統論者置於邊陲，被學院教授完全予以否定、質疑「台灣哪有文學？」而緊接鄉土文學論戰、美麗島事件之後，台灣文學以昂揚的主體意識要求正名，卻同樣遭到持中國意識者再以「分離主義」施壓，硬套「在台灣的中國文學」的名號。八○年代中葉以後，「台灣文學」得到正名，可是，陰霾未去，八○年代末葉迄今，由於政經社會的本土化，學院裡的師生開始正視台灣文學的教研課題，台灣文學在正名之外，如何確定其實質內涵、劃清其範疇，以面對其未來發展乃更成為文壇、學界與社會共同關注的話題。

上述台灣文學在近百年來受意識型態左右、受政治立場扭曲，終於可以自然地以「台灣文學」自名，就好像原住民擺脫了過去「生（熟）番」、「山地同胞」等外加的屈辱的、有違本意的封號，為自己命名，擁有基本的尊嚴和人權。可是，所謂的「外省人」作家在回到大陸卻喪失「中國」頭銜，被稱為「台灣作家」；而大陸、日本、台灣的研究者似乎有重視本土作家的傾向，更促成了他們的認同危機，齊邦媛教授不禁為彼等面對「二度漂泊」的心靈危機，感到憂心。

其實，文學只問耕耘、不問收穫，一粒充滿生機的種子掉落大地，總有一天會生芽茁壯。從過去的文學論爭中，我們所得到的最大教訓是：尊重包容不同的意見，努力耕耘自己的作品，至於歷史

的評價與定位，自有後世公評。凡是曾經在這塊土地上辛勤創作的人，自然會得到此地人民的一分肯定和尊敬。

至於某些主張海峽兩岸一定要統一的人士，仍然無法擺脫戒嚴時期以「台灣」即「台獨」的鬼影子，自陷無謂的憂懼，如果能夠學習多元社會寬容的心態，他一定會注意到：台灣文學即使得到正名，但是，在使用者的語境中，呈現出「台灣文學」的不同定位，從極左到極右，一如台灣政治現實所呈現的「三國誌」局面（林瑞明語）、或者意指「中華民國台灣省文學」、或謂「民族分裂時代的台灣文學」，也有人指涉「台灣共和國文學」，可見「台灣文學」一詞的指涉的曖昧性和分歧，這一類屬國家認同層面的問題，固然應予關注，然而卻不應歸罪，更不宜輕予攻伐、任意踐踏。解嚴以後，國家認同與族群衝突成為我們首要面對的問題，企待政治領導者以智慧和耐心去解決，但是，危機即轉機，現實社會意見的分歧，正提供我們溝通、協調、整合以形成共識的契機。

台灣文學的版圖經過不斷的質疑、反省，我們認識到黃石輝當年天經地義的說法，如今都必須加以重新思索和界定，例如：「台灣」不再只是日本殖民地的台灣，而是曾經隸屬原住民、英、法、西、荷割據、明鄭、滿清、日治以至於中華民國統治的土地；「台灣人」則包括原住民和漢族，或者原住民、福佬、客家、「外省人」四大族群，也有族群融合之後的「新台灣人」的說法；至於「台灣的語言」則從過去專指福佬話的「台灣話」，逐漸擴展，包括原住民語、福佬話、客家話和所謂的「國語」，因此，所謂的「台灣文學」，因為歷史的發展壯大，已經遠較三〇年代更加豐富多彩。雖然文學與土地、人民的關係不變，台灣文學的範疇已經更為具體和清晰。

基於以上的認識，以下試就本人在一九九三年〈台灣文學教學芻議〉文中所作台灣文學的範疇重加釐訂，再予說明：

　　台灣文學就是生發於島嶼台灣的文學，隨著歷史的進程，不同的族群先後移民入台，不同的文化和語言相激相盪，因政經社會的變化，而呈現獨特的和多元的面貌，其範疇可以概括如下：

一、民間文學

　　相對於文字記載的文學，民間文學是人民口耳傳誦的文學，包括神話、傳說、故事、歌謠、笑話、諺語等。台灣的民間文學主要包括原住民和漢族兩大系統，原住民的神話傳說特別豐富，過去多賴人類學家的採擷記錄，近年來原住民知青亦從事此項工作。而閩、客渡海移民的傳說故事如〈渡海悲歌〉、〈周成過台灣〉等，客家山歌、閩、客諺語等，過去有賴和、吳瀛濤等人的記錄，目前則有胡萬川在台中縣、彰化縣等地陸續展開原音整理。雖然民間文學流失甚多，仍然是值得重視的台灣先民的智慧的記錄。

二、傳統詩文

　　明鄭和滿清統治時期，使用文言文和傳統文學形式創作的作品，從沈光文以下，如丘逢甲、許南英、洪棄生等的舊詩，郁永河的《裨海記遊》、黃叔璥《台海使槎錄》等文章，江日昇的小說《台灣外紀》等，包括新文學作家的舊詩文創作都是台灣文學書面文學的基礎。

三、日據時代的台灣新文學

　　二、三〇年代開展的台灣新文學是台灣現代文學的源頭，包括詩、文、小說、戲劇、評論等，是反帝反封建的文學。語言方面由白話文、台灣話文以至日文，在日本殖民統治下開展了新文學運動。

四、戰後台灣文學

戰後台灣文學的發展，一般屈分為戰後初期(1945-1949)、五
○年代的反共文學、六○年代的現代文學、七○年代的鄉土文學、
八○年代的本土化和多元化文學、及九○年代的族群文學。

戰後五○年台灣文學的發展，隨著時代思潮的變遷，呈現波瀾
壯濶的局面，在政治籠罩下，因宗派、省籍、統獨及族群利害的衝
突，互相排擊激盪；也因社會經濟形態的改變，而形成不同流派的
作品。然而，統觀五十年的發展，台灣確實蘊育了不少台灣作家和
具有代表性的作品。特別值得一提的是：原住民作家已經掌握了中
文的表達，而創作了有別於漢族的具有特色的原住民文學。

綜合以上所述台灣文學的範疇，從歷史的發展來看，所謂「台
灣文學」當然不能自我設限在新文學的七十年，而應上溯明清的傳
統詩文，以至於口頭傳述的民間文學，雖然後兩者研究成果有限，
却不可任意割捨。其次，從作家觀點看來，不論移民先後、居台之
久暫、土地之認同、族群之分屬，台灣文學猶如海納百川，也像土
地之默默承受，不加排斥。至於九○年代以後各族群文學的眾聲喧
嘩，呈現解嚴以後的生命力，亂中有序，破壞並重整，吾人給與「
族群共榮、多音交響」的期望，誰曰不宜？

特約討論

◉何寄澎

　　大家都知道，晚近十幾年來所謂「台灣文學」，不管是在創作或在學術方面，可以說已經成為一種顯學。陳萬益先生在這個領域裏面，不管是在教學、研究或是在整個台灣文學的活動上，他的貢獻都是有目共睹的。

　　關於陳先生的看法，不論從他口頭上或者書面資料上，大家很容易清楚地知道他的意見。陳先生贊成用一個比較包容的觀點來看所謂的「台灣文學是什麼」，讓人感到很欽佩，而且不失為一個學者的客觀。事實上我認為這是一個會引起繼續討論的問題，現在我只針對陳先生的報告或文章，提出個人的幾點看法，就教於陳先生，也請大家指教。

　　第一個看法是承續我剛才提到的，「台灣文學是什麼」的問題，就現階段來講，一方面它是很清楚的，所謂很清楚是各說各話的很清楚；但是它又牽涉到台灣文學未來的發展、前景，這是一個很基本、很重要的問題。所以關心台灣文學的朋友們，還得繼續好好去思考這個問題。到目前為止，也像陳先生剛剛說的，不同人對台灣文學有不同的看法，而這不同看法之間的溝通、論辯，或者整合，目前我們還看不到很明顯的跡象，這是一個事實，絕對關係著台灣文學未來的發展。

　　第二，是陳先生的文章裏充滿了名稱的辯證。第一頁裏，陳先

生整合葉石濤、陳映真、黃石輝先生的說法之後，然後提到「戰後的台灣文學遭遇到苛酷的命運」，看到這裏，其實我們相信陳先生對於所謂台灣文學有他特殊指涉的定義和範圍。在文章中第二頁，陳先生提到「台灣文學被冠以『台灣省文學』、『鄉土文學』，被中華民國正統論者置於邊陲，被學院教授完全否定」的這些意見時，仍證明陳先生對台灣文學有他非常特殊指涉的看法。這特殊指涉的範圍應該是跟陳先生第三頁底下那種寬容態度不完全吻合，這值得我們大家再去思考。如果我沒有誤會的話，陳先生他本身可能有一個內在的矛盾存在。尤其當我們看到第四頁，陳先生特別把日據時代的台灣新文學認為是台灣現代文學源頭的話，還是證明陳先生所謂的「台灣文學」仍有他特殊的指涉。

第三，在這篇文章裏有關於族群的稱呼，所謂「原住民」、「生番」、「熟番」、「山地同胞」、「外省人」，在這裏全用到了。在第三頁定義台灣文學的時候提到四大族群，但提到外省人，是用括弧括起來的，我不知道有沒有特殊的含意。對生於台灣、長於台灣的我們來說，有時候常常會想，以上的那些名稱是誰訂出來的？是誰拿來稱呼的？

我最後的一個看法是，稍微涉略一下文學史的人都知道「政治」對文學有相當的主導作用，但是文學史的經驗似乎告訴我們文學最後還是會回歸文學的本質，政治其實發揮不了太大的作用。譬如五〇年代有白色恐怖，但是七〇年代我們還是看到鄉土文學的風起雲湧。現在鄉土文學推動的環境似乎比七〇年代好得多了，但是鄉土文學作品的成就並沒有超越那個年代，這也是一個值得去思考的問題。我認為文學是一定有特色，但是有界限的。從歷史和事實來看，無論是中國或台灣，文學跟政治的交涉都過分密切。今天我們談論台灣文學，不管是用回顧過去的眼光，或是用審視當今的眼光來看，我們糾葛了太多的意識型態在裏面。事實上，如果從歷史

的時空移動來看，這些意識型態的糾葛會變得很無味，可能都會被歷史淘汰掉，或被歷史沈澱下去。在台灣這塊土地上所創造出來的文學作品，已經有風土的面貌，這是一個很清楚的事實。在陳先生的這篇文章裏面也提到，包括中共，對於我們這裏所謂的外省作家，仍看成是台灣作家。我個人認爲文學是已存在的，相對之下，名稱或範疇就都不是那麼重要了，也不見得是我們一定要念茲在茲的問題。我想時間會給它一個清楚的答案。（**楊素芬記錄整理**）

我對「台灣文學」的看法

●平路

一、個人VS.群眾

　　四、五年前，美國一位屢獲大獎的作者Don Delillo出版了一本引起相當重視的小說「毛II」（Mao II），書名來自畫家安迪華荷以毛澤東許許多多幅頭像為藍本的絲幕畫。情節發展圍繞著簇擁起來的群眾：其中有統一教的集體婚禮、足球盃的盛會、柯梅尼的葬禮、以及中國土地上的人海……。萬頭攢動的場景配合小說裡一再出現的警語：「未來屬於群眾」（The Future Belongs to Crowds），讀者對於「群眾」巨大的裹脅力量，油然生出了震懼之感。

　　從前幾年坊間出現的小說〈黃禍〉到引起轟動的〈一九九五閏八月〉，台灣的未來似乎屬於被災難形象集體震懾——然後又負責繼續渲染這種形象的群眾。文字變成了恐怖分子手中的武器，災難則是要脅的手段。但另一方面，總有文學領域內孜孜不倦的作者，個別以各種充滿想像力的方法接續台灣的歷史、建構台灣的未來。事實上，多元的努力本身，就足以顯示出災難的恫嚇沒有成功。

　　甚為有趣地，上述「毛II」一書的故事中，未來的世界，真的是個文學作者與恐怖分子搶座位（並且爭奪麥克風）的場

域。書裡寫道,在過去的年代,原來人們仰賴文學作者為大家
描繪未來的圖像,目前,對人類意識發生影響力的却是恐怖分
子。恐怖分子訴諸群眾,文學作者訴諸個人,這是最根本的不
同!

同時,令讀者難以忽視的,「毛II」的筆調從頭到尾不甚
樂觀,「當恐怖分子贏了,」書裡的主人翁說道:「小說作者
就輸了。」

而這確實是一場文學作者需要加倍努力的戰事……。一旦
訴諸個人的溝通方式被證明失敗,那時刻,眾多的人口、廣闊
的土地、堅強的武力等等,都成為要脅的口實,都是災難的代
名詞!

無論是〈黃禍〉或是〈閏八月〉,於我們台灣流傳開來,
在讀者印象裡,在評論者筆下,既然它的恫嚇性比它的文學性
更引人注目,以角色定義而言,它的作者早已經倒戈而去,加
入了恐怖分子的行列。

二、加法VS.減法

義大利小說家卡爾維諾(Italo Calvino)在〈未來千禧年
的六個啟示〉(Six Memos for the Next Millennium)一書
中的最後一個啟示（註①）是「繁複」(Multiplicity),他提
出「開放式百科全書」的文學。卡爾維諾認為文學作品所展現
的應該是「無盡的可能」。過去朝這個方向努力的作者像福樓
拜爾、像玻赫時,他們的小說試圖勾畫知識背後的網絡、世界
墊基的藍圖,那是何其「繁複」的建構!在其他學問漸漸放棄
替問題尋找涵括一切的「通解」的此刻,卡爾維諾倒相信小說
反倒可以匯聚過去與未來、想像與真實、決定與被決定、可能
與不可能等等繁複的關係。

　　昆德拉(Milan Kundera)亦在〈小說的藝術〉一書中演繹過相同的概念。昆德拉認為小說的精神就是「複雜」(Complexity)：每部小說都應該告訴它的讀者：「事情可沒有你想的那麼簡單。」小說因而不同於政治上的意識形態：政治上的意識形態（包括民族主義、沙文主義）是一種削減的方法──把個人生活簡化成其社會功能、又把社會生活簡化成為政治鬥爭，但文學應當反其道而行，恰恰是一種抗拒簡化的力量。

　　換句話說，文學可以把意識形態的「減法」再做「加法」還原回來！

　　台灣作為大陸周邊的島嶼，面對的是沙文主義裏脅的力量，文學作品正可以繁複而反覆地探討各種虛與實的前景──舉例來說，攤開一張世界全圖，我們立足的島國會長大？還是會縮小？島嶼會不會伸長手臂，像半島一樣的攀連上大陸？地殼會不會壓擠變化，導致島嶼永遠的漂離走遠？……於是，再沒有註定的大一統的未來，虛擬却看似真實的宿命情境，至多，只是某一種可能而已。

三、以文學重新詮釋與建構歷史

　　為過去的台灣文學，理出脈絡，如前一節所述，其實是讓扭曲力量下呈現的變形返轉回來，把政治所作的「減法」加回來。

　　縱觀台灣的歷史，本是一頁被殖民者刻意扭曲的歷史。從荷蘭佔台、鄭氏父子時代、天津條約的開港時代，歷經日據時期、到國民黨政權遷台，政治力量的壓擠下，台灣歷史常作了意識形態的戰場，因此，以台灣為着眼點的「本位論述」近乎不可能。今天，我們穿梭於時光與記憶的隧道，想要重建被刻意扭曲的歷史，乃是台灣一個被殖民社會進入後殖民時代，從

事「去殖民」（de-colonization）文化建設工作的重要步驟（
註②）。

問題是如何「去」殖民化？如何重建「歷史」？如何還原
回來早年被政治削減的意義？先前，強勢的殖民者曾用泛政治
化的規範來解讀與吸納被殖民者所書寫的生活史，文學為政治
服務，那是當年唯一的規範，舉例來說，國民黨政權遷台之後
，吳濁流、賴和、楊逵等人的作品被簡單（這是「減法」，簡
化的力量）歸類為抗日的民族文學，無論是賴和筆下高高在上
的「補大人」或吳濁流在〈水月〉中「日本人薪水不但比台灣
人高，而且又加上六成的津貼」，都成為回歸祖國心願的象徵
。但是，要還原那一段「削減」的過程，包括透過嶄新的解讀
，去重組當年的社會情狀，那麼，由文學的想像力，首先可以
想見的將是人與人之間相處錯綜複雜的關係。

人與人之間，包括了壓迫者與被壓迫者的權力傾軋，在明
顯的權力關係之外，生活上更有許多細緻的權力關係，細緻到
包括黑格爾辯證式的討論主人與奴隸間可能的權力易位。事實
上，台灣過去的文學作品中蘊藏著眾多契機，透過反覆閱讀，
還原的是台灣人民點點滴滴生活的軌跡，重建的是一頁以台灣
本位作論述立足點的歷史。這頁由文學建構的歷史必然複雜而
多元，書寫卻又是凝聚人心的過程，無形中，以此質疑任何單
一解釋的沙文力量，同時也在對抗任何抹滅差異的中原心態。

四、以文學思索多重面向的未來

探究台灣文學，往未來看，如果像卡夫卡寫過的：「有一
則寓言，捏著生命的痛處。」那麼，我們正努力從一別人預設
的、對方既定的情境中逃出，依靠阿里阿德涅（Ariadne）（註
③）交給的線圈，終有機會從迷宮中脫困，看到一個柳暗花明

的未來。

　　文學的追求，原本就是對內容與形式從事無休無止的探索，而反映在作品中的，正是對生存情境無窮無盡的反詰，質疑的主題永遠是：難道非如此不可嗎？

　　因此，我們看到文學與邊緣、與弱勢、與非中心的親密關係，有活力的文學，必然由自居於邊緣的地區、自居於弱勢的人士寫出來，因為只有這樣處境裡的個人，害怕中心的吞噬力量，畏懼強權的壓霸心態，才會懷疑自己的地位，才會一方面企圖干擾沙文主義的歷史觀，一方面困難地思索（竭盡心力地虛構）我們島嶼的未來在哪裡？

　　這一場拼圖遊戲中必然「眾聲喧嘩」，有時候充滿科幻的大膽想像（註④），有時候如巴赫汀所述嘉年華會的喜成（註⑤），有時候如王德威說過的，以訕笑、以嘲仿、以戲弄來撼搖「感時憂國」傳統，消解中國的神話圖騰（註⑥）

　　無論如何，藉由文學的想像，作者與讀者將共同替我們的島嶼思忖一幅幅可能的未來。處在大國的邊緣，始終面對本身從世界輿圖上消失的焦慮吧，有的評論家說：「台灣文學無法避免嚴肅」（註⑦），嚴肅與認真到如同〈天方夜譚〉故事中的夏赫拉佐德一樣，藉著設想一個個故事，探索一重重可能性，我們在延續說故事者的文學生命，同時等待歷史在未來給台灣的機會！

附註：

①最後一個啟示是第五個啟示，卡爾維諾演講完六個啟示中的五個就去世了。五個啟示分別是「輕盈」、「迅捷」、「準確」、「可見性」、與「繁複」。

②這是根據Bill Ashcroft "The Empire writed back:

Theory and Practice in Post-colonial Literatures"
③神話故事中，阿里阿德涅幫助西雅士(These)從迷宮中脫困
　。
④見平路〈台灣奇蹟〉與〈驚夢曲〉
⑤見王禎和〈玫瑰玫瑰我愛你〉與〈驚夢曲〉
⑥見張大春〈四喜憂國〉與〈將軍碑〉
⑦見彭瑞金〈台灣文學探索〉P.332

特約討論

◉向陽

　　今天平路給了我一個很大的難題，因為她使用了非常具有想像力，也可以說是具有隱喻的手法來寫這篇論文。基本上對我來講，它不造成我閱讀上的困擾，但是可能造成我閱讀上的誤解，換句話說我可能誤讀它的訊息。這篇文章的隱喻非常濃厚，在我看來，其中蘊含了對台灣文學極具啟發性的看法。也可以說這篇文章裏，平路指出未來的台灣文學大概可以走向何處。在第三頁寫著「我們攤開一張世界地圖，我們立足的島國會長大？還是會縮小？」這種壯大和縮小其實都是一種想像，在這裏，平路提供我們無限思考的可能。

　　如果就台灣文學的現狀來講，平路在第一節和第二節預設了兩個隱喻，一個是「個人V.S群眾」，另外一個是「加法V.S減法」，這裏牽涉了平路的觀點裏面的台灣文學現狀是怎樣，這部份很值得我們討論。正如同剛剛陳萬益教授提到台灣文學來自名稱的、定位的紛雜疑案，其實台灣文學界目前面臨的紛雜比這個還要更多。在這裏平路在質疑，或者提供一個反省，那就是台灣的文學家／或台灣的文學書寫是否要向大眾低頭，我的解釋是向來自消費的、來自商業的、來自資本主義的低頭，或者堅持文學應該是訴諸個人的傾向。第二，是文學的書寫是否應該接受意識形態國家機器的宰制，我的解釋是來自霸權、教化的宰制，還是應該要去抵抗具有這種削

減力量的有系統的傳統的馴服。我想它都成為平路提供給我們思考的兩個課題。而平路在這兩個隱喻之後,又提出兩個反策略。

我們可以從平路提到的意識形態裏去思考。平路在她的論文裏面提到,台灣的歷史是意識形態的戰場,基本上我非常贊成。我們從台灣史的整個角度去看,事實上它是成立的,假使台灣史做為一種意識形態的鬥爭,或者說透過語言符號成為意識形態抗爭的場域的話,文學作為語言跟文字形式同樣也陷入意識形態抗爭,成為意識型態的工具之一。這種情況下已經不是加減的問題,不是統治者減掉你,或是文學家你要加進去的問題。我們必須了解很多作品本身就受文化霸權自知或不自知的影響。換句話說,自我們出生接受教育開始,一生其實都在受著意識形態的影響。在這種情況之下,我們說文學家能用他個人的力量去抵抗意識形態,這是我們單方面的需求。問題在於,假使一個文學家本身的決定性被意識形態所控制,他的加跟減其實對於意識形態國家機器的本身沒有任何意義,有時候甚至說他是在拷貝霸權。所以我們也可以說文學家假使沒有自覺,或者不知道要反抗的話,他的寫作即使再怎麼繁複也不能真正地去詮釋或建構歷史。假使文學家不能以他自身去抵抗來自政治、經濟的各種霸權和意識形態的影響的話,他的文學想像再怎麼樣豐饒,再怎麼樣多重,也逃不過霸權所預設的迷宮,像平路提到的童話迷宮一樣。在此也提供平路另外一個思考。

在第三頁平路強調顛覆,不管是自覺的、拒絕臣服的、多面向的、去中心的或去殖民的,這樣的一種努力基本上就是顛覆。就像我們所熟知的,過去發生在人類歷史上不同國家的文學革命一樣,常常先是從所使用的文學語言開始顛覆,使用文學語言的顛覆相對的也是對作家本身、文學界自身,它的成規及寫作方式的顛覆。如果能這樣顛覆的話,我們才可能真正建立起一個像平路理想中的去殖民的文化建設。如果平路要表達的意思是這樣的話,那平路對台

灣文學家在這篇敘述裏是相當厚愛的，因為她基本上假設所有的文
學家都清楚地去抵抗外在的意識形態。這是她的基本假設，所以她
認為只要身為作家，就要懂得去抵抗外界的各種意識形態的影響。
這是平路的厚愛，這一點讓我感到很溫暖。不過，我想台灣的文學
家必須對自己更加苛責，更加反省，是不是在宣稱要多元寫作、要
抵抗什麼的時候，其實也在重蹈著意識形態，或者也成為意識形態
的機器。我想從文學作為一種傳播的角度來看平路的論文，提到文
學反其道而行，事實上就是一種顛覆的想法。她提到台灣過去的文
學作品中蘊藏著相當多契機，容許我們反覆閱讀。從這裏來看，其
實它牽涉到文學作為一種文本，可以讓閱聽人、受眾、讀者不斷反
覆從不同的角度去解讀，去做不同的解釋。這有點像哈伯馬思在語
言作為一種傳播的過程中提到的，這基本上是擺脫權力束縛的解
放，換句話說，我們為什麼要讀文學，為什麼有人要創作文學，基
本上就是希望人從生下來就可以自各種束縛中解脫出來，文學提供
了這種作用，或說幫忙人們達到解脫。但是就這個角度來看，在平
路所指涉的未來的台灣文學書寫要質疑、要對抗的角度看來，台灣
文學家的確應該堅持一個必要的語言，以及語言背後意識形態的策
略。（**楊素芬記錄整理**）

台灣文學的未來
發展

●柯慶明

除非是具有靈視能力的特異人士，我們豈敢真正預言「未來」
？而所謂「發展」，即使是經濟上的，由於總是要牽涉到種種科技
上的未可逆料的發明與創新，往往專家的任務也總是在於解釋他的
眼鏡為何跌破了。因此，以「創造」為其本質的文學與藝術，所謂
的「未來發展」，則更是不知要從何說起了。因為能夠「預告」的
，就已經不是「創造」或者是「原創」的了。既然不是「創造」或
「原創」的，說來不過就是「文化工業」的產銷製品，與「文學史
」或「藝術史」中著錄的「創作」何涉？因而它們的預測，亦不過
是另一類的產銷「市場」與「流行」的評估。而事關產銷，只要有
消費上的需求，自然就會有供應與生產的活動。那麼在這裡意義下
的「文學的未來發展」，一方面一如所有的「流行」，都會或多或
少反映了當時的社會心理；一方面則正逐漸面臨種種聲光熱媒體的
競爭與威脅。在電視機，以至多媒體電腦等視訊媒體前成長的一代
，以至往後無數的世代，是否仍會執著於以「文字」為媒介的藝術
形式，則是一個值得注意的藝術社會學的問題。

但是，設計此一論題的先生女士們的關切的重點雖然並非如此
。他們所關懷的是有一個叫做「台灣文學」的「文學傳統」的形成
與發揚。但是，這還是一個有所爭論的論題。大約所謂：「台灣文
學」，或許以地域為主體，大致包含了：一、原住民文學；二、閩

南、客家等移民的口語文學（包括使用漢字或羅馬拼音的白話字文學）；三、明鄭、滿清時期或其後的文言文學；四、日治時期的日語文學；五、受五四白話文學運動影響的光復前與光復後的白話文學。但是這些不同類型的「文學」是否已經整合成了一個具有「整體性」與「連續性」的「台灣文學」的「傳統」，則顯然是頗可置疑的。

首先，原住民文學與文化就不是一個單一的「傳統」；「原住民」的概念其實只是相對於漢族移民所作的區分。而這些各族不同的「傳統」，又有多少成分曾經注入了閩南、客家等移民族群的文化與文學的「傳統」意識之中呢？其次，即使同是移民，但是說閩南話的族群對於說客家話族群的語言、文化與文學又有多大的認知與接納呢，反之亦然。同時，光復後成長的一代，對於明鄭、滿清的文言文學，以及日治時代的日語文學，普遍的說，又有多大的認識與接納呢？光復五十年來的更大的文學主流，一方面是以白話文學為典範，在寫作的語言上成為基本工具；在思想意識上却同時以西歐北美的近代以降的文學與文化的傳統，以及孔孟老莊以降，大抵以唐、宋、明、清的古典文化文學為資源與依據，所融合而成的綜合性的「傳統」。而這個「綜合性」的傳統，基本上遠遠超出了「台灣」的「地域性」，以及「地域性」所形成的任何的「小傳統」。具有這麼開濶視野的人們是很難再裹小脚或削足適履的，只侷促自限於某一甚或是全體加在一起的「地域性」小傳統的。

其次，不但明鄭或滿清時期的文言文學是奉明朝或清朝正朔的文學支流；即使閩南、客家的移民文學，亦與原來移出地的族群文化文學傳統息息相關。「周成過台灣」與「林投姊」的傳說，或許具有較高的地域性；但像陳三五娘這種故事，則仍是閩南地區的傳奇。而即使移出地的地方性傳統又何嘗自外孤立於中華文化的大傳統；像薛平貴、王寶釧這樣的題材，又豈是閩南或台灣的歌仔戲所

專有的同時，即使因為在台灣盛極一時，而具有某種地域代表性的北管、南管、歌仔戲、布袋戲，又有多少戲碼是專門敘寫台灣的本土情景與事件呢？同樣的，日治時代以日語寫作的文學，不論其政治立場是皇民奉公，或者左翼抗爭其在文化意識與文學傳承上終究脫離不了日本社會與日本文學的影響，而根本就是其小小的分派。而各族原住民的傳說與文學，是否已經發展出涵括全台的「台灣」意識，更是難說。因此，唯一具有「自主性」與台灣「整體性」的，反而是一九四九年後，台灣既從日本光復，却又抗拒中國大陸的解放，因而形成的以台澎金馬屹立於國際社會的政治文化體制，以及在此體制下蓬勃發展的白話文學。也就是上面提到的深具國際視野，主要為中西兩個文學與文化的「大傳統」所綜攝而成的「綜合性傳統」；在這種「綜合性傳統」的滋養下，面對著台灣社會、經濟、政治的逐步現代化過程所衍生的種種特殊經驗，半個世紀以來，台灣確實發展出了一個迥異於日本與中國大陸的文學傳統。這個文學「傳統」不但已經延續了三、四代的作者與讀者，似乎正隨著本土意識的日益高漲，而逐漸在有意識的吸納上述各個台灣地區內的其他的文學傳統，將來或許可以融合成為一個更具整體性與連續性的「台灣文學傳統」；當然這又得看各族群的文藝傳統的自我堅持與參與整合的意願的選擇而定。

但是隨著台灣日益深化它在國際經貿網絡的角色與位置，以及由資訊科技與頻繁的國際交通所構成的「地球村」情境的日益成熟，台灣的文學或許有特殊的綜攝取向所形成的「主體性」，但其關注的視野，却絕對不會僅限於一個本島與幾個離島而已。三毛沙哈拉沙漠的故事開始風行時，早就標誌了台灣文學的地理意識，甚至已經超越了東亞、西歐、北美等區域，而日益走向「全球性」了。因此，我們雖然強調光復五十年來，台灣已然發展出一個迥異於日本與中國大陸的「文學傳統」，却從來不認為它是一個「封閉性」

的傳統；相反的，它的活力正在於它的「開放性」與「綜攝性」。正像台北的餐飲業，目前流行的並不僅是一味台菜而已，甚或只是中國各地的口味，事實上西歐、北美，以至日、韓、泰、越、緬甸、印尼……等各國的風味，亦一樣參與且形成了台北餐飲文化的豐富繁盛與多彩多姿。台灣的文學，不論少數人的主張為何，事實上是一樣的無法自外於這樣的一個充滿活力、蓬勃發展，「放眼世界」，「流行天下」的新興的社會文化。

自然，「開放」並不等於沒有「主體」，或者就是所謂的「空白主體」；同樣的，「綜攝」亦因取捨而顯現「性向」，不論就個人，就族群，就社會而言，皆是如此。台灣，就一個以歷代移民為主體所形成的社會，嚮往一個較好的生活而敢於赴海冒險，這種積極進取的性格與態度，似乎就是它在文化取向的基本優點；但因此而不守成規，目無章法，亦可能是其附帶的缺點。表現在文學上也可能是勇於嘗試，急於表現而疏於醞釀，難於醇厚。同時，移民海外者，遺留在海內，以及腦海深處的，終是不免有其重重疊疊的傷心往事；而台灣又歷經殖民政權的頻繁更易，悲情與不安，似乎亦是歷史積累的傳統情緒。飽經憂患，瞭解苦難，以及因此而滋生的堅忍民性與人道情懷是其優點；但是缺乏超越的視野，悠久的思維，博大的心胸，深厚的弘願，未能對人類的整體情境與理想投注更多的心力，似乎也是它的限制。以上種種因素，似乎或多或少的都影響著台灣文學迄今的成就。

當我們關注的是「未來的發展」時，過去對於未來是否具有決定性的影響，亦是頗可爭辯之事。但是，文學一方面固然反映特殊的時代社會的處境與性向；一方面也表現普遍的人性與人類永恆的生存情境。因此，我們固然可以因此一方面預期台灣文學的未來發展，正取決於台灣社會文化的整體發展。但另一方面，我們似乎也可以期待，或許有一天它終會有足以成為人類文明里程的，世界性

的「經典」的創構與出現！假如我們善用我們文學傳統的「開放性」與「綜攝性」，而迸發的不僅是「台灣人」而同時更是「人類」普遍的心聲，高瞻遠矚看到的不僅是「台灣」而同時更是「世界」長遠的過去、未來！

特約討論

⊙廖朝陽

　　柯教授從文學與傳統的角度來考慮台灣文學未來發展的問題，他的看法整體看來是相當持平的。他指出台灣文學有疏於醞釀難於醇厚的短處，可以說是講到了重點，值得大家注意與反省。

　　首先，柯教授對於大傳統跟小傳統的講法，大體上我都可以接受。不過，有一個地方他加入了價值判斷，把大跟小的對比看成是視野開闊跟裹小腳、畫地自限的對比，我認為不一定要這樣解釋，我認為大傳統跟小傳統並不會互相排斥。譬如說，楚辭是來自一個地方的小傳統，但它也可參與進入中國文學的大傳統。我認為將來台灣文學跟大傳統的關係不一定要脫離地域性的立足點去依附或重視外來的大傳統，反而應該透過小傳統的發揚，來參與跟改變大環境裏的主流傳統。我也要指出一點，視野開闊當然是好的，不過大傳統的形成牽涉到很多文學體制之間的互動，跟權力也有密切的關係，所以視野的問題也許沒那麼重要。

　　第二個問題是柯教授認為台灣文學應該表現普遍的人性跟人類永恆的生存情境，他又做了一個註腳說這並不是否定在特殊環境表現特殊的現實，是可以相容的。不過，我覺得他的講法還是主張先有特殊性，再以特殊行為做基礎，進一步追求普遍性。我的看法剛好相反。因為我不曉得怎麼樣的情境才算是人類永恆的生存情境，即使限定在同一個時代、同一種語言，我也不相信世界上有哪一部

作品能引起所有人的共鳴。不一定要假設文學是先有特殊性，才去追求普遍性，反而可能普遍性才是基本條件。簡單來講，我認爲重視普遍性的話，是把文學的重點擺在他有我也有的問題。再實際一點，我認爲整個文學閱讀的動力，最起碼的重點是他有而我也有的。我想柯教授的切入點是說，他先推引自己沒有的層次爲比較次要的，變成一個基礎，在特殊性之上再去追求普遍性。我切入的角度比較不一樣，我認爲從相反的角度來看也沒有什麼不對。這個問題事實上會牽涉到台灣文學的發展方向，譬如說，文學創作要不要配合外國人的口味這樣的問題，特別是在非文字的媒體上。我把這個提出來，希望能引起更多的討論。（**楊素芬記錄整理**）

台灣文學研究的問題

●張健

所謂「台灣文學」到底是什麼？一向眾說紛紜，本文所認定的意義是——

在台灣地區所創作的文學作品及其有關的理論、批評等。

就此一定義而言，研究台灣文學所面對的問題，理應包括以下五大項：

一、台灣文學的定位問題

到底「台灣文學」是一種獨立的文學？還是一個更大的文學傳統（或文學領域）的一部分？

在這個問題上，便至少有三種看法：

㈠台灣文學是中國文學的一部分，二者之間自有不可分割的關係。

㈡台灣文學是完全獨立的，與中國文學、日本文學或西方文學的關係都是或然的，而非必然的。

㈢兼採前述二說，即台灣文學既是有所傳承於中國文學的，又是自具獨立性的。

個人的意見傾向於第一種，這是我個人四十餘年來閱讀、創作、教學、研究的綜合心得。

二、台灣文學的淵源問題

台灣文學的淵源至少有四：

一、中國（中華民族）源遠流長的文學傳統及文化傳統。這至少可以溯源到詩經。譬如楊牧本人便兼為詩經研究的學者，而若干台灣地區的現代詩人或多或少在創作上也受到詩經的語言、技巧或節奏的影響。

二、所謂「台灣文化」或台灣傳統：這至少可以回溯到五百年前，近年來研究者漸多，它對「台灣文學」的研究當然也提供了不少助力──包括歷史的、地理的、語言的、文學的、民俗的等等。

三、西方文學：不可否認的，台灣的現代文學作者，大部分曾受西方文學的影響及激盪，不論直接的、間接的、正面的或反面的。

四、日本文學：台灣因為受日人統治五十年，受到日本政治、經濟、語文、文化的影響甚大，文學亦其中的一支，它的投影至今未衰；二十世紀前半段尤為顯著。

這四種淵源各有其重要性，一個認真篤實的研究者必須儘量鑽研各有關的領域，以期有更深入的了解及進一步的斬獲，否則劃地自圍，不僅難免井蛙之譏，在研究的過程中也很可能遭遇到不可克服的困難。

三、語文的隔閡與換代問題

與上一課題有密切關聯的，便是語言文字的隔閡及語言本身的變遷──換代問題。

擅長國語寫作的人，或對閩南語、客家語不太熟悉，甚至完全不通曉，在研究某些台灣文學作品時，便會遇到困難；且不說台灣詩及大量採用方言的小說，就是黃春明、王禎和等偶爾運用閩南語

的作家,他們的作品中也有一些或然的關卡甚或陷阱——尤其對出身大陸或客家系的研究者來說。研究者必須不斷學習,始可克服困難及隔閡。好在這一方面,現在已有楊青矗等編撰的國台語對照辭典,可供參考,問題已化解大半。

另外,年輕的本省籍研究者或讀者,對國語文的素養容或不足,對於若干作品中的北平腔或滬語、川語等,尤感陌生,在研讀時亦可能成為障礙,有待一一克服。

除此之外,若干作者在作品中運用外國語或外國語彙之中譯(包括音譯、意譯),對於不諳外國語文的讀者或研究者,也形成障礙,有待學習化解。

同時,表面上完全能了解的語言,有時仍可能因為時代的變異而發生變化、代換,使讀者困惑。多年前,我在教授王文興的一篇小說時,便有一位高材生(現在她已是台大中文系的副教授了)提出一個問題:「為什麼主角對隣居的母親叫『×伯母』呢?好奇怪!」她認為「×媽媽」才是正確的叫法。我告訴她我們小時候(其實也不過三十年前)都是這樣叫的,「×媽媽」恐怕是近二十年的習慣稱呼法,她才恍然大悟。這樣的問題可大可小,研究者和解讀者決不可掉以輕心。

又如「酷」這個字在十年前的定義跟現在一般年輕人口中心中對它的想法或「感受」幾乎完全不同。我們也不能擔保二十年後的讀者還能完全了解其間的差異。

四、對作者的探索與了解

對於作者的了解,一向是文學研究者所不敢忽視的(也許「新批評」家們可算例外),就台灣文學而言,亦復如此。

對於台灣文學的研究者來說,作者的探索和了解有二利,亦有二弊:

所謂二利，即指：

一、作者與研究者往往同在一地，至少在同一地區內居住（偶有例外），對他們的接觸和了解比較容易；

二、有關材料的取得，甚至親身面對面的訪問，都可以透過多種管道，作有效的運作；即使間接的了解，亦有較多的機緣。如最近一位師大研究生正在從事周夢蝶的研究，他便走訪不少位周夢蝶的詩友，以為作者研究的一部分張本。

所謂二弊，乃指：

一、個人或團體的偏見：如研究者兼為作者時，他對同一詩社或不同文學團體的其他作者，便可能有偏愛或成見。當然，心胸廓然的研究者應可避免此種弊病。

二、當代作家傳記過分欠缺。在台灣文壇及出版界，近年來出現了不少政治人物的傳記、回憶錄及理念宣傳文獻，但文學作者的傳記文獻仍甚鮮少，如劉春城的《黃春明前傳》便是一本很好的書，有助于研究者，可惜同類著作太少。

五、政治信仰的干擾

自從八年前國內解嚴以後，言論固然自由了，以往研究台灣文學或現代文學的一些禁忌已大致消除，但取而代之的却是某些有形無形的政治信仰干擾，諸如統獨問題、省籍情結都可列入此一範圍，如何破除此一「符咒」？有待吾人共同努力。

譬如有人以為台灣近四十年來的文學創作完全與五四或三十年代傳統脫節（意即不相關涉），便是一個很不客觀的說法。試想，陳映真的小說能說與二、三十年的魯迅等人完全脫離關係嗎（至少是啟發的關係）？張愛玲的小說更影響了很多的台灣小說作者……這樣的討論也同樣適用於詩、散文、戲劇。不可否認的，若干昧於文學史事實的討論往往有其政治信仰層面的力量為後盾。

一言以蔽之，文學創作不能刻意迴避政治（當然亦不能臣屬或聽命於政治），文學研究則最好能確保「政治的歸政治，文學的歸文學」之大原則，這樣的研究才能更精深，也更有價值。

至於大陸學者的台灣文學研究，近年來也在大力拓展。他們的優點是立場比較超然，大致可避免有意的倚輕倚重之失；但也有兩三個先天的缺憾：

一、取材不夠週徧，甚至掛一漏萬；

二、容易受先「登陸」大陸的台灣作家或作家的友人所左右或過度影響。

三、意識形態之偏頗：如他們對五十年代的反共文學便不免作過度的貶抑。

特約討論

⊙馬森

　　張教授一開始非常客觀地把問題攤開，也把自己的看法提出來，這是非常好的事情。因爲現在討論台灣文學是滿敏感的問題，好像在上一場就聽到兩個極端的意見，有的說只有中國文化，沒有台灣文學，這是一個極端；另外一個極端就是完全否認台灣文學跟大陸文學或跟傳統華語文學間的關係，甚至否定台灣血統和漢人之間的關係。我認爲這個問題用學術眼光來討論，不應該意氣用事，應該心平氣和，像這種學術討論的場合最適合了。對於張教授的論文，我沒有很多批評的意見，只有一些小小的補充。

　　關於第一個問題，就是台灣文學定位的問題，我補充一下，因爲我寫過一篇關於台灣文學定位的文章，很不幸地也受到非常不客氣的批評。我以爲我是很客觀的，別人卻可能以爲我很主觀。我認爲文學的表現當然是文字、語言，談文學如果拋開語言和文字，要怎麼來談呢？所以在我那篇文章中一開始就建議，應該首先用語文方式來定位。只用語文的方式當然不夠，還要加上作者對於某地區的認同，或者以政治的方式來界定看他是否有該國家的國籍等，加在一起來定位，大概比用意識形態或者用他描寫的主題、用他的血統來界定要寬大。用意識主題來界定是非常狹窄的，寫台灣的才算台灣文學，寫非台灣的就不是台灣文學，那三毛寫撒哈拉沙漠就不是台灣文學了？可是三毛明明住在台灣，這不是很矛盾嗎？這種問

題當然不是中國一國的問題，也不是台灣一地的問題，而是一個世界性的問題。像美國賽珍珠寫的都是關於中國的事情，描寫中國的民情、土地，但因為她是用英文寫的，美國人並沒有把她排到美國文學以外，仍承認她是美國作家、美國文學。用語言來決定是比較寬的方式，現在也有很多例子。所以，我覺得用語言來定位是比較寬容的方法，如果他是用漢語來寫，你就不能說他的作品是非漢語文學，而該認定是漢語文學的一部份。第二個問題就是作者認同台灣，同時目前是中華民國國籍，住在台灣，又用漢文來書寫，那應該都在所謂台灣的漢語文學這個範圍之內。那篇批評我的文章就說，台灣文學之所以用漢語是一種歷史性的陰錯陽差，我覺得這種說法非常荒謬，怎麼台灣文學用漢語來寫是陰錯陽差呢？我不覺得如此，它是有其必然性，有其歷史性的傳統。文中還進一步提到現在台灣有很多作家正在唾棄漢文，唾棄了漢文以後，將用另外一種語文來寫台灣文學。可是另一種語文還沒完全出現前，我們怎麼能談它呢？大家到目前為止多用漢文寫作，將來如果把漢文唾棄掉了，現在和以往用漢文寫的台灣文學就不是台灣文學了嗎？這又是一個排他性很強的論調。

第二，張教授談到台灣文學淵源的問題，我也有一點補充。張教授可能沒有考慮到原住民的問題，如果原住民在台灣文學裏還沒有很明顯的話，將來也會漸漸的多起來，也許張教授應該加上一項原住民文化，因為它多少對台灣文學也有影響，只是我們還沒有真正去研究它。

另外第五項關於政治信仰干擾的問題，我非常有同感。張教授說：「讓政治的歸政治，文學的歸文學。」我在這裏則要說：「讓政治的歸政治，學術的歸學術。」今天我們不是來創造文學，而是來研討文學的，所以是學術問題，在一般討論的時候不是不可以討論政治問題，否則就沒有政治學了。但我覺得學術討論不能夠把自

己的政治認同、政治立場放進去，否則就不配當做一個學術的主題來討論。因此我同意「讓政治的歸政治，學術的歸學術」這個論點。

　　最後，我們在界定台灣文學的時候，應該儘量像平路剛剛說的，用加的方式，不要用減的方式。也就是儘量包容，你的出發點和立論能把更多在台灣的作家和台灣的作品包進去才有意義，而不是說一個一個的排出去，排到最後是愈來愈窄，這樣對台灣文學的發展並沒有什麼好處。另外，我們現在討論台灣文學的定位或台灣文學的內涵其實都是紙上談兵，因為台灣文學的未來是取決於台灣未來的作家，而不是取決於今天的我們。（**楊素芬記錄整理**）

台灣文學史怎麼寫？

◉游喚

一、前言：互動以後的再出發

「台灣光復五十週年」這一敘述語，本身就有表意與全意。台灣以前別人的，現在光復，請問復到那裏去？復字，漢文化的觀念叫「七日來復」，七天一循環。那麼，循著必復的天理，而迴環到原始的一點。這才叫十二消息的復·即所謂：

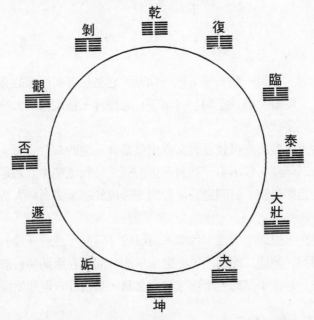

假設坤與乾居於南北兩極，代表最初的兩個原始點。那麼，台灣光
復的復字，是從此兩極任何一點回到另外一點。但要注意的是，這
十二消息的任何一消息，即任何一點，也都可以自己為一個新起始
點，而另造一個十二消息，也即另造一個圓，如下圖：

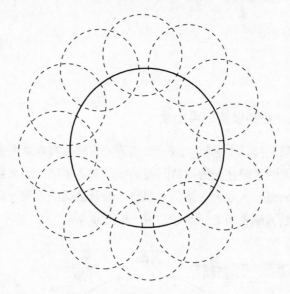

這樣一看，任何一點若要另循一個圓，它必然要與原來的圓產生「
質變」「時變」與「空間」（地理）之變等三種現象。大略可以時
位理三個字代稱之。

今天，台灣光復談台灣文學史就是此三變的綜合思考。而剛剛
談的第二個圖，標示第一圓與新生的圓之「對應關係」乃是必然存
在的。也即是說，若問到底，台灣光復復到那裏去？眾人皆知，是
復到中國。

現在，復到中國後，台灣以自己的「時」「位」「理」而要另
造一個圓。照圖二的例示，絕對可以的。問題在新圓與舊圓的「對
應關係」是抹不掉的，所以，當今之務，是從那一個起始圖出發？

如何十二個消息點上，定位一個點，談妥那兩個圓之間的對應關係或任何什麼關係。這樣的言談情境，正是目前兩岸台灣文學學者互動之後的一個新開端。這一刻，正是時候，在光復五十週年的這一刻，思索台灣文學史的百年大計。

二、從兩個實例談起

請以兩本書作引例談起。一本是一九九四年十一月福州海峽文藝出版社出的劉登翰《文學薪火的傳承與變異：台灣文學論集》，另一本是剛出版的張默與蕭蕭合編《新詩三百首》（一九九五年九月）。

我認為這二本書雖不是台灣文學史的著作，但是兩書相距不到一年，可算是光復五十週年最近的出版品，特別在體例以及評述上，直可以反映兩岸學界這幾年互動之後，對台灣及台灣文學的一次反省思考之言談。

在劉登翰的書中，他已注意到「以現代文學概括六十年代還是以鄉土文學概括七十年代，都不能全面反映這一時期的文學狀貌」（該書頁一九四）又說本土化與民族化不能等同看，注意到「某些別有用心的人借口本土化鼓吹台灣民族獨立論和文化獨立論，使本土化成為台獨的一面理論旗幟和文化基礎」（頁一九八）於是把焦點放在一九四九以後台灣文學的「當代時期」。用當代一詞是有特別用意的。我在別的文章已分析過。

其實在互動後，劉登翰對台灣文學史的理解已經很深入，比較不能突破的，還是仍然用大中國角度「收編」台灣文學史，而這一點，要突破，不論過去現在是不可能，將來也是很難的。

在張默、蕭蕭的〈新詩三百首〉一書中，光看書名，就令人費思。想想看，「新詩」乙詞何其舊也。從新詩到現代詩再到當代詩，幾乎就是「詩史」的演進。

　　特別是大陸，現代詩與當代詩是完全不同意義的。〈新詩三百
首〉採用最早的「新詩」乙詞，弦外之音，不言而喻。

　　結果，打開此書一看體例，在地理時空上，三百首分有大陸篇
（而不用中國篇）台灣篇（敢用台灣二字名新詩）海外篇（到底是
大陸之外的海外，還是台灣之外的海外？）最後，又回到大陸篇（
而標示近期，時間在一九五○到一九九五）。

　　想想看，地理上有此四區，作為「詩史」的建構，簡直「亂跳
」，而且「視線不明」。再配合三百首的時間是從一九一七到一九
九五，綜合地思考，〈新詩三百首〉隱約有一張「詩史」藍圖呼之
欲出。

　　這張藍圖不難看出它是有一種企圖，要避開某種禁區，借用劉
登翰的話，就是：紅燈繞過去。不闖，也不因此停下來，怎麼辦？
繞過去吧？

　　到底禁區是什麼？說穿了，就是政治，說白了，就是不想編成
一部「國家文學」觀點下的「詩史」。所以，才用《新詩三百首》
。試想，若改成《現代詩三百首》《當代詩三百首》《中國現代詩
三百首》《台灣詩三百首》《台灣現代詩三百首》等等不同的書名
，其代表的意義截然不同，其反映的史觀也全然不一樣。

三、幾個觀念的提出

　　由以上兩個實例的互動，可推想而出關於台灣文學史的寫作，
有幾個觀念必須討論：

㈠台灣文學史是「斷裂連續」或「長期連續」的歷史觀？

　　案：斷裂是說一種文學現象與一種新興文體的出現，可以是「
獨立」發展，或經過「詮釋的」「言談的」以及「解說的」等等手
段，而加以描述。長期連續則是在時間上，因果關係上，地緣位置
上，以及「道統」「學統」等諸如此類的問題上思考。而不顧及①

意圖②個性③週期性④生產技術（如電腦寫作帶來的全面觀念性改變）等問題。

㈡**台灣文學史是文本性的或經驗性的敘述？**

案：文本的概念一帶進來，確實在思考問題上起了不小革命。所謂「文本之外別無它物」，那麼，請問文本又是什麼？文本應指一切文學寫出來的以及沒寫出來的那些東西。台灣文學，是一文本，台灣文學史當然是這一文本的描述呈現。但若不以文本看待，台灣文學實際發生的文學經驗有那些？事件真相如何？過程如何？有沒有辦法，跳開文本的思考，而回歸到事件經驗的本身。譬如，一樁車禍，發生就發生了，還有什麼文本？一個張愛玲過世就過世了，文學史就寫下來，還有什麼文本可說？一件鄉土文學論戰發生就發生了，時間在一九七七年八月十七～十九日彭歌先生一篇〈不談人性，何有文學〉，底下的事件發展過程，言論要點，複雜關係，以及最後影響評價等。如果當作「經驗實務」看，可不可能寫出這一段台灣文學史實？若換成「文本」的角度思考，則又是如何呢？

再另外用一個比喻，文本猶如一張藍圖給建築師所起到的最大作用。台灣文學史是先從藍圖畫起，再造一棟大樓。或者，台灣文學史不必問根據那一張藍圖，只負責把那棟大樓蓋成什麼樣如實地，全盤地，從各種角度加以報導描述。據目前所出的幾本台灣文學史來看，「文本」的干擾佔主流，客觀的大樓描述較少看到。

㈢**台灣文學史是集體性的或個別性的敘述？**

案：所謂集體性，不是指集體寫作，而是說在寫文學史的一種觀點、態度。順著前面第二個問題的談法，建築師手上的藍圖比喻作文本，若問那藍圖是一人所構或出於眾手？於是便有所謂的集體藍圖問題，有一個人向建築師表示大意如此，建築師挨著意思畫了個藍圖。那麼，複雜的關係便產生了。如果不止一個人授意，或者說，雖沒有正式授意，但是隱約之間有一種旨意在約束。這樣的藍

圖應該就有所謂的集體傾向。仿照「詮釋團體」的術語概念，不妨給像這種藍圖一般的文本叫做「文本團體」。台灣文學史能不能在文本團體與個別敘述之間取得平衡或辨證關係？所謂個別敘述包括沒有文本與有文本而是個體文本。

㈣台灣文學史是文類書寫或者是理論建構？

案：凡是歷史，事實與虛構總是交集者，所以，現在習慣把歷史當作混血的產物，那麼，歷史猶如一種文類。作為文學的歷史，其文類性質更強。台灣文學史若當作文類來看，它就要有文類的理論的規範。如果，台灣文學史不如此看，而是一種理論（文學理論或社會理論或任何其它理論）的實踐，一種理論的分析應用，那麼，台灣文學史應該是完全開放的、民主的、多元性的，容許各種理論的建構。譬如用三民主義建構台灣文學史，也可以用馬克斯理論建構，甚至宗教觀點的建構，乃至完全用「新批評」手法的建構。美國文學史就有此例，《劍橋美國文學史》（一九一七～一九二一），《美國文學史》（一九四八），《哥倫比亞美國文學史》（一九八八）等三種美國文學史，各自都有一套理論在支撐。台灣文學史何嘗不可以如此做呢？我個人就很想寫一部從「接受美學」「讀者反應理論」的角度出發之台灣文學史。

㈤台灣文學史是口說的自傳的或者是文字的？

案：這是面對未來的世界所想出來的焦慮。口說的一大堆文學材料，要怎麼納入文學史是一大問題？另外，當事人的現身說法，即「自傳」的材料也是一個問題。政治冤案，當年的神秘，今天當事人若健在，他的說詞與自傳，極可能與文字書寫的文學史有很大出入。譬如謠傳鄉土文學論戰有某將軍授意，到底真相如何？可請將軍現身說法。又如五十年代反共文學，據說有官方指揮主導，是誰？他親自的講法又如何？恐怕答案與今天看到的台灣文學史說法大有出入。

　　以上是我個人對台灣文學史寫作的一點淺見，身為台灣學者，真希望自己終有一天成為台灣文學史的一員。

特約討論

⊙李正治

　　游先生這一篇文章，就題目的意旨來說，應該是提出游先生個人認爲台灣文學史到底該怎麼寫的意見。到底怎麼寫是屬於方法論的考察層面，游先生應該是在這方面提出看法，換句話說，這篇文章應該是對台灣文學史方法論的考察。不過，這一篇文章在這方面卻付諸闕如。換句話說他沒有針對主題來談，而是繞著主題提出一些值得思索的問題，他這種方式有點像從鄉村來包圍城市的寫法。在他的前言部份我做了一個檢查，他透過一個很高深的十二消息卦，指出在今天兩岸互動的情境底下，重新思考台灣和中國，以及台灣文學和中國文學的對應關係，是決定台灣文學史怎麼寫的問題。作者首先抛出一個值得思索的問題，在目前台灣政治與文化的論述上，也是常被提及的尖銳問題；不過，作者抛出這個問題之後，卻不是順著題目旨意的走向，來對這個問題進行探討和提出個人的看法，卻只是要我們思索這個問題。與這個問題有密切關係的是第三部份的幾個觀念，他提及第一個必須思索的問題爲：台灣文學史是「斷裂連續」或「長期連續」的歷史觀？在游先生的說明裏，亦是要我們來思索這個問題，卻未提出答案。

　　再檢查第二部份「從兩個實例談起」，他透過兩本著作的對照，揭示出兩本書在起始點上對台灣、中國的對應關係存有歧異看法的史觀，但游先生對台灣、中國對應關係的看法並不明確，而是

　　拋出來留待大家共同思索。不過，在行文中他似乎對於大陸學者劉
登瀚先生以大中國角度來收編台灣文學史的作法不表贊同。

　　接著檢查第三部份「幾個觀念的提出」，他認為台灣文學史的
寫作有幾個觀念是必須要先行討論的。在這一部份，他事實上是提
出五個繞著台灣文學史寫作必須思考的問題，作者的提問方式是這
樣或者那樣，並不決定其中哪一種才是正確的，也不表示兩者是可
以兼容的，答案仍留待我們思索。

　　所以從以上的檢查我們可以知道，這篇文章其實是提出台灣文
學史寫作的一些問題，並不是提出方法論考察的建議或答案。我想
順著題目意旨的走向請教作者幾個問題。

　　第一個問題是，為什麼不順著題目意旨針對台灣文學史寫作的
方法論提出個人的見解？第二個問題是，游先生對台灣文學史寫作
的方法論的見解究竟是怎麼樣？第三，如果把方法論作為論述重
心，那麼在第二部份選取實例來考察的時候，為什麼不選取兩岸已
經出現的台灣文學史著作來考察？剛才游先生說好像台灣文學史的
著作還沒有出現，我想大概其他寫出來的著作，還不符合游先生個
人的標準。他舉的兩個實例是《新詩三百首》和劉登瀚的《台灣文
學論集》。《台灣文學論集》裏面的那篇文章，可能對台灣文學史
的寫作有一些值得考察的意見，但其他台灣文學史的著作如葉石濤
的《台灣文學史綱》、彭瑞金的《台灣新文學運動四十年》，海峽
文藝出版社出版的《台灣文學史》，江西人民出版社出版的《台灣
新文學史初編》，為什麼在選擇實例的時候不拿來考察？而且從這
種考察，更可以看出台灣文學史寫作涉及到的一些具體問題，以及
背後一些方法論基礎的討論。第四，對台灣文學史寫作除了第三部
份值得思索的問題以外，作者是否有一套具體的方法架構，來處理
台灣文學史寫作的問題。剛才游先生提到，他很想寫一本從「接受
美學」或「讀者反應理論」的角度來考察的台灣文學史。我想，游

先生接觸很多西方的文學理論，應該也很清楚，台灣文學史的寫作，必須涉及一大堆具體的問題，譬如說既然作爲歷史研究，它必須是貫時的、歷時的、共時的；譬如說歷史、社會這兩個層面和文學之間相互的關係，以及文學研究在歷史中的獨特性，以及一些文學美學技巧、文學的風格，和互相辯證的關係。像這些問題，事實上在二十世紀文學理論裏面，是不斷地被提出來討論而有待解決的問題。我想這是游先生相當熟悉的一個有關於文學史寫作的問題。

（楊素芬記錄整理）

台灣文學需要什麼樣的工具書？

●張錦郎

　　過去國人談台灣文學的話題，較多討論文學理論、文學體裁、作家與作品、文學教育、文學系課程、文學會議、文學史、文學史料和文學獎等，較少觸及文學工具書的問題。即使外國的漢學家也不例外，如多年前馬漢茂在一篇談台灣文學刻不容緩的六件大事，只有其中第五點後半段談到要編文學詞典。我們圖書館界則比較重視工具書的蒐集和利用。多年前中央圖書館在南海路舊館時，曾邀請四位教授專門講工具書的利用，如劉兆祐教授講「學術研究與工具書」，王熙元教授講「文學工具書」，宋晞教授講「歷史與傳記工具書」，侯家駒講「工商財經參考資料」，在會場上我們看到聽眾反映非常熱烈。

　　今天很榮幸能在這個研討會上表達個人對台灣文學工具書的看法。我們學圖書館的人對綜合性工具書接觸較多，同時也編了一些綜合性的目錄和索引，多少有些經驗和心得。當主辦單位通知我講這個題目後，個人第一步工作是先要了解這幾十年來究竟出版了多少有關台灣文學工具書，這是講這個題目必備的基礎資料。約經過一星期地毯式的調查和多方面的訪問，所得結果如下：書目二十四種、索引四種，同時兼有書目和索引功能的四種，詞典四種，年鑑三種，大事記五種，人名錄和筆名錄五種，合計五十種，很巧合，平均每年一種。缺百科全書和手冊。這是僅限於單行本部分，刊登

在雜誌上或附在書後的，和有些正在編印中的，未列入。這個調查工作，期間很短，遺漏在所難免，特在此聲明。

如果按照年代統計，五十年代一種，六十年代三種，七十年代十一種，八十年代二十五種，九十年代十種。其中又以一九八〇、一九八二、一九八四年出版最多，均在五種以上。事實上五十年代虞君質教授編《文藝辭典》是一部綜合性文藝辭典，與台灣文學無關，真正與台灣文學有關的是一九六六年柏楊的《中國文藝年鑑》。

如果再按照編者統計：應鳳凰個人包辦了十一種，其中合編一種，獨佔鰲頭。周錦也編了七種，柏楊編了三種，集中合編一種。瘂弦策劃編輯的有四種。外國人編了一種，三個圖書館編了七種。編工具書是苦多樂少，其中的辛苦、勞累、日夜繁忙，非過來人是體會不到的。我們今天藉這個機會要向這些編工具書的朋友致最深的敬意和謝意。

如果再按照出版社統計，大部分由書評書目出版社、成文出版社、爾雅出版社、智燕出版社、大地出版社、聯合報出版。其中公家出版的有圖書館和行政院文建會。台灣財力雄厚、規模宏大的出版社是不出這種賠錢的出版物的。

現在言歸正傳，談台灣文學需要什麼樣的工具書。依個人淺見，研究人員比較需要書目、目錄、索引和文摘這類工具書；學生與一般讀者比較需要詞典和百科全書。至於年鑑、大事記、名錄手冊，不論是對研究人員或學習者都同樣需要，同樣重要。

以下分為十項，分別加以討論：

一、就書目來說，今天不做明天就會後悔的是「台灣文學總書目」，這個書目收錄一九四五～一九九五年，有關台灣文學的出版物，不論文學創作或文學理論的學術著作，也不論是教科書、個人

選集、文學叢書、文學家傳記、文學史料、文學工具書、會議論文
集、學位論文等,均要一一收錄。以前沒有編過四十年代的台灣文
學書目,為什麼沒有人編,可能與圖書不易找有很大的關係,公共
圖書館都沒有收藏,只有向私人借,這樣難度就高了。記得中央圖
書館曾辦過現代詩三十年展,中央圖書館本身就少有這方面的收藏
,都是向張默、趙天儀、林煥彰、上官予等幾位作家、學者借展。
當然圖書館通常都編有藏書目錄,但是我們查閱這些目錄,少有四
十年代的圖書,四十年代的文學作品更少,至於四十年代的文學期
刊就更不用說了。連五十年代的也不多,這可以從以前薛茂松先生
發表的〈五十年代文藝作品書目初編〉(《文訊》第九期)乙文看
出來。在慶祝台灣光復五十週年的今天,如果我們沒有把五十年來
出版的文學書刊,列出一個書單,沒有把五十年來作家、學者嘔心
瀝血的作品、著作編成一個完整的書目,實在愧對前人。這樣不論
慶祝活動辦得如何轟轟烈烈,都沒有什麼意義!

　　一定先要有一部台灣文學總書目,文建會規劃中的台灣文學館
,馬漢茂建議成立的當代文學研究資料館,或是前一陣子最熱門的
話題之一的成立台灣文學系,在蒐集台灣文學的作品時才有一個工
具。對於台灣文學研究者,或撰寫台灣文學史的人來說,沒有一部
「台灣文學總書目」,靠零零碎碎的資料,不全又不完整的期刊,
真不知如何去研究,如何去教學,如何去做解釋評論。

　　在這裡個人沒有否認上面近三十種台灣文學書目的貢獻。只是
強調我們需要一本大型的回溯性的書目。編這個書目,難度很高,
但是今天不著手進行,以後更難編了。六〇年代以後的書目較容易
編輯,《文訊》雜誌在這一方面貢獻最大,如它曾多次刊登〈六十
年代文藝作品書目〉(薛茂松撰)、〈近三十年的現代詩集提要〉
、〈報導文學選集提要〉、〈小說選集提要〉和〈文學批評選集提
要〉(均為鐘麗慧所撰),還有〈光復後台灣戲劇書目〉(焦桐撰

）。去年（一九九四）刊登了〈台灣地區個人詩集出版目錄〉，而且《文訊》雜誌自創刊號起迄今一百二十期，每月刊登出版文學圖書，合計已近八千種。負責此月報的有應鳳凰、陳信元、吳興文三位先生，吳先生這個工作已經做了九年，如果加上今年《文訊》雜誌李瑞騰和封德屏主編的《中華民國作家作品目錄新編》四大冊的資料，再加上前面歷年所編的多種文學書目和各圖書館所編的藏書目錄等，編起來就容易多了。新的資料容易蒐集，容易編目；舊的資料不容易蒐集，當然就不容易編目，這是很簡單的道理。總書目編完以後，正文前要寫一篇詳盡的統計分析文字。書後附錄台灣作家在外國出版的作品、外國出版有關台灣文學研究的中外文圖書或譯成外文的台灣文學家作品。

　　二、就索引來說，需要一部與第一項配套的工具書——「台灣文學論文索引」。這裡所說的索引指包括收錄學報、學術期刊、普通雜誌、會訊刊物、報紙和各種論文集的單篇論文資料而言。像一九三二～一九三五年中國大陸出版的《文學論文索引》。一九四九年以後中國大陸出版的文學論文索引超過四十種以上，其中有關中國古典文學、現代文學、當代文學的論文索引約有近三十種，也出版過五、六種中國作家作品評論索引。這些索引大部分由各大學中文系編輯。

　　台灣這五十年幾乎沒有出版過什麼文學論文索引。馬景賢編過《兒童文學論文索引》，瘂弦當總編輯的《聯副三十年文學大系》有三冊聯副作品目錄和索引。其他都是零零星星登在期刊上的專題文學論文索引或作家評論索引。前衛出版社出版的《台灣作家全集》共收五十八位作家，每位作家有由許素蘭和方美芬合編的作家作品評論索引。

　　檢視以上所列多種索引，發現也是缺少四十年代的論文，五十年代的論文資料也收錄不全。還有創作、作品沒有收錄（中國大陸

的《全國報刊索引》收錄作品）。顯然國人編的這幾種索引遠遠不能滿足一般讀者、學習者和研究人員的需要，所以我們亟需一部收錄時間自一九四五～一九九五年的「台灣文學論文索引」。此工程比編「台灣文學總書目」更困難。困難的最大原因是各圖書館所收藏早期出版的期刊和報紙嚴重殘缺。但為了應急可先編「台灣作家作品評論索引」，據《文訊》雜誌封總編輯面告，《文訊》雜誌早已進行這件工作，有幾位編好的作家作品評論索引已刊登在《文訊》雜誌上。最近得知國立台灣師範大學正在進行編輯一套大型的文學書目，書名為《台灣文學書目》，計畫收錄一八九五到一九九三年近百年間文學創作及學者研究文學的相關論著，參與者國內有莊萬壽教授、許俊雅教授、陳萬益教授（清大）、施懿琳教授（中正）。國外有馬漢茂教授（德國）、塚本照和教授（日本）、李歐梵教授和應鳳凰小姐（美國）。上述計畫由於經費有限，似改變以收錄期刊論文為主。又從最近報載，台灣大學羅聯添教授和東吳中文系主任王國良教授合編《中國文學論著集目》初、續編亦將由國立編譯館出版，其中似應收有台灣文學論文。

上述兩種索引不收作品，為了補救這個缺憾，可以編一部「台灣現代文學期刊目次滙編」，收錄一九四五年以後較具代表性又有影響力的文學期刊，將其目次逐年逐月排印滙編，這樣就可包括創作作品。這種目次滙編，只要有期刊就容易進行。這樣可以和一九九五年日人中島利郎編，前衛出版社出版的《日據時期台灣文學雜誌總目‧人名索引》銜接起來。

要編好上述兩種索引和一種期刊目次滙編，要先把這50年來出版的文學期刊和報紙蒐集齊全，並編成期刊目錄和報紙目錄，這件工作也困難重重。這件事應該是國家圖書館或省級公共圖書館義不容辭的責任。

其他各報社如能像聯合報一樣自編副刊索引，或者像《文學雜

誌索引》、《中外文學》、《創世紀》，還有排印中的《文訊》雜誌索引幾種文學期刊編自己刊物的索引，上述兩種索引就容易編了。

三、就詞典來說，需要一部「台灣文學辭典」。馬漢茂在多年前的那一篇文章，說到九十年代台灣文學六大當務之急，第二項為編寫台灣文學史，一部是供學生和普通讀者閱讀的，一部是詳盡、全面而學術性的文學史，第五項後半段是編文學詞典。事實上，寫文學史和編文學詞典，可一併進行，即把文學史上的專有名詞列為條目，加上其他材料，就構成文學詞典的重要內容。四、五十年來沒有編一部台灣文學詞典或台灣文學家詞典，令人百思不解。中國大陸在短短六年(一九八九到一九九四)之間至少編了四部台灣新文學詞典，兩部台灣文學家詞典，還不包括四種以上的各種文學體裁的鑑賞詞典。

雖然早在一九五七年虞君質教授編有《文藝辭典》，內容都是「東西方文學藝術史上重要的名物制度及習用成語典故」。周錦先生（一九九二年二月二十五日病逝）也編了二種現代文學詞典，一種書名詞典，一種未出版的作家詞典，但是其收錄範圍，台灣文學只佔了一小部分。我們每個人都有英漢（雙語）詞典，都有單語的綜合性詞典和語文詞典，也都有一些學科（專利）詞典。如果要學習或研究台灣文學，不能沒有「台灣文學詞典」。個人認為「台灣文學詞典」應包括下列內容：

　　1.文學理論（含基本理論、基本概念）；
　　2.著名作家和文學理論家、評論家；
　　3.文學名著；
　　4.文學思潮、文學流派、文學社團、文學會議；
　　5.文學報刊、文學叢書、文學工具書等。
附錄可收台灣文學大事年表、世界文學大事年表或台灣各種文

學獎和得獎者名單、歷屆諾貝爾文學獎得獎者名單等。書後要編詞目索引。

除本書外，也可編「台灣文學家詞典」，收錄作家（含兒童文學家）、文學評論家、文學史家和文學史料工作者等。

四、就百科全書來說，需要一部「台灣文學百科全書」。外國稱百科全書為「一所沒有圍牆的大學」或「工具書之王」，可見百科全書的重要性，也可看出其作用是具有閱讀和教育的功能，也有查檢的功能。一九二一年王雲五到商務印書館編譯所當所長，他說：「中國至今沒有百科全書是出版界、文化界的一個恥辱」，一九七八到一九九三在中國大陸出版七十三卷《中國大百科全書》，一九九四年又出版總索引一卷，使中國真正有了世界水準的百科全書。台灣近一二十年來也出版了幾部綜合性百科全書，和一、二部少年兒童百科全書，也編了幾部虛有其名的專業性百科全書，但在體制上、體例上、選條上、大中小條目的區分上、條目和釋文交叉以及參見系統的建立等方面，與外國著名的百科全書相比較，還是差一大截。

在我們建國八十年，慶祝光復五十週年，編「中華民國百科全書」和「台灣百科全書」才是最有意義的獻禮。編百科全書，需要龐大的財力、物力和人力，需要政府大力的支持，也還要有各學科專家學者的參與，不是民間出版社的力量可以完成的。

五十年來似乎沒有人呼籲要編「台灣文學百科全書」。個人認為有一套「台灣文學百科全書」等於擁有一個「台灣文學系」，讀完「台灣文學百科全書」，等於讀完「台灣文學系」的課程。

我們亟需一部「台灣文學百科全書」。

我們還沒有編過一部具有國際水準的專業性百科全書，就從「台灣文學百科全書」開始罷！

五、就年鑑來說，需要一部「台灣文學年鑑」。年鑑是系統滙

輯上一年度重要的文獻資訊，逐年編纂連續出版的資料性工具書（肖東發等著《年鑑學概論》）。年鑑的表現形式是由欄目和條目組成，年鑑的內容有專論、概況、紀事、調查報告、文獻、統計資料、圖表、名錄、二次文獻（書目、索引、文摘）、附錄和索引，同時要有詳細的目次。國內編纂的年鑑，體例和內容均欠完備。有的編成像大學教科書，有章有節，有的編成像一本論文集，有的編成文章資料的滙編，有的把年鑑編成「年編」，不少年鑑編了一、二期就停刊。五十年來台灣編了三次文藝年鑑，分別於一九六六、一九六七、一九八二年出版，柏楊始終參與其事，第三次應鳳凰參與主編，第四次聽說稿子編好了，出版社不願意出版。

台灣文學已經有十二年沒有年鑑了，編年鑑比編辭典、百科全書容易，市面上有很多年鑑學的專書和論文可以參考，美、日兩國年鑑事業發達，有很多可供借鏡的地方。年鑑的編輯通常由一常設機構負責。在台灣，個人覺得《文訊》雜誌一年的資料就構成編一本台灣文學年鑑的材料了，不必另起爐竈，找個人編輯。台灣編年鑑，經費是最大的困難，編輯人才不是問題。

文學年鑑要反映創作概況、研究概況、重要會議、學術活動、人物動態（只限於當年較活躍者、影響較大者、創作技巧有突破者為主）、大事記（含文化交流）、研究論文選輯、附錄當年出版文學書目和文學論文索引。文學一定有爭議，作品有爭議、文評也會有爭議，年鑑上要反映說明爭議性中的不同觀點，但不加評論。

年鑑具有累積史料的作用，多年後年鑑上的大事記就是台灣文學大事記，年鑑上的書目就是台灣文學書目，年鑑上的論文索引就是台灣文學論文索引。

六、就大事記來說，需要一部「台灣文學大事記」。有關台灣文學工具書，只有「大事記」交了一份漂亮的成績單。就個人調查所得，這五十年來台灣編印的文壇大事記，單行本計有：《中國新

文學大事記》（1917～1948）、《光復後台灣地區文壇大事紀要》（1945～1985）、《兒童文學大事紀要》（1945～1990）、《光復後台灣地區文壇大事紀要》（1945～1991）。附在專書、工具書後面的也有多種，如附在《台灣文學史綱》書後的〈台灣文學史年表〉（1652～1985）。登在期刊上的有〈五十年代文學大事紀要〉（《文訊》9期）、〈中國現代詩壇三十年大事記〉（1952～1982）（《中外文學》10卷12期），後有張默補遺刊登《創世紀》五十八期，舒蘭補遺刊登《中外文學》十一卷三期。

台灣所編的大事記，有些共同的缺點，列舉如下：

1. 以年表為名的，條目字數不必太長；以大事記為名的則盡量內容充實，每條盡可能有情節。
2. 在每年之首加上一個說明全年整個形勢的簡明提要。
3. 如非重大事件，不必分條記載，可採用紀事本末體，提高閱讀效果。
4. 盡量配合圖片或插圖。

七、就手冊來說，亟需一部「台灣現代文學手冊」。手冊是滙集某一方面經常需要查考的基礎知識、基本資料或數據，以供讀者手頭隨時翻檢的工具書。手冊屬於常用工具書，不論初學入門或研究人員，均需人手一冊。台灣編了很多工作手冊，少編學科手冊，似只有張存武和陶晉生合編《歷史學手冊》一種。台灣文學也亟需這種工具書。這本書的內容要簡要介紹近四、五十年來台灣文學研究和創作發展過程、重要成果、爭論問題和今後發展方向。然後，具體列出下列事實資料：

1. 台灣重要作家生平著作年表（含現代文學評論家、文學史家）。
2. 台灣文學作品、評論著作介紹。
3. 台灣現代文學大事記。

4. 名詞解釋（含文學社團、文學雜誌、報社、文學活動、文學論爭資料等）。

5. 外國台灣文學的教學、研究和翻譯概況。

6. 中國大陸和香港地區研究台灣文學概況。

7. 台灣文學研究機構。

8. 台灣文學學術會議和研討會概況（含在國外召開者）。

八、就綜述文獻來說，台灣需要一部「台灣文學研究綜述」的工具書。綜述屬於三次文獻，三次文獻是利用二次文獻（書目、題錄、索引、文摘）選擇有關的一次文獻（如圖書、論文集、期刊論文等），加以分析、綜合而編寫出來的論文、報告或專書，一般稱為綜述報告、述評報告。這種新型工具書，台灣雖沒有人討論，但是，偶而會在學報期刊看到此類文章，如《中國論壇》第21卷第1期有李東華〈一九四九年以後中華民國歷史學研究的發展〉、黃光國〈四十年來台灣心理學的發展〉、陳伯璋等〈我國近四十年來教育研究之初步檢討〉。一九九一年中國大陸出版王劍叢等編著《台灣香港文學研究述論》是屬綜述文獻的專著。中國大陸經常可看到有關台灣文學綜述文獻的論文，如夏鐘〈台灣文學研究綜述〉（《台灣研究集刊》，一九八四年）、彭韵倩〈台灣文學研究綜述〉（《文學評論》，一九八八年）。台灣文學界早就該編寫這種綜述文獻的專書或論文。

九、就筆名和名錄來說，台灣文學也可以編「台灣作家筆名錄」或「台灣作家名錄」。前者如薛茂松編《當代文藝作家筆名錄》(1949～1979)、朱寶樑編《二十世紀中國作家筆名錄》；後者如邱各容主編《兒童文學工作者名錄》，中央圖書館編《中華民國當代文藝作家名錄》。此類工具書，編輯體例較穩定，每五年或十年增訂即可。

十、就工具書指南來說，也需要一部「台灣文學工具書指南」

。把上述九類工具書編成一種解題書目，稱為「工具書指南」，或稱為「工具書指引」、「工具書的工具書」。這種工具書指南收錄的工具書大部分有內容提要或評介，通常按分類排列，以增強其指導功能。書後附有索引。編「台灣文學工具書指南」，除國內出版的文學工具書外，亦可收中國大陸和外國出版有關台灣文學的工具書，還要收錄刊登在報刊上、學科年鑑上、論文集和附在書後的專題書目和專題索引等。這種工具書指南也是學習和研究台灣文學的人，以及圖書館的參考館員解答讀者諮詢問題必備的參考工具，也是圖書館選購台灣文學工具書的依據。

　　以上是個人從一個圖書館員的角度出發，探討台灣文學需要的工具書，分為十類，並列舉近三十餘種已編、待編的工具書，加以說明。內容、觀點如有欠妥的地方，請多批評指教。

特約討論

⊙劉兆祐

工具書對學術研究是重要的。我們今天談了很多台灣文學的問題，譬如說台灣文學系成立了以後，教什麼東西？台灣文學到底寫什麼？將來台灣文學怎麼樣發展？研究什麼問題？過去的台灣文學有哪些成就？事實上這些問題都需要靠工具書來解答。因為沒有工具書，就看不出台灣文學到底有怎麼樣的內涵，到底台灣文學有哪些作品，有哪些評論文章，而這些問題的解答，事實上都靠台灣文學的工具書。在國內談到文史方面的工具書，剛才引言的張錦郎先生，是貢獻最多的一位，他在國內最暢銷的書叫《中文參考用書指引》，不知已經發行多少版了。而在台灣比較厚的工具書中，《中國文化研究論文目錄》、《中國近二十年文史哲論文分類索引》、《中國報紙文史哲論文索引》等等一系列的工具書，都是張先生完成的。

他這篇論文給了今後研究台灣文學時，在理論或資料基礎應該怎麼做的一個正確的方向。這些工具書如果能編輯出來，是非常重要的。在此也提出幾個意見，請張先生指教。

第一，張先生把工具書分為十大類是相當完整的，我建議在這十大類之外再加一類「台灣文學作品預存書目」，因為很多台灣文學相關的書在台灣不一定能找得到，如果這個書目能編出來，也許將來各位在研究時，循著這個書目來找資料就能更完整。另外，在

編輯目錄的時候，在體例、內涵上也應該注意。甚至解題目錄、台灣文學著作的序跋等都可以歸納起來。所以，我想在十大類中，還可以做更詳盡的分類。

第二，張先生建議應該收錄一九四五年到一九九五年的論文目錄，我倒是希望能把年份往前推，不要限於一九四五年後，這樣的目錄應用性、價值會更高。我常常說目錄是學術研究的工具書，它的目的就是考證學術的源流。把目錄按照時代的先後排列，就可以看到學術的發展情形，台灣文學也是如此。另外，分類也可以看出每一時代學術的內涵，譬如說編台灣文學史目錄時，把歌仔戲、子弟戲列入，這些類目便能反映出台灣文學的特色。分類是目錄書很重要的一環，因為根據目錄可以考證學術的源流、學術的內涵，台灣文學要編目錄也就是這個原因。

其次，張先生談到很多目錄、工具書，目前在台灣都是由個人完成的，令我覺得圖書館界、文化機構並不重視工具書。剛才張先生也談到，我曾經在民生報上建議金鼎獎應該給工具書一個獎，因為編工具書需要最多的人力、經費、時間和精神，但是這一方面大家都不重視。我在很多的場合也向國家圖書館的負責人提議編工具書，但他們認為圖書館的職責在典藏，並不需要編工具書。他們不了解圖書館除了典藏，還有參考諮詢的功能，而參考諮詢、讀者服務就需要工具書，沒有工具書憑什麼來答詢人家！編參考書、工具書正是圖書館的重要工作，我也建議今後我們的國家圖書館，應該多編工具書。

我們今天談台灣文學的問題，像陳萬益先生呼籲成立台灣文學系，游喚先生談到台灣文學史的問題，事實上要解決這些問題一定要先有完善的工具書，包括目錄、索引、紀事、年鑑，如果沒有這些東西，要寫台灣文學史很難，台灣文學系開課也很難，為什麼？因為學生找不到資料。所以我想在研究台灣文學、成立台灣文學

系，或者寫作台灣文學史之前，對於工具書的編纂應該加強。（**楊素芬記錄整理**）

組織表

名 譽 會 長：簡漢生
名譽副會長：穆閩珠
會　　　長：毛祚仁
總　策　畫：李瑞騰
執　行　長：封德屏
執 行 秘 書：高惠琳・湯芝萱
〈工作小組〉
總務組：戴淑清
場務組：高惠琳
接待組：湯芝萱
校對組：孫小燕・郭怡君

議程表

【**主辦**】文訊雜誌社

【**時間**】84年10月25日

【**地點**】台北・國立台灣師範大學教育學院國際會議廳

13：30～15：30　上半場（主席：龔鵬程）

　　　　　　　　陳萬益／台灣文學是什麼？（何寄澎特約討論）

　　　　　　　　平　路／我對「台灣文學」的看法（向陽特約討論）

　　　　　　　　柯慶明／台灣文學的未來發展（廖朝陽特約討論）

15：45～17：30　上半場（主席：李瑞騰）

　　　　　　　　張　健／台灣文學研究的問題（馬森特約討論）

　　　　　　　　游　喚／台灣文學史怎麼寫？（李正治特約討論）

　　　　　　　　張錦郎／台灣文學需要什麼樣的工具書？（劉兆祐特約討論）

充滿活力的台灣文學傳統

「面對台灣文學」座談會側記

◉楊素芬

行政院文化建設委員會策劃「五十年來台灣文學研討會」系列活動,第一場「面對台灣文學」座談會由文訊雜誌社主辦,於八十四年十月二十五日下午,假台灣師大教育學院國際會議廳舉行。除了多位學者出席討論以及青年學子的熱烈參與外,耆老巫永福先生也出現在會場聆聽。此次座談會分上下兩場次,共計六位作家學者引言。約有三百餘人參與,場面十分熱絡。

一

一時三十分座談會正式展開,由龔鵬程教授擔任主席。首先由清大教授陳萬益開宗明義談論〈台灣文學是什麼?〉的議題。他以葉石濤「沒有土地,哪有文學」、陳映真「文學來自社會,反映社會」,以及三十年代黃石輝的名言「你是台灣人,你頭戴台灣天,腳踏台灣地……應該去寫台灣的文學」等為例,點出台灣文學一直都存在著界定上的歧異。他認為,尊重包容不同的意見,努力耕耘自己的作品,至於歷史的評介與定位,自有後世公評。他進一步提出個人對台灣文學範疇的釐訂,他認為「台灣文學就是發生於島嶼台灣的文學,隨著歷史的進程,不同的族羣先後移民入台,不同的

文化語言相激相盪，因政經社會的變化，而呈現獨特的和多元的面貌，其範疇可以概括：民間文學、傳統詩文、日據時代的台灣新文學、戰後台灣新文學。」

特約討論人台大教授何寄澎指出陳萬益教授贊成用一個比較包容的觀點來看所謂的「台灣文學是什麼」，不失爲一個學者在學術上的客觀。他幽默地表示，「台灣文學是什麼」這個問題在現階段來講，其實是很清楚的，這所謂的很清楚是指各說各話的立場言論很清楚。此外，他從陳萬益這篇論文的行文用語中，相信陳教授對台灣文學的看法有自我一套特殊指涉的定義和範圍。何寄澎強調，文學最終會回歸到文學的本質，而事實上在台灣這塊土地上所創造出來的文學作品，已經有了諸多風土的面貌，這是不容否定的。

第二位引言人是作家平路，題目是〈我對「台灣文學」的看法〉，她考察歷史的脈絡，提出「縱觀台灣的歷史，本是一頁被殖民者刻意扭曲的歷史。」「在政治力量的壓擠下，台灣歷史常作了意識形態的戰場，因此，以台灣爲著眼點的『本位論述』近乎不可能。」她點出要重建被刻意扭曲的歷史，可以從「台灣過去的文學作品中蘊藏著眾多契機，透過反覆閱讀，還原的是台灣人民點點滴滴的生活軌跡，重建的是一頁以台灣本位作論述立足點的歷史。」平路並以充滿隱喻的「加減法」觀點說「政治上的意識形態是一種削減的方法，把個人生活簡化成其社會功能，又把社會生活簡化成政治鬥爭，但文學應當反其道而行，恰恰是一種抗拒簡化的力量。換句話說，文學可以把意識形態的『減法』再做『加法』還原回來！」

特約討論人向陽指出平路的論述雖使用了想像力及隱喻的手法，然對台灣文學極具啓發性的看法，提供給我們無限思考的可能。平路質疑台灣文學書寫是否要向大眾低頭？是否應該接受意識形態國家機器的宰制？這兩種都是對台灣文學的一種削減力量。向

陽從平路的行文裏發現她可能要強調顛覆，不管是自覺的、拒絕臣服的，或者多面向的、去中心的，或者去殖民的，這樣的一種努力基本上就是顛覆。再者，平路提到文學是反其道而行，事實上也是一種顛覆的想法。平路在結論當中提到台灣文學家未來的書寫要質疑、要對抗，向陽亦贊同台灣文學家應該堅持一個必要的語言，以及語言背後意識形態的策略。

第三位引言人是台大教授柯慶明，他對於「台灣文學的未來發展」提出引言。柯教授就文學與傳統的角度來考慮台灣文學未來的發展問題，他指出「半個世紀以來，台灣確實發展出了一個迥異於日本與中國大陸的文學傳統。這個文學『傳統』不但已經延續了三、四代的作者與讀者，似乎正隨著本土意識的日益高漲，而逐漸在有意識的吸納上述個個台灣地區內的其他的文學傳統，將來或許可以融合成為一個更具整體性與連續性的『台灣文學傳統』。」他並進一步強調台灣發展出來的文學傳統不是一個「封閉性」的傳統，相反的，它的活力正在於它的「開放性」與「綜攝性」，其所迸發的不僅是「台灣人」而同時更是「人類」普遍的心聲，高瞻遠矚看到的不僅是「台灣」，而同時更是「世界」長遠的過去、未來。

特約討論人廖朝陽教授特別提出柯教授所言台灣文學有「疏於醞釀，難於醇厚」短處的看法，希望大家對這一針見血的提醒來作反省。針對大傳統與小傳統的對比，廖教授提出相反角度的思考，他認為大傳統跟小傳統並不會互相排斥。而將台灣文學跟大傳統的關係，不一定要脫離地域性的立足點去依附或重視外來的大傳統，反而應該透過小傳統的發揚來參與跟改變大環境裏的主流傳統。

三篇引言及特約討論之後，即開放做現場討論。師大黃明理及世新徐士賢兩位青年學者扣緊時間提出對台灣文學的個人看法及研究心得。余興漢老先生發言指出，文學是文化的一部分，只有中華

文化，沒有台灣文學；只有中華文學，沒有台灣文學。主席龔鵬程
教授以合格的學術性質討論回應意識形態的爭論，一度引發余興漢
的不滿，執意要繼續發言下去，隨後以尊重主席及議事規則平息了
這場突來的糾紛。

二

　　第二場座談會自十五時四十五分開始，由李瑞騰教授擔任主
席，台大張健教授在面對〈台灣文學研究的問題〉的議題時，先行
對台灣文學作一定義，即「在台灣地區所創作的文學作品及其有關
的理論、批評等。」他指出，研究台灣文學所面對的問題，理應包
括五大項：「台灣文學定位的問題」、「台灣文學淵源的問題」、
「語言的隔閡與換代問題」、「對作者的探索與了解」、「政治信
仰的干擾」，並提出大陸學者在對台灣文學進行研究時的三點先天
的缺憾。

　　特約討論的成大馬森教授，就自己曾經寫過台灣文學定位的文
章，提供了補充意見。他認為以語文的方式，再加上作者對於某一
地區的認同，以此來定位大概比以意識形態或者以寫作的主題、作
者的血統來定位要來得寬大。他也補充張健教授論及台灣文學的淵
源問題時，應考慮到原住民問題。馬森對張教授所言「政治的歸政
治，文學的歸文學」深表同感。

　　彰化師大游喚教授在討論〈台灣文學史怎麼寫？〉的正文之
前，透過一個很高深的十二消息卦，指出今天兩岸互動的情境底
下，重新思考台灣和中國，以及台灣文學和中國文學的對應關係，
是決定台灣文學史怎樣寫首先必須面對的起始問題。再者，他以劉
登瀚《台灣文學論集・文學薪火的傳承與變異》與張默、蕭蕭合編
《新詩三百首》作例證，指出二書代表的意義截然不同，反映的史
觀也全然不一樣。另外，提出台灣文學史是「斷裂連續」或「長期

連續」的歷史觀？是文本性的或經驗性的敍述？是集體性或個別性的敍述？是文類書寫還是理論建構？是口說的或者是文字的自傳？這五點關於台灣文學史寫作時必須討論的觀念。

特約討論人淡江大學李正治教授就題目的意旨，建議游喚教授除了繞著主題提出一些值得思索的問題外，應該提出台灣文學史到底怎麼寫的個人意見，並對於台灣文學史方法論作一考察。至於所舉的兩個實例，李教授質疑爲什麼不選取兩岸已經出現的台灣文學史著作來考察？像台灣文學史的著作有葉石濤的《台灣文學史綱》、彭瑞金的《台灣新文學運動四十年》，海峽文藝出版社出版的《台灣文學史》，江西人民出版社出版的《台灣新文學史初編》等多部文學史的考察，更可以看出台灣文學史寫作涉及到的一些具體的問題，以及背後一些方法論基礎的討論。此外，李教授對於游教授在台灣文學史寫作上幾個觀念的提出，使用這樣或者那樣的提問方式，不表贊同。

最後由張錦郎先生發表〈台灣文學需要什麼樣的工具書？〉，他先檢視台灣目前現有的工具書，再將台灣文學需要的工具書分爲十大類，分別就「書目」、「索引」、「詞典」、「百科全書」、「年鑑」、「大事記」、「手冊」、「綜述文獻」、「筆名和名錄」、「工具書指南」來論述，並列舉近三十餘種已編、待編的工具書，加以說明。他語重心長地表示，工具書的編纂不只是圖書館的工作，希望能有更多有心的人士加入台灣文學工具書的編纂行列。

劉兆祐教授在特約討論時表示，工具書對學術研究是重要的。他說，假使台灣文學系成立了以後，教什麼東西？或者寫台灣文學史到底寫什麼？將來台灣文學怎麼樣發展？研究什麼問題？過去的台灣文學有哪些成就？事實上這些問題都需要靠工具書來解答，因爲沒有工具書，看不出台灣文學到底有怎麼樣的內涵，台灣文學有

哪些作品，有哪些評論文章。他補充張錦郎先生在十大類之外應再加一類「台灣文學作品佚存書目」，書目資料會更趨於完整。

　　三位引言人及特約討論完畢，開放時間給與會者討論。文化大學林明德教授搶先發言，他提出對台灣文學的定義，認為台灣文學應當是居住或出生在台灣地區，對台灣地區文化有所認識的文人，以台灣地區所使用的語文所寫出來的文學。周慶華表示，不管是哪一種台灣文學的論述，都會涉及到一個基本前提，就是要爭取發言權，或是形成一種支配的優勢。最後，三位引言人以簡要的意見回應了問題，其中張錦郎先生一再謙虛地表示，他只是一個圖書館的管理員，說話不會有太多的學術味道，然張先生誠懇篤實的態度博得與會者的熱烈掌聲。經過一下午的「面對台灣文學」討論激盪後，座談會於十七時五十分圓滿結束。

＜台灣文學中的社會＞
研討會

50年來的台灣文學

反映出什麼樣的社會？

本研討會的九篇論文觸及族群關係、

民俗宗教活動、企業文化、家庭倫理、

兩性關係，乃至街頭活動等

重要的文學社會課題。

《專題演講》

台灣文學與社會

⊙齊邦媛

　　這麼多年來，大家把文學與社會互相反映的關係，看作理所當然。因為題目太大，今天我還是從小說講起，產量甚豐的散文與雜文真正反映了台灣變遷中的社會。但因缺乏有系統的整理，所以無法在短時間裏作介紹。這些年來，大家都知道何凡的「玻璃墊上」，彭歌的「三三草」等，都膾炙人口。最近學術界也有很多作家投入專欄寫作，譬如漢寶德先生（也行）、黃碧端女士等。這都反映了台灣每一年、每一月、每一週、每一天發生的事，如果把它們合成集子，例如橫跨四十年歲月的《何凡文集》，就是一部活生生的台灣社會史。我們在這套文集中看到經濟、政治的變化對人生形態的影響，比實際的經濟、政治記錄還要清晰生動。其中的親和力量，讓每個人感受到，曾經走過這樣的路時的心境。

文學是鏡子，也是燈

　　在小說裏所反映的社會現象和整體人生的組合情形更易完整。因為小說可以超越時空，可以虛幻，可以寫實，在虛構與實際互補之際，交織出那些人物的希望與失望和他們迴旋其間的圖景。所以，我雖然沒有能力走遍全台灣，可是有些地方，我會覺得我來過，因為我曾經在書裏看到有人描寫過，栩栩如生，那裏的人物、事情，好像都在重演。為什麼小說可以這樣動人？原因就是小說裏

有人和社會這兩者的關係。昨天顏崑陽教授寫了一篇本次會議的前言，他質疑文學作家應該是鏡子還是一盞燈？其實我們不僅是鏡子，我們也是燈。文學與社會的關係，對於作家來說，我認爲好像魚跟水的關係。

譬如五十年以前，賴和寫＜一桿秤子＞，寫當年的市場、市井人物的生活，及日本統治者的樣子，我們今天看來，仍有許多市場的現象可與五十年前的市場呼應。吳濁流寫《亞細亞的孤兒》，描述一個漢人的孩子在台灣生長，受教育，一步一步，直到他去大陸尋找他的原鄉，就好像我們也跟他一起走過這五十年，或者更多的歲月。吳濁流還有一篇短篇小說＜先生媽＞，是我常引用的，描寫一位醫生的母親，她的兒子在日治時代，必須接受日本人的教育，一切行爲以日本人爲準，盡量討日本人的歡心，甚至連他家族的姓名都改爲日本式的。然而這位母親卻堅持抵抗，保留其本色，包括台灣人的衣服，以及一切的生活習慣，不與日本統治者合流，到最後她只能跟上門來討飯的乞丐交談，他們保存了自己最親切的、本土的文化與尊嚴。這篇小說在很短的構局裏可以看出很大的變化，母親與兒子走了很不同的路，兩代間不同的看法，在政治的衝擊之下，如何保存某一種卑微的，但是強烈的尊嚴。在這個社會中，醫生是最成功的，而老太太和乞丐是最失敗，最沒有用處的社會邊緣人，這兩種人的尊嚴，我們在五十年後給予另一種估價。

五十年來的台灣文學，留下台灣社會上各種生活近乎完整映像的，是幾位長期寫小說的人，例如：鄭清文先生，他到現在已經寫了兩百多篇小說，其人物與人物活動的天地，幾乎佈滿了台灣全部的土地。他這兩百多篇有不同的人物、不同的地點、不同的行業和他們不同的遭遇。如將這兩百多篇合成全集，諸位想想，那還有什麼地方，對你是完全陌生的？

李喬先生寫客家人的不朽名著《寒夜三部曲》，用九十萬字描

寫客家人從平地到山地開墾，由富足到饑餓，由饑餓到戰爭帶來的惶恐。這是從一八九五年寫到一九四五年，整整五十年來台灣人在日治時代的全部紀錄，看他們怎麼樣地生活，為衣食住行怎麼樣掙扎。我不相信有任何人看了這本書，會對台灣感到隔閡。我現在正推動將這部書翻譯成外語，讓國外人知道在那五十年間，台灣人是怎麼樣地生活、怎樣思想。雖然它不是一個生活起居的紀錄，但是可以看到客家人在困境中遷往苗栗山裏——番仔林——的情況，然後從地下一寸一寸地以血汗植下生存的根基。他們的子孫被徵召到南洋去當兵，沒有回來，日本人戰敗之後，台灣兵被丟棄在南洋的荒山奔跑時，面對北方喃喃地說：「我要回台灣。」我每一次看到這裏，都情緒激動不已。

在許多國際場合中，講台灣文學，我總是舉例說台灣絕對有好的作品可以作為代表。在世界大戰之後，各國紛紛復國、建國，在分分合合，顛沛流離中，台灣絕對是個很好的例子。我們是個復國的國家，是個重視教育的，自覺自尊的民族，能把台灣建設成今天這個樣子，完全是靠我們自己，除了初期的美援之外沒有靠別的外力，而這奮鬥的過程也有相當高水準的文學紀錄可以傳世。

文學家怎麼看我們這個社會

文學作家是怎麼看這個變化的社會的？儘管在選舉中呈現出的是，罵的多，讚美的少，但我認為台灣社會，縱使再怎麼悲情，仍有很高的希望。這個希望存在於人們的奮鬥中，他們說：「我要活下去，我世世代代要活下去。」活下去並不是一口喘息尚在，而是世世代代活下去的尊嚴。

當我在講台灣文學中的社會的時候，又有另一批人浮現我的腦海，使我日日夜夜地想。那就是一九七〇年代的陳映真、黃春明、王禎和這些人。其中我認為王禎和所描寫的本土的變化，是最為明

顯的，而陳映真與黃春明兩人的鄉土描寫則較爲溫和，有沈重的心情。王禎和用嬉笑怒罵的方式，寫了幾本一直頗引人深思的小說，他到底要說些什麼？他所留下的社會影像是什麼樣的？

把王禎和歸於喜劇性的作家，這未免看得太輕了一點。王禎和的《嫁妝一牛車》已是經典之作，寫一個社會底層的牛車夫，爲了一輛牛車，放棄了一個人所有的尊嚴，把妻子也送給人家，可以說一點骨氣也沒有了。這部小說一開始，人們就用種種的方式來嘲笑他、看不起他，這些人在一間小酒館裏，而這裏就是最早、最普通的，現在還存在台灣的一種社會。這個酒館代表人與人之間一切評判價值的現象，王禎和用這些人嘴裏說的話來諷刺這個車夫阿發。他走到最後的地步：只要有酒喝，其他什麼都不管。這裏表現了明顯的對比，即一般世俗的觀念，以及一種人窮途末路時不願再奮發向上的態度。

另外，王禎和還有一本書，也是常被人視爲鬧劇的《玫瑰玫瑰我愛妳》，寫花蓮一個妓女戶的經營者，這個人名叫賈斯文，他是外文系畢業的。所以虛擬這樣一個人，他可以用很多種語言：用低俗的台語（因爲他開妓女戶），用破碎的日語，還用洋涇濱英文以及標語式的國語，實在是一個可笑的人物。作者描寫一個樸實的社會，演變成一個笑貧不笑娼的社會。這裏諷刺了我們許多人心理的轉變和這個社會。當然，社會的轉變常是人心轉變的結果。

從大學的廟堂、政治的殿堂，到販夫走卒，以至賴和描寫的市場，在在都顯示著人心。《玫瑰玫瑰我愛妳》從頭到尾是一齣黑色幽默劇，但它裏面充滿了對人生的無奈與悲憫。爲什麼受這樣好的教育，會各種語言的人會選擇走這樣一條路？他有時候還理直氣壯，而在花蓮的鄉里中也成爲一個仕紳。諸位看了後也許都有會心的微笑，我們今天的政壇正充滿了這樣的人物。因爲我們的社會容許甚至鼓勵他們，因爲我們笑貧不笑娼。

王禎和的＜小林到台北＞中，小林是個鄉下孩子，他父親為了省六塊錢，可以走三個小時的山路。小林為了謀生來到台北，和所有鄉鎮的孩子來到都市一樣，他所遭逢的是一種極大的文化衝擊，或者生活方式的衝擊，對錢、人生、工作、男女關係的態度，一切都使他非常地驚訝，從這篇小說裏可以看到他的適應，他的難過。從鄉鎮到都市的變化，不是一夜之間形成的，是有無數個像小林這樣的孩子來到台北，從事基層工作，在這裏求生度日，直到他們三、四十歲成為中年人，就變成台灣社會裏最重要的組成分子。小林初到台北，在航空公司裏做事，看見身為那個時代裏最現代、最洋派，最有國際關係的一批人，卻都那樣令人無法接受，男女關係隨便，對人漠不關心。最後他為一個生了重病快要去世的小女孩痛哭，因為她父親為總經理做事而不能來看她。在那樣冷漠的社會，人像機器一般，他哭的是人的價值的喪失，雖然他不一定懂什麼是人的價值。王禎和從來不在他小說裏說教，說不應該，或我們應該怎麼樣。他用最單純、最樸實的一個少年人的心，來批評這個社會。當然很快的，小林也會變成一個麻木的，漠不關心的中年人。

小說家對社會發出勸告

透過這些故事，可以發現小說家在對這個社會發出勸告；勸告不行，跟著哭泣。小林的哭，就等於一顆純樸的心情如何面對一個變化的社會。看著這個社會由好的一面變得稍壞，再變得更壞、更冷漠……，所以他才哭。我一向很尊重別人的眼淚，包括男人的。我們知道傳統性別教育中不允許男人哭，如果一個男人哭，是沒出息的。可是我覺得任何人的哭，都值得尊重，因為不會有人無聊得無緣由即在那兒哭，甚至於女人。諸位認為古時候的女人，一哭二剪髮三上吊，那可能是無可奈何中，唯一衝破困境的方式。可是今天無論那一個人，都有他相當深沉的一面，小林肯在這種地方為他

人而流眼淚，我認為非常可貴。而這種可貴，就是我說的，文學對人生存的某一種希望。讀者應該尊敬那些能夠表現他對人生的某一些悲憫與同情的人。

其實人們最熟悉的，可能不是王禎和，而是黃春明。黃春明的〈鑼〉、〈甘庚伯的黃昏〉和〈兒子的大玩偶〉，現在已是無人不知的經典之作了。他所寫的是一個漸漸沒落，而且非常浪漫的「黃昏時代」的情況。「兒子的大玩偶」終有一天必須脫下彩衣，回到一個非常現實的社會，面對一個現實的人生，來做另外一種打拚。已死去的作家洪醒夫所寫的〈黑面慶仔〉，也都表現出許多我們看不見的角落裏的人的生活。這種例子，簡直多得不勝枚舉。假如仔細地把每一年的小說選集或許多已成集的書合起來看，台灣的社會諸象在小說家筆下都保留著，而且既詳細又生動。許多小角落裏，人每天活著，嬉笑怒罵都活在這些書裏，直到如今還在延續，年輕的一代也還在寫，他們寫的當然是另外的一種，我們今天稱之為「都市文學」。而本土文學，也不是只有老榕樹、廟口、老人蹲在那兒講古那麼簡單。

都市文學應多一點人性

都市文學裏的社會敘事當然是更直接了當，這裏沒有田園，也沒有太多世代的回憶，只有一個「現在」，一個活生生互相競爭的社會，人很擁擠，事情非常複雜，許多事像流沙一樣，隨時都有陷阱。我們在文學上留下都市文學最早痕跡的，譬如黃凡的《慈悲的滋味》，寫許多人共同住在一個大雜院裏，最後為了一位老太太的遺產，而有一場貪婪百態的演出。張大春的〈公寓導遊〉，也是都市文學最早的幾篇之一，很有可看性，黃春明的〈兩個油漆匠的故事〉跟〈小林來台北〉一樣，寫來到大都市高樓的油漆匠以生命來換取生活的種種辛酸。最近五年，或者更早一點，有一些作家專門

描寫都市裏不悲情的一面，我們稱爲「新新人類」，他們的生活無憂，吃東西都還要父母懇求。當然家家都有這樣的小孩，不吃牛奶，不吃麵包，不吃肉，母親還要去求他。這樣長大的小孩，他們的生活裏毫無憂愁，你跟他說「悲情」，他認爲是很多餘的事。他們所追求的是一種能夠得到很快反應的歡樂。而這其中最主要的來源是電動玩具。電動玩具裏的生、死、喜、怒、哀、樂，都是非常科學化的。按一個鈕，立刻就有人死了，而且血流滿地，就是因爲知道那是假的，所以不會動心，不會像〈小林來台北〉那樣的哭。這是沒有眼淚的一代，是幸福的一代。我們也不要批評他冷酷，他就是這麼長大的，他所看到一切的貧困、殘暴、兇惡……都是假的，沒有真正的殘暴，沒有真正的死亡，沒有真正的貧困，因爲他沒有看到。假如說有人死在眼前，車禍或者什麼的話，都已經蓋起來了，看不見的。所以這是很幸福的一代，當然我們若用舊人類的說法，他幸福嗎？他是真幸福嗎？我想不必問，他們也可以問你，你在抗戰的時候，沒有飯吃，光著腳丫子，你覺得幸福嗎？你能說那個時候幸福，我們這個生活方式就不幸福嗎？幸福是很難定義的，幸福是件相對的事，也甚至於沒有主題，因爲許多人幸福的時候，多半是渾渾噩噩。文學裏寫幸福，也很少成功。

現在新新人類的代言人所寫的，多半是介於現實與電動玩具之間的人生。他們那個社會半真半假、半虛半實。他們在馬路上飆舞時，那種音樂、聲光，讓他們在那樣的感官世界很快樂，因爲他們有擬象視界可以配合。假如你沒有足夠的衝力配合那樣強力的聲光和動感，當然是被淘汰。但這裏的淘汰只是形式，人生有許多東西是不能被淘汰的。

新新人類小說家張啓疆，我認爲他是一個很有展望的作家。張啓疆大概三十歲左右，或者剛剛大一點，有舊社會、舊人類的豐富文采，有眷村第二代的背景，他觀察人生的面很廣。最要緊的，無

論在哪一個時代,我覺得文學作品一定要有文采,而不是光靠努力,讀書破萬卷,也不保證你就可以成爲作家。文采是生而具有的。還有羅葉、紀大偉,最近都在重要的文學大獎得獎。文學獎通常是從幾十人,甚至幾百人中挑選出來的,而且評審過程公開,得獎的人也都實至名歸。當然有些人不知道爲什麼得了一、兩次獎後就消失了,然而也有許多人繼續寫下去,像張大春、張啓疆、羅葉、林燿德、紀大偉…等這些是我們未來的希望。

我對都市文學新新人類的寫法有一個最大的希望,當然他們也會這樣做,就是人性更多一點,讓迷宮靈劍魔鏡魔界的成分漸漸少一點。人到了四十歲,大概相信「幻」的少,相信「眞」的多,寫魔界,恐怕會愈來愈寫不下去,因爲你面對的是現實的人生,儘管現在媒體發達,但我相信人與人之間最親切的,眞正最關懷人的,還是最眞實的家人、朋友,和我們自己所選擇閱讀的東西。我相信無論他是什麼「人類」,都會回來寫人性。人性裏面的東西,以他們的角度來看,當然會和舊社會不一樣。都市文學和本土文學一樣,正方興未艾地創造中,在每一天的生活中以不同的面貌呈現。

女性首先要走出閨怨

再談女性社會。大家當然馬上想到最近風起雲湧的女性主義運動,但女性社會與女性主義運動的社會不是一樣的,有許多女性從生到死沒有任何主義。所以有沒有主義的女性,和有主義的非女性。我所說的是女性的處境,女性的世界,在這裏沒有主義的支配,也沒有運動,有的是人生持續的生存。女性首先要走出閨怨,閨怨有兩個原因:第一是她在深閨之中,與社會脫節。第二是她沒有申訴的管道,沒有人聽她說話,所以她有怨。女性必須先走出閨怨,才能眞正做一個人。第一個這樣子寫的,是袁瓊瓊<自己的天空>。當此文初出時很引人訝異,什麼是「天空」?天空與她有什

麼關係？她所寫的是個人有自己的一片天，她描述一個女生被丈夫
遺棄，卻還是有她的一片天，當她的丈夫和她討論離婚的條件時，
她在哭，可是她的心裏說，我並不怎麼想哭，我沒有那麼悲傷。因
為她的丈夫不忠於她，她已經感到憤怒與悲傷，生氣甚至因認命而
淡漠的感覺多於想哭的感覺。但是社會習俗說，在被丈夫拋棄的情
況下，妳應該哭，這是一個很奇妙的現象，男人幾乎沒法了解，男
人所想像的是像電視八點鐘肥皂劇的女主角，一遇到災難就大叫
「我怎麼辦哪？！我怎麼辦哪？！」然後就哭起來。不過我想大多
數受過相當教育的女人，並不是那麼想哭，不是想喊「我怎麼
辦？！」而且我對中國男人死了以後，女人要自稱「未亡人」感到
反感，這是一種變相的殉葬。或者是傳統社會對女性殉葬的期望？

　　袁瓊瓊＜自己的天空＞開了一片天地，也許她不是第一個，但
這是一種明確的「宣言」。書中女主角離婚後覺得自己過得很好，
並沒有差於以往。她看到她丈夫新娶的女人，她很有優越感地說：
「他晚上還是不刷牙？而且還磨牙嗎？」這種「前妻」對「新歡」
說的話，也許只有獨立性的新女性能了解，或帶有一種「解放」的
感覺。在二十年前，袁瓊瓊第一次做了這種宣言，接著蕭颯、蘇偉
貞都寫了許多女性在婚姻和愛情中的種種顛覆性的作為。

　　蕭颯寫過一些轟動一時的作品，譬如＜二度蜜月＞、＜我兒漢
生＞、＜日光夜景＞這些小說，都描寫女子在愛情、婚姻裏並非完
滿過了一生，有許多的人生是殘缺的，然而殘缺不一定是絕望的。
對於愛情和婚姻的看法，她們已與上一代有了完全不一樣的新看
法。到了廖輝英的《不歸路》，更是令人震驚。李昂寫《殺夫》，
因為一個女人在沒有飯吃，生活沒有退路的時候，或許這是最後的
一種突破。而這種情況的造成，是由於社會的不公，因為社會允許
她被逼到這種困境。所以她等於是作困獸之鬥，對社會的控訴高於
她殺夫的意義。不過，我個人並不贊同這本書作為我們對外宣傳的

作品，在國外可看到多種文字的《殺夫》，文建會還有補助。因爲那雖然是一種極端的困境，但這種困境在人類史上，應該也不是很多，只是她以文字精鍊情景的合理，寫得叫人同情。我希望台灣有更多關於女性的書，翻譯成外國文字，而不只是這一本。

學術界還常提到朱天文《世紀末的華麗》。這本書的主角是一個模特兒，她二十五歲就已經過氣了，然後作一個年紀大的男人的情婦，過很好的生活。這裏面用很幽密的、很敏感的香味、色彩、名牌衣服，來代表她的鑑賞尺度與品味，這是在諷刺批評台灣社會。她從靠身體的展現，到做一個年長者的情婦，所倚靠的社會，都是用物質包裹而成的。從小處看是形容一個女子的墮落，從大而言之是諷刺整個台灣，台灣所有的人都靠包裝，大家都去買名牌。有錢人都在換車，都在換房子。但在這之後，坐在裏面哭泣的，還是一個人性未變的、最原始的人。

《世紀末的華麗》經常被學術界用來代表我們台灣經濟起飛後的社會。有時還配上李昂的《迷園》，《迷園》比神話世界裏的神話還要神話，現實裏甚少這樣極端的色慾與財富的環境可以演出這樣的耽溺，所以它沒有代表性。李昂還有一本書叫《暗夜》，寫富裕女子，丈夫上班，卻不怎麼規矩，所以她們也拚命的外遇。這些女子不是代表，台灣百分之九十以上的女子過的仍是日常生活，有些人尚須在自己的工作崗位上，和男人一樣工作，爭取自己的一片天。我們希望有一天能夠看到台灣女性奮鬥、光明的一面。

女作家平路，寫政論性的社論，寫得很成功。我說她成功，是因爲她有見解。也許有人認爲她太過女性，但每個人都有他的立場，而且背後也一定有反駁和支持他的人。而身爲女子，當然也有女性立場，這不能算是偏頗。在台灣女性寫政治評論較好的就是平路和黃碧端，而且不比男人遜色。在許多場合裏，男人一桌、女人一桌，男人討論國家大事，女人只談做家事、帶孩子、服裝和髮

型。我如果寫小說，我一定寫一個內心想著外面世界，但實際只能坐在屋裏和人談衣服、髮型的女子的心態。

眷村文學活在文學史上

以上這幾種社會都在延續，五十年、一百年、一千年，沒有基本的變化。但是台灣五十年中，有一個社會沒有延續下去，就是我們所說的「眷村」。我一向呼籲大家對眷村文學要同情，要尊重。眷村文學代表台灣社會裏某一個階段，曾經有過這樣的現象。這些人等於完全拔根、不由自主地來到一個陌生環境，在那生兒育女，他們的小孩，眷村的第二代，有很多人寫眷村的經驗，也有很成功的，例如張大春的〈四喜憂國〉，朱天心的《想我眷村的兄弟們》以及蘇偉貞的《離開同方》等。這個社會已經漸漸地不存在了，第二代已融入一切正常的社會。再下去已經慢慢沒有人知道他們的事，對他們也不會再關心，因為一切都過去了。但他們曾經有他們的一生，在社會的角落裏，曾經扮演過他們的角色。這個社會已經過去，但它在文學史上，還是會存在著。

本土作家也用他們的觀察寫過眷村文學作品，譬如宋澤萊的〈海與大地〉，履疆的〈老楊和他的女人〉、〈信〉等很多老兵的故事。中國戰亂，連年許多人死於戰場，民眾播遷流離，已書寫不盡，其中一部分的人存活下來，他們有話要說，而形成了眷村文學，我覺得它很有特色。它也具有普遍性，因為每一個難民的世界，每一個變動的、分分合合的國家，都有這些人，他們曾經出過力，然後被拋置一邊，自生自滅。這種社會幾乎是沒有聲音的，可是這時居然有眷村第二代子孫，由於台灣公平的教育機會而能投身文學寫作，出來寫了一些文章。任何的社會形態是否延續，都是歷史決定的。但曾經存在過的社會現象，被文學保留下來的存活率更高。

今天即將開始宣讀的會議論文必將有多面、深刻的探討，謹以此粗略的導言為他們開路。（**朱嘉雯記錄整理**）

戰後台灣社會與台灣文學

◉呂正惠

　　討論文學與社會的關係，可以有兩種不同的思考方向。首先，我們可以考慮，文學反映了哪些社會現實、避開了哪些社會現實？而形成這種「選擇性」的社會因素又是什麼？其次，我們也可以分析，這是怎麼樣的一個社會？它是怎麼發展的？處身於其中的作家具有怎麼樣的一種意識形態？他們如何面對文學與社會的關係？因而，他們作品在有意或無意中所呈現的社會又是什麼？

　　從後面的分析（特別是第一節的分析）中我們可以看到，由於政治、社會因素的影響，戰後的台灣作家在五〇年代以後刻意避開文學的社會性，久而久之，對於什麼是「社會」的認知產生了一些問題，他們的作品的內容和社會現實的落差可以說相當的大。在這種情形下，採取前述的第一種方向比較不能直探問題的核心。因此，本文打算以第二種方式來分析戰後台灣社會與文學之間的關係。

一

　　戰後台灣社會的基本性格是在一九五〇年前後形成的。戰後接收台灣的國民黨政權，在中國的內戰中確定失敗以後，只能以台灣作為它的統治範圍。由於韓戰的爆發、國際局勢的轉變，美國決定保護台灣，遂使得國民黨在台灣的統治穩定下來。在接收初期不得

台灣民心的國民黨，憑藉著自己所擁有的殘存武力，以及保護它的美國勢力，終得以在台灣進行所謂的「半封建」統治。

國民黨在台灣所進行的第一個大規模的社會改革，就是所謂的「耕者有其田」政策，這是以半沒收、半長期償付的方式，強迫台灣傳統的農村地主把農地分配給佃農，使他們成為自耕農。國民黨這種「溫和」的「土改」（相對於當時大陸所進行的「土改」而言），可以說掃除了台灣從傳統步向現代的最大的「社會」障礙，這是日本五十年的殖民統治對台灣所做的「有限」的現代化工作中所無法完成的。從此以後，台灣就從一個傳統的農業社會「轉型」，逐步邁向「現代社會」。但是，這樣發展起來的現代台灣經濟，卻也不是完全「獨立自主」的。在美國及國民黨的合作策劃下，它跟在戰後美、日經濟發展的腳步之後，逐漸明顯的成為美、日經濟的一個「加工出品區」，而被納入美、日經濟體系中。從這個意義上來說，戰後逐漸形成的台灣現代經濟，確實具有所謂的「半殖民」的性格。

但是，在這個逐漸形成的半封建、半殖民的「現代社會」中，對戰後台灣文學的性格產生決定性影響的，卻是國民黨對知識分子群體的重新「改造」。在這之前，不論在中國本部，還是在日本統治下的台灣，在中國從「傳統」走向「現代」的一系列陣痛中，知識分子以馬克思主義的政治經濟學和社會主義思想作為主要的分析手段和行動方針，已經成為一種主要潮流。國民黨在大陸的失敗，跟這種潮流的盛行大有關係。國民黨在台灣的「失政」，又更加促使許許多多的台灣知識分子在國、共內戰中傾向共產黨。把這種知識分子在島內加以肅清，並從而「杜絕」一切「左」的毒素，是鞏固國民黨在島內的統治的刻不容緩的工作。五〇年代初期雷厲風行的白色恐怖政策，以及隨之而來的全盤壟斷式的反共教育，卓有成效的為國民黨的統治打下了意識形態的基礎。

　　社會的「改造」和知識群體的「改造」當然是同時並行的。逐漸形成的新知識群體，基於教訓和經驗，當然越來越遠離具體的社會、經濟問題。另一方面，土地重新分配以後的台灣經濟，確實又一步一步在向前進，社會的許多方面都在「改變」。這些變化，伴隨著教育上所傳授的「新知識」，逐漸匯聚成「進步」這樣的模糊概念，以及「現代化」這種更具體的進步概念。因此，「現代化」及其相關思想，就取代了以左翼知識分子爲代表的「革命」及其相關概念。

　　在五〇年代逐漸形成，到六〇年代達到高潮的新知識分子群體在以社會的現代化及進步作爲基本思考模式時，實際上是以「西方」和「傳統」作爲對比的。西方是進步的，相反的，傳統就是落後的象徵。他的追求，可以在知識及思想上，也可以在具體的生活條件上，如穿著、言行、喝咖啡、聽古典音樂等。他所感覺得到的「社會」，其實就是他所嚮往、追求的那些知識、思想、物質條件和他從小在其中成長的「傳統」之間的對比，他當然不會知道已被「消滅」的左翼知識分子所認識的，以「侵略、殖民、階級、剝削、革命」等概念所構成的「社會」。

　　現在距離六〇年代末已經二十多年了，回顧五、六〇年代的台灣文學可以說是非常有趣的，譬如，跟知識上的「現代化」並行的所謂「現代主義文學」就是一個充滿矛盾、值得細致加以分析的現象。

　　當紀弦宣告「現代派」成立，並大言不慚的宣稱將繼承「自波特萊爾以降的一切西方的現代主義流派」時，我們在他的充滿自信的口吻中感覺到一種過度樂觀的精神，好像他正在「與時俱進」。當余光中宣告他要「剪掉五四的辮子」時，他似乎有一種「超越五四」的自豪。當《現代文學》季刊社的同仁，一期一期推出福克納、卡夫卡、艾略特、湯瑪斯・吳爾夫等專輯時，他們似乎正在一

個一個攻占偉大的西方現代文學的未知領域。在西方，原本是要反抗資本主義體系的現代主義文學，在台灣卻作爲西方進步文明的「一環」而被迎接進來。當時台灣的一些現代作品，事實上是作爲對西方「進步」作品的「仿作」（特別是新技巧的模仿）而存在的，證明台灣作家已經「跟得上時代」。

這種作爲「進步」象徵的「仿作」，可以想像的，是五、六〇年代台灣現代文學比較沒有價值的部份。但是，現代主義作爲一種獨特的寫作方式，當它有意、無意間被一個具有敏銳感受力的作家加以應用時，卻也可以具有相當的表現力量。在這裏，台灣的某些較好的現代作品觸及了某些作家的具體的現實感受。也就是說，這些作品無意中呈現了當時台灣社會的某些側面。

總體的講，這些較有價值的現代主義作品所具有的社會意義在於：它們無意中反映了追求進步與現代化的知識分子，處身在傳統與現代之間的種種徬徨、矛盾和痛苦。

最極端的例子是：觀念上幾乎已經完全現代化的年輕知識分子，對於他周遭的傳統社會的言行與習俗的格格不入與極端痛恨。王文興的《家變》正是描寫這一極端例子的佳作。表面上，王文興多少是想以佛洛伊德的觀點來寫父、子衝突，但在很多細節的處理上，我們看到男主角范曄的「叛父」，其實含有濃厚的反傳統社會的味道。特別在小說將近結尾處，范曄對於「孝道」的強烈批判與痛恨，最明顯的表現了這種社會意義。

另外一個特別具有社會意義的作家是七等生。在七等生許許多多的卡夫卡寓言式的小說裏，我們看到一個充滿自卑情結的男主角。從他較長的、比較有具體社會描寫的故事中，如《精神病患》、《跳出學園的圍牆》、《沙河悲歌》等，我們可以體會到男主角自卑情結的社會根源：由於他的較貧窮的家庭出身，也由於他所接受的較爲不好的教育條件，他可能無法成爲現代化知識青年

的佼佼者，而不得不被迫成爲社會中的「隱遁者」－－事實上是成爲現代社會的棄兒。

其他作品中的知識分子，他們的社會性格並不像王文興和七等生那麼明確，但多少表現了他們在傳統和現代之間的尷尬處境。由於政治因素，他們長期脫離社會、經濟現實；由於知識與觀念的「西化」明顯遠超出一般的民衆，他們浮遊在一般社會生活之外。他們在社會中是「無根的」，他們的性格軟弱而徬徨，他們的生存處境是「有問題」的。最能代表這一特質的是王尙義的作品。這些作品基本上都不太有藝術價值，但是其中所描寫的「台灣式羅亭」卻更一般的反映了現代化高潮期台灣知識分子的性格特徵。

現代化過程中，知識分子最特殊的問題是青春期的苦惱。愛情和性的渴望不能在「蛻變」中的社會找到一條可遵循的軌道，因而形成「自我追尋」中的特殊困難。在文學作品裏，這一困難多半和王尙義式的「存在困境」合流，而得不到突出的表現。一直到六〇年代後期，這一社會問題才經由李昂早期的「性反叛」小說而有了較獨立的地位。

在以上的四個例子中，這些作家基本上是把作品中的主角和社會對立起來，主角在作家的觀點中是「非社會性」的，作家的處理方式也是「非社會性」的。不過，從文學社會學的角度來觀察，這些作品在無意中倒是透露了「現代化」知識分子在基本上還是處於「傳統性」的社會中的艱難處境。

這是比較普遍的表現模式，但也有特殊的例外，其中最著名的當數陳映眞和白先勇。陳映眞的思考模式是屬於「被消滅」的左翼知識分子那種性格的，他以「社會主義」的精神來看待「現代化」問題，但是，在現實的政治環境中他不能明講。於是，他的主角就變成了貌似現代主義英雄的那種「失落」的、「無根」的人物。現在當然很容易區別出這些作品的特質，但在六〇年代，一般的讀者

仍然不太容易分辨,還是把它們劃歸現代主義的範疇。

白先勇小說中的社會性格可能是最明顯的,不論是「大陸人」在台灣的「流落不偶」(《台北人》系列),還是「中國人」在美國的「無根飄泊」(《紐約客》系列),他關心的都是「一群人」,而非「一個人」。雖然在寫作技巧上他吸收了現代主義的方法,不過,他在本質上卻更像一個「社會小說家」。

總結來講,五、六〇年代的台灣作家,他們對社會的看法雖然趨向於「現代」與「傳統」對抗的簡單模式,他們所採取的雖然是現代主義那種極少社會性格的技巧,不過,由於他們自身的處境和敏銳的感受,他們仍然或多或少呈現了知識分子在轉型期的孤獨與矛盾。雖然這個問題只在當時的社會現象佔著一小部份,但卻也還是極為重要的一部份。

二

承接著五、六〇年代而來的七〇年代,一般都稱之為「鄉土文學時期」。從表面上來看,鄉土作家反對現代主義的重個人而輕社會,非常重視文學與社會的關係,主張文學要反映社會。不過,從現在的眼光來回顧,這裏面仍然有一些複雜而矛盾的現象值得探討。

現代主義作家唾棄周遭「傳統而落後」的社會,把眼光投向進步的西方,鄉土作家要求「回歸」鄉土,重新關懷生於斯、長於斯的這一塊土地;現代主義作家通常比較注意「我」(知識分子)的「現代化」問題,鄉土作家則反對來要求跳出「我」的界限,去關懷備受忽視的轉型社會中的廣大群眾與人民。從某種意義上來說,七〇年代的知識分子很有一點對過去自我的表現加以「救贖」的味道。

這種「救贖」色彩加深了鄉土作家濃厚而抽象的人道主義傾

向，使他們在看待社會問題時容易形成一種固定的「範疇」式思考。以最具代表性的鄉土小說來講，這種思考表現為兩種基本模式：首先是「壓迫者」與「被壓迫者」的對立，如楊靑矗的工人小說、王拓的漁民小說，以及宋澤萊的農民小說；其次是「跨國經濟」對「殖民台灣」的剝削，以及相應而來的人格的扭曲，如陳映眞、黃春明、王禎和所寫的相關作品。

對於這些作品，我們可以有兩種批評：首先，從「表現」的角度來看，我們可以問，它們是否寫得生動而成功。但從本文的關心點來看，更重要的問題毋寧是：台灣社會是否只像這些鄉土作家所看到的那麼簡單。我們不是批評說，他們把問題看「錯」了，而是在問：是不是「只」從這個角度切入就可以了。

在七〇年代曾經熱切關心過社會事務的人，如果認眞思考起來，對以上所說這些鄉土小說，一定會產生一種奇異的感覺，因爲它們似乎遺漏了當時台灣非常重要的一項社會運動，即黨外政治反對運動。政治反對運動的主要力量在八〇年代組成民進黨，民進黨又成爲台獨運動的主導，這是後來的事情。在七〇年代，黨外政治運動始終是激動人心、扣人心弦的社會大事，但是，我們在以上那些作品中卻極少看到對這一運動的描寫。

當然，這也不能全怪領導鄉土文學運動的那些主要人物。就當時同情鄉土文學和黨外運動的反對派知識分子來說，幾乎每個人都是雙邊同時支持的。但似乎很少人對這兩條路線幾乎平行而不交叉的現象感到驚奇，這實在是很有意思而值得思考的問題。

對於當時以政治運動爲火車頭所帶動的一切「亂象」，當然並不是沒有作家不感興趣。譬如張系國的《黃河之水》就曾企圖描寫中壢事件前後台灣政治的「全貌」，但因其只列舉一些膚淺的表面現象而無法令人滿意。又如黃凡的《反對者》，藉著一個知識分子的探索行動，而把我們帶到台灣社會問題的各個角度。這部小說的描寫與陳述

顯然更為詳盡，但同樣的無法避免僅只於「表面」的感覺。這些小說所企圖掌握的社會幅度，跟前述具有左翼人道主義色彩的作品，雖然所關心的角度有所不同，但好像都無法切入當時台灣社會的核心。

相對於現代主義的從「個人」出發來處理問題，七〇年代的作家確實是想從「社會」的角度來寫作品。但就「成果」而言，它們所呈現的「社會」的「真實性」又似乎在若有若無之間？我們如何來解釋這種現象呢？

就社會性質來說，左翼鄉土小說家對七〇年代政治反對運動的了解與掌握可能有所偏差，而像張系國、黃凡等人的體會可能又有些模糊而不清楚。現在大家比較清楚，這是以中小企業主（特別是台籍的中小企業主）為核心的「中間階層」的政治運動，它所反對的是國民黨的那種早已僵化的官僚體制。他們最大的期望是：早已不具「民意」基礎的中央民意機關能夠全面改革到足以反映「民意」；同時，他們也希望這一「官僚」體系能夠「改革」到足以適應台灣現在社會的需求。總括一句話，就是：立法機關的「民主化」和官僚體系的現代化。這樣的要求，基本上也符合下層民眾的願望，所以自然能夠帶動下層民眾的支持。當然，這一運動的領導群，也會常常以下層民眾受到忽視的物質需求作為「訴求」，以加強下層民眾的向心力，但這顯然不是他們真正追求的目標。

左翼鄉土小說家也許能夠了解階級剝削的本質，也看到了台灣殖民經濟的性格，但這只是骨幹。作為「骨幹」的「表現形式」的複雜面相，特別是中小企業主等中間階層如何和下層民眾結合在一起反對國民黨的舊體制，他們沒有（或者「不想」）去描繪，這就變成只有「骨幹」而遺棄了「血肉」，總是不夠真實。相反的，張系國和黃凡則只描寫了一大堆無層次感的社會現象，就好像身在亂象之中的人，「不識廬山真面目」了。

這只是就社會性質的了解來說，如果再談到「文學表現」而言，

七〇年代社會小說的缺陷也許就更明顯了。不論是左翼鄉土小說，還是張系國、黃凡一類的社會小說，他們所重視的是「社會」，而不是「個人」。當他們描寫「個人」時，這個「個人」不是作為某種社會主張的「代表」，就是作為某種社會現象的「代表」，這些人物只是「社會」的表徵，很少具有個人「獨特」的生命形象。

這不是說，我們要回到現代主義的獨孤的個人，而是，我們要切實「關注」正在社會「亂象」中或者徬徨，或者「打拚」的個人。作家並不一定對這個社會「亂象」提出明顯的解釋，或者提出某種救治方案。就作家的職責來說，他最感興趣的應該是：在「這個」激動人心的社會時代裏，許許多多活動在其中的個人到底在想什麼、在做什麼，或者說，在這樣的時代裏，到底出現了哪些最引人注目的「個人形象」。

在過去的西方小說家裏，最喜歡處理一時的社會現象和社會問題的，也許當數屠格涅夫。歷史學家和社會學家很容易向我們指明，屠格涅夫的每部長篇小說處理了什麼樣的社會問題，但是，現在談屠格涅夫作品的人，卻主要受了羅亭、拉夫列茨基（《貴族之家》）、葉琳娜（《前夜》）、巴札洛夫（《父與子》）等人的命運的感動，並且反過來透過這些人物「體會」到當時社會的某些「本質」。為什麼屠格涅夫能夠達到這種成就呢？他在回憶《父與子》的寫作經過時，對於巴札洛夫這一人物的形象在他腦海中形成過程的描述很值得我們參考，他說：

> 作為主要主人公巴扎洛夫的基礎的，是一個使我感到驚訝的外省醫生的性格……在我看來，在這個出色的人物身上具體體現了剛剛產生，還比較模糊，後來被稱為虛無主義的東西。這個人給我的印象非常強烈，同時又並不完全清楚；開頭我自己也不能很好地認識它，於是我緊張地傾聽和觀察我

周圍的一切，好像要檢驗自己的感覺的真實性似的。以下的一個事實使我感到不安：在我國文學的任何一部作品中，那種我覺得到處都有的東西我甚至連一點跡象也沒有見到⋯⋯

從這裏可以清楚看出，作為一個小說家，屠格涅夫如何把一個具體的人物形象和他所反映的社會現象連繫在一起。因為這裏面有一個「活生生」的人，所以這是「文學」而不是「社會分析」或「社會報導」；因為這個人呈現了某種社會現象，因此這是一本明明白白的「社會小說」，而不是表現孤獨生命的現代小說。

如果我們說，五、六〇年代的台灣文學作品，一個個單獨的生命太多，「社會」只在無意間「透露」出一些苗頭來，因此很難稱之為「社會性的文學」；那麼，七〇年代的社會小說就是「社會」太多，很少出現具有生命的社會中的某一個人或某些人，因此很難稱之為優秀的「社會文學」。

三

鄉土文學時期在什麼時候結束？下一個階段的文學是否可以像「現代主義」或「鄉土文學」那樣，可以用一個總名加以概括？這都不是很容易回答的問題。這同時也顯示了當前台灣社會的性質遠比前兩個階段較難定位，而文學與社會的總的關係，也比較難以釐清。

有幾件事可以看出，台灣社會的性質已慢慢從一個「大而含混」的政治反對運動和鄉土文學運動開始轉型。首先是民進黨的組黨和政治戒嚴令的解除；其次是鄉土文學陣營分化為統、獨兩派，並且獨派逐漸趨於強勢，「台灣文學」的口號取代了「鄉土文學」；最後則是「後現代」概念的開始流行。綜合這三者來看，八〇年代中期是個分界點，至少到八六、八七左右，「鄉土文學時

期」已經明顯結束了。

如果要談到八○年代中、末期到當前這個階段，文學與社會的總方關係，也許可以提出一個令人感覺非常尷尬的說法，即，社會越來越明顯的拋棄了文學，文學創作幾乎要跟社會生活脫離關係了。如果拿前兩個階段來作比較，這種看似「奇怪」的說法就可以獲得證實。

以五、六○年代的現代主義時期來說，當時的知識分子雖然不注意文學和社會的關係，而只在意「個人命運」的問題，但他們明顯是非常重視這種「文學」的，文學是他們生活的重要寄託之一，社會大眾也許忽視了它，但知識分子絕對不會。至於「鄉土文學時期」那就更不用說了，「文學」被視為改革社會的重要媒介，它的嚴肅性是不容置疑的。

當前階段的「文學」概念，可以從台灣「後現代」派的態度來測知一二。台灣的後現代是從「反使命文學」開始的，也就是說，他們反對給予文學太大的嚴肅性。他們的理論是，文學的重要性不在於它說了什麼，而在於它「怎麼說」，這是一個純粹的「寫作策略」的問題。而「寫作策略」的主要考慮點在於：怎麼樣具有最高的娛樂性，怎麼樣讓人看了愉快。在鄉土文學末期起家的張大春，進入這個階段以後的「演變」，可說最具有啓示性。從《大說謊說》，到《大頭春日記》，再到《我妹妹……》，書名越來越有趣，內容大概也與書名「平行」。至於現在的張大春，也許更樂於當個電視節目主持人。比他更早改變的是黃凡，他跟張大春同時開始反「使命文學」，強調敘述藝術的娛樂性，不久他乾脆停筆，搞別的賺錢事業去了。

當然也有較嚴肅的後現代小說。但是這些「習作」（我們大概只能稱之為「習作」），多半只是夾雜了大段議論文字與某些極其荒謬的幻想的「獨白」。在這裏，連黃凡所重視的「把故事說得有趣而娛人」的成分都消失了。這種小說，不但不關心「其他人」是「什麼樣子」，甚至連自己是「什麼樣子」都不想去描寫（現代主義者至少還

想描寫「自己」）。這種「後現代小說家」只是想「說話」，把他的憤懣、牢騷、議論、幻想，一股腦的絞在一起，不停的說下去。這種「自言自語」式的作品，我們也許可以說是一種「流行的社會現象」，反映了某種社會心理，但要去其中尋找「活生生的人」或者「社會」，恐怕就有點徒然了。

至於「後現代」所反對的「使命文學」的代表的鄉土文學，其情況也沒有多好。首先是創作越來越少，統、獨大分裂以後，還有陳映真的五○年代白色恐怖小說，和李喬的《寒夜三部曲》，企圖從歷史去找尋各自的論據，後來幾乎就沒有什麼重要作品了。更奇特的是，不論是陳映真、王拓、楊青矗，還是李喬、宋澤萊、林雙不，大家的重心都移到政治上去了，似乎可以為了「使命」而「放棄」文學了，這跟後現代的為了「反使命」而最終可以「取消」文學，真是形成有趣的對照。

更值得深思的現象是，為了「使命」把「文學」高懸起來加以膜拜，而其實並沒有再創作新的文學作品。這裏指的是「台灣文學論」的流行。台獨派在鄉土文學分裂，並最終「打敗」左翼取得領導權之後，最重要的工作是「重造」台灣文學傳統，以作為「獨立建國」的意識形態基礎。從學術研究上來講，他們是有貢獻的，因為學術界明顯開始重視台灣文學研究了。但是，台獨派又高喊要創造「台灣新文化」，但主要的動作卻集中於「詮釋舊傳統」，這就形成一種尖銳的「不協調」現象。

這十年來，台獨派的聲勢可以說越來越高漲，如果把李登輝領導的國民黨和民進黨加在一起，說是「四分天下有其三」，其實並不為過。現在，有那個政治人物敢於公然反對「生命共同體」、「台灣主體」等概念？但是，在文學上，自宋澤萊、林雙不停筆、吳錦發沒有如大家所預期的發展下去以後，恐怕連台獨派本身都不好舉出一個引人注目的新進作家了。如果說，台獨派雖然「找到」了一個舊傳統

，而卻沒有發現「新文學」，大概也不算太過份。（至於統派，在陳映真停筆已久之後，當然也沒有什麼好說了。）

　　台灣文學創作界的沒落，我記得在八、九〇年代之交就有不少人提及，大家頗為緊張了一陣子，也討論過幾次。現在，事隔十多年，大家好像都忘了這回事。例行的文學獎徵文每年舉行，學術界的現代文學會議則有增無減，「文學」好像只有這時候才存在。所以，我們很難不說，目前的台灣社會，包括文學界本身，好像都把文學「拋棄」，變成只有「社會」，而沒有「文學」了。

　　綜合上面三節所說，戰後四十多年的台灣文學，其與社會的關係大致如下：在現代主義時期，從盛極一時的「個人」文學，可以「逼擠」出一點「社會」來；在鄉土文學時期，「社會」完全籠罩了「文學」，「文學性」差一點消失了。在最近十多年，「社會」好像已經不在乎有沒有「文學」了。

特約討論

⊙賴澤涵

　　史學界流傳著一句話：「歷史，除了人名地名外，其他都是假的；小說，除了人名地名外，其他都是眞的。」這也有其相當道理，如果文學與歷史可以結合，則可以更眞實地反映社會。

　　台灣文學在前四十年間，可以說是在一特殊的時空下，受到政治的干預，所以很不容易由一部文學史來涵蓋五十年來台灣的政治、經濟、社會各方面的發展。而解嚴之前，作家爲了生存，多不敢去碰觸政治所帶來的社會形況，加上台灣敎育的局限性，束縛了學生對台灣的視界與人文的關懷。

　　台灣特殊的地方，就在於台灣是一個島嶼，所以外來資訊容易傳入，造成了歐美文學對台灣文學影響很大，因此很多人認識外國文學家可能多於本國的文學家。

　　另外，我對呂敎授的論文提出一些看法，第一，本文太過匆促，所以沒有附上註解與參考書目，對學術論文而言，是不完整的。第二，用字應客觀，避免用「殘存武力」、「半封建統治」等這些有價值判斷的字眼。第三，台灣戰後社會情況的論述較爲欠缺。第四，所舉之作家與作品是否眞具代表性？他們的歸類也需要考慮。最後，當時有些反映了時代社會的雜誌，我建議也應討論其角色與時代功能。**（朱嘉雯記錄整理）**

家的變與不變

◉李瑞騰

家：一門之內

所謂「家」，許慎說文說是「居也」（註①）；鄭玄說：「有夫有婦，然後為家。」（註②）；朱熹說：「室謂夫婦所居，家謂一門之內。」（註③）從這意義出發，中國人遂有「齊家」的思想理念，繫聯起治國、平天下等大事（註④），也因此而出現家法、家規，以及家之庭訓等等家務。

然而，「家」有豪門巨宅，「侯門一入深似海」（唐・崔郊〈贈去婢〉），「朱門酒肉臭」（唐・杜甫〈自京赴奉先詠懷〉），正是指此；也有寒門矮厝，所謂「蓬門未識綺羅香」（唐・秦韜玉〈貧女〉）、「慘慘柴門風雪夜」（清・黃景仁〈別老母〉）正指出貧窮人家的悲苦。如若不得已而離開家園，「北客念家渾不睡」（宋・秦觀〈題郴陽道中古寺壁〉），「少小離家老大回」（唐・賀知章〈回鄉偶書〉），甚至於「田園寥落干戈後，骨肉流離道路中」（唐・白居易〈望月有感聊書所懷〉）都必得忍受不盡的哀愁。進一步說，父母離異、兩代衝突，乃至「兄弟鬩于牆」（詩經・小雅・棠棣）等等，都是人間憾事。

社會學者把「家庭」視為「社會群體中最基本和最重要的一個單位」（註⑤），去研究家庭結構、家族與婚姻，甚至於與社會變遷

的關係。而政治上則有所謂「戶政」，每戶依法而有應盡之義務與
應享之權利。

從文學的角度來說，「家」是各類創作取之不盡的素材，不論
親子關係、夫婦之道、婆媳糾紛，甚至於家族的興衰等，都是文學
家喜愛處理的題材，詩經的「之子于歸，宜其室家」（詩經·周
南·召南），「有子七人，母氏勞苦」（詩經·邶風·凱風），戲
曲小說中破鏡重圓的故事，都是家的文學；新體文學中，三十年代
巴金的《家》、台灣作家王文興的《家變》、黃櫻的《賣家》、蘇
偉貞的《離家出走》，甚至於履彊表現「回家的方式」主題的小說
〈楊桃樹〉（註⑥），都可以說是寫家的小說。

本文將從五十年來台灣一些寫家的小說，試著來看家的觀念及
結構之變。有兩個很重要的因素造成五十年來台灣家庭制度的大改
變，一個是政府遷台使得大陸籍人士在台灣重建家庭；一個是經由
經濟的高度開發使台灣形成新興的工商業社會，農村子弟外移，大
量的小家庭出現，與老家（或祖厝）之間，形成各種不同形式或斷
或續的關係。而這兩種情況都極具象的反映在小說作品之中。

大陸／台灣

對於在兵荒馬亂中倉皇東渡的大陸人來說，台灣是王默人所說
的「外鄉」，「外鄉再好，也沒有故鄉泥土親切」（註⑦）。因此，
不管是白先勇《台北人》中一些「沒落貴族」（註⑧），或是王默人
《外鄉》所描寫的「半知識分子」何練達，抑或是柏楊筆下在台灣
這個現實中「掙扎」的眾多大陸籍人士，在外鄉／故鄉、過去／現
在、夢想／現實的對比中，「老家」永遠是夢魂牽繫的對象，在王
默人的的筆下，何練達以前家裏的長工，而現在以賣烤蕃薯為生的
邱老伯，知道自己在大陸的老伴兒早就死了，「家裏什麼人都沒
有」，但他仍然希望能夠「把這把老骨頭送回老家去」；白先勇筆

下也有非貴族，對於春夢婆來說，廣西桂林花橋的家——榮記，是她真正光榮的印記（註⑨），而最終投海自殺的王雄，多麼盼望在死後魂魄能夠如他生前信奉的家鄉趕屍傳說一樣，趕回老家與親人團聚（註⑩）；在柏楊小說中：

> 「將來回到故鄉，爸爸看見有妳這麼一個漂亮媳婦又有這麼漂亮的孫兒，真不知道怎樣高興呢？」
> 「別替孩子改姓」，國鈞乞憐的望著妻子說，「替我們邵家保留這一塊骨肉，將來，打發他回去見他的爺爺，燕君啊，這是我最後的請求。」（註⑪）
> 「我老家還有二十畝田，這樣死了，我的妻兒將來怎麼回去？她們以後的日子使我死不瞑目，我對不起她們！啊，先生。」（註⑫）

夢魂牽繫的家，除了田產以及那曾俯仰其間的房舍，更重要的當然是親人、父母、妻兒等，正是這一份情，教人椎心泣血，因此「回去」便是念茲在茲的願，對於說話者來說，回去不只天經地義，而且似乎有其可能，即便是一己將死，還有妻兒可以回去，這裏彷彿是在交待遺言，其中包含子嗣生命的傳承問題，這種抽象的念頭一直就支配著我們的思維，甚至於生命價值觀念，是家的永續綿延之根源。

「老家」就這麼鮮明地存在於心中，但眼前的家呢？在這裏我就用孟瑤的兩個短篇〈歸途〉和〈孤雁〉來談這個問題。（註⑬）

〈歸途〉寫一個年輕少婦在從台北回基隆的計程車途中之所聞見，司機是一個三十歲上下的北方人，同車的還有一位也是來自大陸的老人，年輕的司機，「來台灣，還是個孩子」，而現在已經成家，「一個老婆，三個孩子」，他說：

在外面為搶得一口飯吃，佔地盤、拉生意，一言不合，就能
打得個頭破血出。忙了累了一天，錢也賺不多，錢不多，回
家就挺不起腰板來，老婆不定白你一眼，上個月標的會錢這
個月要到期了，孩子光屁股，該做衣服了。明日朋友請吃喜
酒，連一雙鞋都沒有，嘮叨一大頓，你乾脆悶著頭，到厨房
去幫她洗米燒菜，免得她埋怨三個孩子顧不過來……

　　這段話充分反映出小市民的通俗性格，卻也是非常真實的一種
生活寫照。小說中沒見他表示大陸情感，很可能是大陸經驗淡薄，
又忙於現實；老先生的情況當然不同，他早年在老家，就已經有了
三個兒子兩個女兒，但是他對於他們，「別說那年那月生？該有幾
歲？有時孩子到面前來，有時硬是連名字都得想一會才叫得出
來」，來台灣以後，娶了個年輕的太太（所謂「戡亂夫人」），他
說：「為了想多看一點老婆的笑臉，奔起命來還得比年輕人更起
勁，再加上一窩小的，人說老來得子，沒有不加倍疼的。瞧瞧這一
副擔子吧！夠你挑的。」在這個情況下想起老家，他說：「有一天
打回大陸，假若老家的房子地還是現成的，看你老婆會不會立刻套
上一張笑臉？」但想歸想，為了「一家大小的吃喝」，拚還是得
拚。

　　由於現實的困厄，家對於這一老一少來說，提到的全都是負
擔，但基本上他們還是有責任感的，是愛家的，或許是遠離故土的
失落感使他們更重家，如若二度失落，則「孤雁」之感便油然而生
了，這是孟瑤另一篇小說〈孤雁〉所傳達的主題。小說中即將面臨
屆齡退休的主角京士已是望六之年，「是不折不扣的世家子弟，祖
上歷代多的是做大官的，大陸上多的是房子地，是被共產黨清算
了，才帶著一個快成壯丁的老大黈夜逃出來」，「把老大帶出來的

時候,他還只有十六歲,由於朋友的幫忙,京士找到現在這個職業,和老大一起住在公共宿舍裏,由高中而大學,但是畢業後就業,他就像一隻羽毛豐滿的鳥,從舊巢中飛走。現在,他自己營得了自己的小巢」,一但要退休,他也必須飛出舊巢,怎麼辦?小說的當下時間是孫子周歲的家慶,從他離開公司,買禮品、擠公車到兒子家,一夜裏和兒子媳婦微妙的互動關係以及他心情的變化是小說敘述的重心,其中尤其以兒子因全心投入他這個「小巢」(媳婦的宿舍)而對老爸有所疏忽,以及這小家庭本身的歡樂自在,對他衝擊最大,被遺棄的孤寂之感於焉而生,在這樣的氣氛中,他「深深地懷念起留在大陸的老伴來」,一個溫暖的家,一串舒服的生活,一群健康的兒女,然而現在,「他是一隻被失落的孤雁」,這是二度失落,原是充滿喜氣的慶賀之夜,對他而言,「不僅失群失侶,夜色中,他更迷失了他的歸途」。

同樣是台北的夜晚,白先勇筆下的余嶔磊教授在冬季的冷雨中,在「年久失修,屋簷門窗早已殘破不堪」的宿舍裏,整體展現一種蒼涼悲感,他再娶的這位太太守不住家,兒子想到國外學理工,連余教授都想「出去」!對他來說,這已不是家的失落而已,甚至於是生命宅心的根本失落。(註⑭)

鄉村/城市

從五〇年代的土地改革、加工出口政策,乃至七〇年代的十大建設,台灣逐從戰後的貧窮落後發展為新興的開發中國家,萬丈高樓平地起,創造了極為珍貴的「台灣經驗」。這樣的發展加上教育政策、人口政策等方面相應的調整變化,整個社會大翻新,對於組成社會最基本的家庭,從住宅形式到倫理關係,都起了結構性的變化。

一個最明顯的改變是舉家遷移,或農村青年往都市發展,比較

多的是從東部到西部，從中南部到北部，從離島到本島，他們遷出家鄉，遷出本家族，在異地自立門戶，形成無數個小家庭，在一些必要時候，他們返鄉探親，回到老家。

這樣的變遷在文學上頗多反映，林懷民小說〈辭鄉〉（註⑮）寫的便是舉家從嘉義新港遷移到台北的陳啓復，因出國在即，奉父命返鄉掃墓並向叔公嬸婆辭行，小說從黃昏時他在新港下了火車，寫到次日早上搭火車離開，重點擺在走回老家，找叔公嬸婆等取得鑰匙到夜宿「祖厝」的過程。

在祖厝中，陳啓復感到極度的不安，從曾祖的聯語手筆，到祖父當年當醫生替人簽發死亡證明書的副本，對他來說都是「莫名其妙的廢物」，祖厝只是一座舊了的「房子」，他心裏這樣想：

> 明天回家要告訴爸爸，老家老了，賣掉算了，反正祖母回去可以住到台北，再也沒有人會回新港住了⋯⋯

從小說中有關爸爸的描寫看來，由於他以家族的秀異表現爲榮，對於「老家」的念舊惜情，他是不會同意賣掉祖厝的，就像履彊〈卜居〉（註⑯）中幫浦仔和兒子對於「老厝」完全不同的看法一樣，老先生偕老伴和兒子媳婦同住高雄，兒子在那裏開水電行，老先生勉強兒媳等回老家過年，「回老家鄉，住在老厝，像出獄」，可是兒子呢？他說：

> 老伙仔郎，就是固執，頭腦硬，偏要返來過年，好好的樓仔厝不住，愛住八面通風的破老厝，真不舒爽。

他所謂的「好好的樓仔厝」卻是老先生生活裏的監獄，這種差異和生活上的適應有關，是觀念問題，也有情感上的認同，需要溝

通、協調，但一般來說，平常雖存在著隱性的衝突，卻也就這麼生活著，兒媳也不是不孝，再多一份同情共感會更好。

這兩例都是舉家外移，履彊的〈楊桃樹〉則是年輕人出外（從雲林褒忠到台北）工作，自組家庭，趁著公司放他慰勞假，全家（夫妻及一雙兒女）返褒忠鄉老家。從小說看，家裏只有二老，屋外還有「籬」，他們已經一年沒見到孫子女了。

主角是昌平和太太淑蕙，小說一開始就是他們帶著小孩走在回家的路上，從小孩要買「楊桃汁」，昌平一反平常的反對，引發夫妻爭吵，到為「回家」之事而爭吵。讀完全篇，我們當然能夠了解楊桃汁、楊桃樹之於昌平的意義之深重，而對於回家一事，「每回返褒忠老家，昌平總是這副鬱窒窒的模樣」；下車以後到家的這一段路，昌平要用走的，也不休息，淑蕙認為昌平是「捨不得花幾個錢坐計程車」；請看下面這已進了籬笆門內的一段對話：

> 「你別那副死人面，每次回老家都要吵一頓才甘心似的。」
> 「好啦，好啦，女人！我知道妳根本討厭回家，什麼老家新家，回家有什麼不好，妳老要剌我，不喜歡回來，以後我自己回。」昌平可也理直氣壯。
> 「哼！每次回家，你就變得了不起嘍，回台北後，等著瞧！」淑蕙使出殺手鐧。
> 「又在威脅我了。」昌平冷笑。

在故鄉的「老家」和在台北的「新家」之間如何取得一個平衡，很可能是這個家庭不斷需要努力的地方，「談到台北，淑蕙總是興奮的」，她甚至也要二老「乾脆搬到台北住」，她所認同的家在台北，那才是她和昌平所共築的生活上的家，而「老家」對她的意義不大，回來也是作客，因此這一回原本要住一星期，她不徵求

昌平同意就逕自宣布「明日透早就要回台北」,可是昌平不同,我們在他身上發現鮮明的鄉土色彩,以及濃郁的鄉愁,這個「家」,是父母之所居,是兒時之所成長的地方,更是他的心靈得以安頓之所,楊桃樹和這個家共存共榮,「我們這一家曾經依靠這株楊桃樹度過最難、最苦的日子」,「我們賣過楊桃汁,全褒忠的老少都知道這一株楊桃樹的果子,甘、甜、香、清涼」,它歷經風霜、老而彌堅,象徵這個家庭從苦難中走過來的堅忍奮鬥精神,對於二老以及昌平來說,豈只一枝能夠長出香甜果實的樹而已。

像昌平夫妻及子女在台北組成的這種「核心家庭」(註⑰)在台灣極具普遍性,本省籍的通常另會有一個「老家」,其間的關係如何,並沒有一定,但父母無疑是一個維繫的因素,妻子的態度也很重要,祖孫之間最大的問題則是語言溝通,「哎呀,阿媽像一隻憨鴨,聽無你這些都市囝仔講的話」,這是一個存在的事實,小說中其實含藏大量的社會資料。

進一步來看,如林懷民〈辭鄉〉中叔公所說的,「這些少年家仔,有腳底就要走!大家攏驚艱苦,不肯住庄下,甘願去台北台南討生活,入工廠做工也歡喜」,這只是從庄下到城市,事實上到外國去的也日漸多起來了,「會讀書,有本事底,攏總插翅去美國」,五花嬸批評陳啓復的祖母說:

> 對自己底孩子也一個個奉侍得像太子!講什麼孩子會讀就讓伊讀,中學就要去嘉義通學,大學就要去台北念。有地賣到沒地,一個個給伊去美國。如今呢?到老還要去那美國給伊飼,實在老歹命!

林懷民這篇作品寫在一九七〇年,類似出國所產生的家之變化在六、七〇年代的台灣頗有例證,在一些以留學為背景的小說中,

應該可以看到不少狀況;八○年代以後工商發達,社會富裕,出國更加方便,甚至於形成移民熱潮,在台灣有家,在美國(或加拿大、紐西蘭、澳洲等)有家,飛來飛去的「內在美」、「太空人」更多,新的「移民文學」應可提供一些實況的了解。關於這一部分,希望以後有機會再來討論。

把「家」賣掉

〈辭鄉〉中的陳啓復已經提到要建議爸爸把「老家」給「賣掉」,這「賣家」行為在傳統農業社會裏是天大的事,老家是根本,賣家是連根拔除,切斷與鄉土的關聯。除此之外,賣家意味著家已從「倫理性」轉變成「物質性」,這個大變化很大的可能是因為還債,而且是為了兒子,黃春明早期小說〈北門街〉以及近期作品〈打蒼蠅〉反映了這個現象。(註⑱)

〈北門街〉中的主角「他」是一位道士,「幾年來,自己辛辛苦苦地白手建家,在戰後傾其所有的積蓄,在北門街買下一棟破舊的房子,再稍加翻修,才把大小七口人安頓下來」,然而當他的生活略微寬裕起來的時候,大兒子從事的藥品(走私)生意出事,損失十萬多,他不得不變賣房子,雖然他想改變觀念,接受現實,「買了這房子是運,賣了是命」,卻愈來愈痛苦,尤其是大兒子自殺、老妻憂病等刺激,終使他日漸痴呆,有一年多的時間,他經常坐在北門街口的一個消防砂箱上,雙眼無神地凝視著斜對面的西藥房,那原是他的房子。最後,北門仔燒了,西藥行困於火海之中。

> 他不停的跑到現場的警戒線,被人群堵在外圍。眼看他一生以血汗換來的房子,被熊熊的烈火吞噬時,兩顆晶瑩的淚珠,羈在眼角映著紅光,一股痴深酷愛的力量,在全身氾濫起來。他曾在那所房子裏,過了一個短暫美夢式的生活。雖

> 然後來又淪於別人，但那仍然存有紀念性的寄託。……

　　然後他出其不意的向著西藥行衝去，「猛烈的紅光中一個黑的人影倒下」。他之所以以身殉屋，實在是無法忍受二度失落的苦楚，那是他真正的家，是生命價值之所在。

　　〈打蒼蠅〉的無聊舉措出自林旺欉老先生，他現在暫時租住在建築商賣不出去的「湖光別墅」，內埤仔「老家」的地契和房契三月間交給大兒子「過名給他處理台北的債務」，說白一點就是賣掉了。離開了農地和農事，林老先生閒得慌，練就了一身打蒼蠅的本事。

　　林旺欉對於兒子沒有恨，但埋怨還是有那麼一點，因為兒子答應按月寄回來的生活費「常有拖延」；對於「老家」著墨不多，但在牆頭上向他招手的貼壁蓮是「從內埤仔老家移過來的」，已充分顯示他的念舊惜情。

　　賣家而能夠毫不念惜，必然是「家」已經被當作一件「商品」，一九八九年聯合報第十屆小說獎首獎作品〈賣家〉（註⑲）清楚透顯出這樣的意旨。小說寫一個因丈夫同性戀而離婚的女人獨自帶著十歲男孩，賴「賣家」以營生的故事，她的生意不錯，買入賣出之間所獲得的利潤很大，而她之所以生意容易做成的原因是把房子佈置成溫暖的「家」，母子二人一搭一唱，說謊作假，沒想到一張米老鼠的「床」勾起男孩想擁有的欲望，對於年輕的母親似乎也有了性的暗示，因此而形成母子的衝突：

> 「我以後不要再幫媽媽撒謊，我以後不要再倒茶給客人，為什麼他們都要買我的家？六百萬有什麼稀罕？」男孩抽抽噎噎的說。

「媽愛我們兩人的家，」女人目光嚴肅地掃過男孩，再閉起眼喃喃說著：「燈壞了，水龍頭滴水，媽都自己修理，不讓外人侵入我們的家。有人要買房子了，媽就當它是一件商品，賣了它，幫我兒子找一個更好的家，媽媽做錯了嗎？」

男孩當然還是繼續幫媽媽撒謊，當年評審之一的馬森說：「『家』本來是一個追求的對象，但在這裏卻成為出賣謀生的手段，這是一個很大的諷刺，也是一個很好的構思。」馬森同時也擔心「在純真兒童的心上自然會留下一些陰影」（註⑳），那是理所當然。我考慮的是她真能為她兒子找到「一個更好的家」嗎？其實孩子畢竟是孩子，他愛爸爸奶奶，愛米老鼠，想要的是一個真正溫暖的「家」。

離家出走

一門之內，理當父慈子孝、夫妻和樂、兄友弟恭，有倫理，有親情，既是生命之源，亦是奮鬥的動力，是複雜人生的避風港，身心安頓之所，然而王文興《家變》（註㉑）中的主角范曄有一回卻在日記中寫到：

──家！家是什麼？家大概是世界上最不合理的一種制度！牠也是最最殘忍，最不人道不過的一種組織！在一個家庭裏面的人們雖然在血統上攸關密切，但是同一個家庭裏的構成的這一撮人歷來在性格上大部都異如水火──怎麼可以不管三七二十一的把他們放在共一個環境裏邊？（頁一八一）

為什麼要有家庭制？這個制度最初到底是誰無端端發明出來的？人類在開始的時候也許是出自『需要』，至需要靠一家

的團結來拒對外患，可是時至今日我們顯然悉已經必定不會
有外凌的傷害，想不到居然反而是一家人自相內部互相的相
殘！（頁一八二）

范曄這種可怕的反省確然有其成因，他之所處的這個家庭，
「他和他的爸爸兩個人之間所突生的衝突堪可以稱繪為『無止無
休』。乃至於幾乎無有一天兩個人不發生兇吵一場著的」（頁一七
一），他們彼此相殘，整部小說其實就在暴顯這種殘相，並且深入
人物內在世界去探索。老父親最終「不堪忍受他的虐待逃走了」
（頁七），小說就從一個滿面愁容的老人離家出走的那一刻開始寫
起，然後敘述兒子去尋父，以及追敘過去的種種衝突。

王文興安排范父離「家」出走，然而再逐步探索其導因，他放
大特寫「家」的負面形相，正是因為他認為家庭成員應該「藹然相
處」，他反省傳統的「孝道」，認為那是上一代基於私利的計算。
范曄日記中所記不代表王文興的看法，但是他舉美國為例，說美國
人父親和兒子是「先起做朋友，而後始父子」（註㉒），簡單說那裏
面的精神是「平等」，這讓我想起晚清譚嗣同在所著《仁學》中猛
批傳統封建社會的「三綱五常」，他提倡朋友之道，即是重其「自
主之權」（註㉓），主張以此貫之四倫（君臣、父子、夫婦、兄
弟），范曄所求「藹然相處」之境不難達成。

范曄之尋父，猶之乎蘇偉貞筆下儲永建之覓妻，這一篇做為書
名的短篇小說〈離家出走〉（註㉔）寫的正是儲永建在太太仲雙文離
家出走後尋找的過程，在追尋與回憶交錯中，我們發現儲永建幾乎
是從這時起才一點一滴認識自己的太太，他悲傷、疑惑，「雙文有
何巨大理由非如此做？」「雙文真沒有厭倦這份生活的理由！」遍
尋不著之後，甚至從雙文的報社資料中所發現的一個離奇失蹤個案
去探尋，幾乎就確認雙文是「蓄意失蹤」。

　　把自我從「家」這個結構中抽離，甚至完全索居起來，一定有它的道理，朋友「都說雙文個性沈默，積壓久了難免會走極端」、「她喜歡發呆」，生與死、子嗣生命（她堅持不要小孩），乃至根本的人生意義等問題，都是她的困擾。她的家人彼此沒有相殘，但她選擇了「出走」，所透顯出來的訊息值得進一步追踪思索。

　　這也是一場「家變」，時代愈紊亂，社會愈複雜，人心人性愈加糾葛，家起變端甚至產生病變的可能性也就愈大。

　　五十年來的台灣文學中，在小說的領域裏，以家庭為背景或是描寫對象，甚至於只是觸及一部分家庭議題者，可以說汗牛充棟，本文僅就所閱讀的部分相關作品討論家之遷徙以及變故等問題，這其中自有變與不變，有些觀念在變，某些外在形式也在變，然而，「藹然相處」應該就是一個永遠不變的期待與追求吧。

附註

①「家」字的造形，誠如段玉裁所說，「此字為一大疑案」。依說文的解釋，家是「居也」，有人說，「家」字所從的「豕」應是「亥」，「亥」古作「豕」，「一人男一人女，從乙，象裹子咳咳之形」；有人說，說文所謂「居也」之「居」為「尻」之誤，而「尻」即「處」，即「止」，所以「此篆本義，乃豕之尻，引申假借以為人之尻也」。《說文解字詁林》除臚列眾說，並附錄李稷勳、汪奎、沈鵬、楊振鎬、吳承志、黃以國、崔適、黃以周、吳楚、沈昌直等文字學者的釋「家」之言。

②《周禮・地官・小司徒》「上地家七人」鄭玄注文。

③《詩經・周南・桃夭》朱熹集注。

④《禮記・大學》所謂修身、齊家、治國、平天下。

⑤莊英章《家族與婚姻・家族結構》，頁七五，台北，中研院民族所，民八三年十二月。

⑥葉石濤曾以「回家的方式」闡釋履疆小說〈楊桃樹〉的主題。文題〈回家的

方式〉，見履疆《回家的方式》附錄，台北，希代，民七五年八月。〈楊桃樹〉亦收在本集中。

⑦王默人《外鄉》，台北，皇冠，民六一年七月。

⑧袁良駿《白先勇論》的〈導論〉即以「沒落貴族的輓歌」解釋《台北人》一部分作品。台北，爾雅，民八十年六月。

⑨指《台北人》中的〈花橋榮記〉。

⑩指《台北人》中的〈那片血一般紅的杜鵑花〉。

⑪郭衣洞（柏楊）小說〈旅途〉，收入《凶手》，兩段引文前在頁九，後在頁二十。台北，星光，民七十年五月。

⑫郭衣洞（柏楊）小說《微笑》，收入《怒航》，頁一一三，台北，星光，民六六年八月。

⑬這兩篇小說皆見齊邦媛編《中國現代文學選集‧小說》，台北，爾雅，民七二年七月。引文不另標頁數。

⑭指《台北人》中的〈冬夜〉。

⑮同註⑬。

⑯〈卜居〉收入《鑼鼓歌》，台北，蓬萊，民七十年十二月。

⑰所謂「核心家庭」（nuclear family）指的是「一對夫婦及其未婚子女所組成的家庭」，同註⑤，頁七七。

⑱〈北門街〉收入《黃春明小說集》第一冊《青番公的故事》，台北，皇冠，民七四年八月。〈打蒼蠅〉為近期作品，收入葛浩文編《瞎子阿木——黃春明選集》，香港，文藝風，一九八八年十月。

⑲收入《小說潮——聯合報第十屆小說獎作品集》，台北，聯經，民七八年三月。

⑳同上註，附錄一〈大海揚帆〉，楊錦郁記錄，頁三一三。

㉑《家變》初版由台北環宇出版社出版，民六二年十一月。五年後由洪範書店重印，王文興寫有〈新版序〉，民六七年十一月。本文用的是洪範新版。引文頁數夾註。

㉒《家變》中范曄這一段日記在編號一五二，頁一八一──一八三，可作爲一篇完整的論文來讀，清楚說明范曄的思想。

㉓譚嗣同《仁學》收入蔡尚思、方行編《譚嗣同全集》，上海，中華書局，一九八一年一月。拙文〈吾之哀吾兄也──譚嗣同對其仲兄的深情〉特討論了譚嗣同其深情背後的思想根源，即朋友之道的平等、自由，亦即「自主之權」。收入《林尹教授逝世十週年學術論文集》，台北，文史哲，民八二年六月。

㉔收入《離家出走》，台北，洪範，民七六年二月。

特約討論

⊙陳東榮

　　文學家創作時經常會描寫人與自我，人與社會，人與自然，或人與造物主的關係。「家」是社會制度中最基本、最重要的單位。中文「家」一字可表示家庭結構、家庭觀念、家庭倫理或家庭關係等概念。

　　半世紀來，台灣社會快速變遷，連帶使「家」及相關的概念產生了莫大的變化。許多本地作家試圖在作品中映現家變的諸多風貌。李教授的論文主要目的在探討五十年來台灣小說中的「家變」，尤其是有關家變的幾個重要母題（motif），亦即：大陸／台灣，鄉村／城市，把「家」賣掉，和離家出走等。

　　李教授採取一種宏觀的角度，縱覽五十年來台灣小說中的家變。他以夾議夾敘的方式討論主題，讀來趣味盎然。行文時他廣徵博引，左右逢源；所舉的例證無不適切妥當。最難能可貴的是，全文脈絡分明，條理清晰，不含艱澀的夾槓術語，易讀易懂。

　　基本上，李教授是屬於人文主義的文學評論者。他特別注重文學作品所反映的社會問題，並希望能思考解決之道。本文處處可以看出他的人文關懷和人道主義精神。文末提到如何應付家庭變亂時，他表示：儘管家怎麼變，「藹然相處」應是顛撲不破的道理，也是一個永遠不變的期許與追求。從此可見他受中國儒家思想以及譚嗣同通權達變理念的影響。

　　李教授論文中提出的論點，我大抵同意。不過，令人遺憾的是：雖然論文有諸多頗有洞見的觀察，可是礙於篇幅，李教授未能充分發揮，殊爲可惜。

　　以下謹就本人閱讀李文所得的幾點淺見，提供大家參考。

　　一、我覺得李教授的論文題目——「家的變和不變」——範圍太大。爲表明論文題旨，是否可將題目縮小或加副標題（例如：「五十年來台灣小說中的家變與不變」）？

　　二、自古以來，「家」作爲一種社會基本機制，一直隨著不同的時空和文化而有所變化。家庭的結構、制度、倫理或關係並非一成不變。在現代或後現代的社會裏，「家」的改變更是明顯。職是，要爲「家」提出周全的定義委實不易。

　　李教授試從中國文字學和現代社會學的角度界定「家」的涵義。李教授的定義是：家乃社會中最基本的單位；家可以指有形的房舍居屋，也可指無形的人際倫理和關係。家有時間性（世代遞嬗）和空間性（地理位置），因此有其物質面和精神面。家的概念包括家庭結構、組織、倫理和關係等。這些說法應毋置疑。

　　不過，目前對「家」的看法基本上比較開放和多元。如要指構成家的基本要素是「一門之內」或「一夫一妻」，可能會遭到質疑。個人認爲，李教授在定義家時，不宜太具規範性，同時也可考慮晚近的看法或觀念。事實上，與其做出顧此失彼的定義而吃力不討好，反不如直接破題，而將家的要素或定義加注。

　　三、歷來有關家的文學名著多的不勝枚舉，再多的例子都難免掛一漏萬。如有必要舉例說明，在中國文學方面不妨加上《孔雀東南飛》，《竇娥冤》和《紅樓夢》等。在外國文學方面，則可考慮增列希臘悲劇《伊底帕斯王》和《安提崗妮》，英國莎劇《漢姆雷特》和《李爾王》，俄國小說《安娜卡列尼娜》和《卡拉馬助夫兄弟》，以及美國小說家福克納的《癡人狂喧》和劇作家亞瑟‧米勒

的《推銷員之死》等。

四、造成台灣家變的因素甚多，論文提及兩個原因的確最為重要。不過，李教授是否也可順便指出其他重要原因，例如：居住空間的縮小、白色恐怖的迫害、國民教育的普及、西方文化的衝擊、個人主義的抬頭、資訊媒體的發達、威權政治的解嚴、女權運動的崛起以及多元社會的開放等等。如能考慮這些因素，或可讓讀者更能了解台灣為何會有比較特殊的家變，讓有志繼續研究同一題目的學者能按圖索驥，朝這些方向思考。

五、論文的焦點是四個重要「家變」的母題：大陸與台灣之比，鄉村與城市之比，把「家」賣掉，和離家出走。除此之外，台灣是否仍有些家變的母題值得重視？考慮家變的形式時，是否可考慮：家庭關係的變化與糾葛（夫妻反目成仇，兄弟鬩牆等），婚變與單親家庭，無家可歸的社會邊際人，同性友誼和愛情等。在各種家變中，由於族群、性別、性取向和階級的不同，是否會造成變化的差異？

六、李教授文中討論的作者大陸籍和本省籍都有，有男性，也有女性。李教授在選擇討論對象時，是否依據一定的準則（例如：作品必需具有強烈的文學性和代表性）？還是純是隨機取樣？

李教授在討論五十年來台灣小說的家變時，如能多考量台灣多元社會的多重聲音，兼顧現實社會中各族群的代表性，將會更為完善。譬如五十年來台灣已有多位才華橫溢，深具社會感的原住民作家，他們對家變的描寫究竟是如何？

基本上，台灣原住民的經驗和平地漢人不同。由於山上謀生不易，許多原住民同胞不得不下山，到都市討生活，他們遂成為都市的邊緣人。不少原住民逐未完工的大廈建築而居，居住工地顯然造成家很大的變化。是否有原住民作家對此等變化加以描述？個人深盼，日後如有時間，李教授可以在這篇恍如Mosaic多彩多姿的台灣

家變拼圖中，補上原住民的那一塊，如此一來將更為完美。

七、李教授在文中曾提及蘇偉貞的〈離家出走〉。許多男人和小說的男主角一樣，無法了解女人為何要離家出走。其實，如能借重女性論述的發明，我們會更了解女人的難題，也更能體會離家出走雖迫不得已，有時是必要的。易卜生的《娃娃屋》結局透露的意義正是如此。

太太離家出走是傷心事，但在台灣文學中，還有比離家出走更可怕的事，那就是殺夫。李昂的《殺夫》和王文興的《家變》一樣，是五十年來台灣小說中最令人震撼的作品。李教授如能詳析這兩部作品的重要性，當會使本篇論文更為出色。

最後，我想利用這難得的機會請教李教授兩個問題：

㈠在眾多台灣作家當中，是否有那一位具有特別強烈的社會意識，想藉文學改革社會？在西方，挪威的易卜生和英國的蕭伯納兩位都以寫社會問題劇或社會小說，企圖改變社會。台灣的作家有那位堪與他們相比？

㈡詹明信在〈多國資本主義時期的第三世界文學〉一文中寫道：「第三世界的文本，即使那些似乎是屬個人私密性的，同時具有一種適當原欲的動力的作品，必然會以國族寓言（national allegory）的形式投射出一種政治的面向：個人的命運永遠是一種寓言，含有第三世界公共文化和社會的戰鬥情勢之寓意。」

台灣的小說家在寫家時，是否有大格局的作品，具有如此的意圖或涵意？換句話說，台灣作家除基於寫實主義的傳統，想忠實地反映社會的面貌外，是否也嘗試賦予作品一種國族命運的寓意？

（書面稿）

台灣戰後世代女詩人
的兩性觀

◉陳義芝

　　在台灣，女性主義的勃興，大約是近十年的事，而衝擊到社會
對女性概念的認知，則以近五年爲最。

　　女性的覺醒，除肇因於教育普及、就業率高所蘊蓄的改造動
力，婦女研究室在大學中開設（一九八五年顧燕翎設於台大）、婦
女新知基金會成立（一九八七年李元貞首任董事長）、《女性人》
創刊（一九八九年陳幼石、李昂合辦），以及一九八九年清大社人
所舉行的性別角色與社會發展學術研討會、一九九二年中國青年寫
作協會主辦的當代台灣女性文學研討會、一九九三年劉毓秀等人籌
組的女性學學會，都提供了理論基礎和催化能量。

　　透過媒體的介紹，和各種婦女讀書會的推廣，西蒙‧波娃
（Simone de Beauvoir）的《第二性》、瓊‧瑞妮絲（June M.
Reinisch）的《新金賽性學報告》、海倫‧費雪（Helen E. Fi-
sher）的《愛慾——婚姻、外遇與離婚的自然史》、潔玫‧葛瑞爾
（Germaine Greer）的《女太監》、貝蒂‧弗里丹（Betty Frie-
dan）的《女性的奧祕》相繼中譯成大眾讀物，爲婦女打開久掩的心
窗，指引他們從傳統封閉的兩性體制中走出來。這一股風潮頗有燎
原之勢，堅持絕對女性觀點的李元貞、劉毓秀、何春蕤、張小虹、
胡錦媛……成爲九十年代中期台灣社會發言要角——女性的代言
人，傳統女性的特質、心理、形象、生活角色和地位，而臨被顚

覆、改寫的情勢。

一、女性的奧祕：傳統的女性標籤

女性的奧祕（The Feminine Mystique），又譯「女性的迷思」，是美國當代著名女權運動家貝蒂·弗里丹（1921－）對五十年代美國婦女在「返回家庭」的巨大浪潮中，陷身空虛的困境，深受無名問題困擾的理解。她花了長時間進行廣泛調查，發覺女人的生活現實與社會強加的形象，有巨大差異，她將這種內心苦悶、無從解脫，而外表卻被認定是「幸福的家庭主婦」的形象稱爲女性的奧秘——這是一個標籤化的形象，就如同中國父權體系所建構的女性，總是溫柔、弱小、賢慧、奉獻於家庭、依賴、包容、會服侍人。

當時的美國有「60％的大學女生中途輟學去結婚」，「把生孩子當成了自己的事業」，「廚房再次成爲婦女生活的中心」（弗里丹，三－四）。女性唯一的夢想是當賢妻良母，唯一的奮鬥是保住夫妻關係。然而，在男人爲主的世界裏，她們並沒有獲得女性眞正的滿足，沒有自我，甚至有一種奇怪的絕望感。

不論女性本人自覺或不自覺，也不論是從那一個角度去看，社會的確存在著兩性的悲劇衝突。四十年代由西蒙·波娃所寫的《第二性》即明白指出：「女人從孩童期就被拘束於有限的空間裏，命定屬於男人，習慣於把他當作無法與之抗衡的主人，假如女人夢想成爲一個有用的人，她的辦法是超越自己去尋找一位優秀份子，去與男人結合。」（1992B，三五）

關於女性的曲從、等待、無助，西蒙·波娃另立專章分析：「當埋藏在地底下的龐貝城（Pompeii）被發掘出來時，有人注意到，被燒成只剩骨頭的男人，臨死時的姿勢是反叛的、向天抗議的，或是企圖逃走的；而女人的姿勢，則是臉朝著地，身軀彎曲成

兩段。女人覺得她們無力反抗一切。」（1992A，二二九）「女人動不動就哭的本領，主要由於一個事實，即她的生活是建築在『因無能爲力而反抗』的基礎上。」（1992A，二三七）由於無力，只好依附；「我們可以說，女人的一生，是消磨在等待中，這是由於她被禁閉在『內圍』與『無常』的囚牢裏，她的生命意義永遠操握在他人手中。她等待人家來致敬，等待男人的贊同；她等待愛情，等待丈夫或情人的感激和讚美。她等待男人來供養她……」（1992A，二四〇）

像這樣的處境和性格，女性主義者堅持是男性所塑造；既非女性生理條件所致，當然不是天經地義的現象，而是社會文化與價值判斷所扭曲、強迫應驗。此不獨西方世界爲然，中國的封建體制更是一大溫牀。試看〈焦仲卿妻〉中的新婦，從小學織素，學裁衣，學彈箜篌（取悅男人）；十七歲做了府吏的妻子，獨守空房，相見日稀，雞一啼就開始忙織布，到深夜不敢休息，然而如此還遭婆婆冷眼，趕回娘家。臨別，眼淚撲簌簌落，猶叮嚀小姑要孝敬大人（惡婆婆）。等回到哥哥家裏，再被逼婚，因「寄人籬下」而同樣做不得主、任人擺布。在這裡，婆婆和哥哥協力扮演了「男性社會」壓迫「弱女子」的角色。而一個只知自責自悲、始終卑屈禮敬的女人，正是中國舊社會婦德、婦命所發揚的典型。

今天，在台灣，情況雖早已改變，但主要的改變似還停留在社會亮處所從事的婦女運動。法規制度的修訂才剛起步，覺醒的聲浪外表看固然聲勢驚人，但一般人的慣性心理究竟革除了沒？對千千萬萬個不同教育背景、不同出身、經濟能力不同的居家女性，實質上能有多少解放作用？並無明確數據資料證明。

爲了瞭解台灣戰後世代（概指一九四五年―六九年出生）女詩人對兩性的看法，下文擬從女性的十字架、女性的牢籠、女性的「背叛」，一路追蹤關於女性的「正聲」與「變聲」。

二、女性的十字架：等待與獻身

　　台灣戰後世代女詩人，較年長的以一九四五年生的鍾玲及尹玲這二玲為代表。鍾玲以古典美人詩獨步，尹玲則以戰火紋身詩著稱。題材不同、關心不同與二人的身世遭逢、學習背景有關。鍾玲的美人詩有〈蘇小小〉、〈李清照〉、〈西施〉、〈花蕊夫人〉、〈王昭君〉、〈唐琬〉、〈綠珠〉、〈卓文君〉等，金簪玉環，柔情繾綣。這一輯作品雖然也探索女性情愛心理，但大多以浮現歷史身影，側寫古代女子的命運，不脫男性霸權主宰之悲凄。在〈西施〉一詩的後記，鍾玲寫道：「我試由另一個角度來寫西施。她與吳王相處多年，吳王也是雄霸一方的男子漢，唯獨鍾情於西施，西施對他能不生情嗎？她再精於媚術，再忠心於越國，也是個女人。」（九一）「也是個女人」一語，說明鍾玲對「英雄愛美人、美人慕英雄」的傳統詮釋，大致沒有異議。時間換作現代，女性對愛情的追求依舊是無怨無悔：

> 雖然我
> 禁錮於
> 你的臂膀
> 卻捕捉不住你
> 過境的風（鍾玲，六一|）

以男性為中心、甘為俘虜的意象，彷彿南朝樂府「女蘿自微薄，寄託長松表」的新唱。而一旦情愛變色，當身旁的男人被另一雙眼睛勾引而去，女性只能對命運發出低調的怨嘆：

> 我是受風擺佈的紙鳶

　　無窮的透明和不定牽扯我
　　那麼脆弱的細線啊（鍾玲，五五）

　　極少寫私情的尹玲寫的〈等〉，則是女性獨守空閨的另一演
繹：

　　你在樹下
　　等黃了秋風
　　等乾了眼尾的魚
　　欲待接捧在掌心
　　那片葉子
　　卻仍在將落未落之間（一六七）

空房換景為樹下，滿目枯黃的秋景正是人的心境投影。詩人所作戲
劇性內心獨白，固然看出生命的刻痕，但只是一己心情，還不到與
社會現實對話的地步。換言之，女性的「等待」被認命地接受，在
某些關乎兩性的作品中並未形成欲加抵抗的「困境」。彷彿是女
性本有的「正聲」，四十年代以至於六十年代出生者，在描寫這情
景時，同樣癡心而沒有意見。輕易可以找到的詩例如：

　　繽紛的花事如夢
　　我日日在江邊梳頭
　　春水把我的容貌
　　也複印給了你
　　而秋來的歲月
　　應是一種等待（翔翎，一九九）

我的郵箱是青鳥不過訪
寂寞的驛站
醒立爲了千里尺素
雲外的一束溫柔（曾淑美，六六）

魚群還在優游
鱗片折射迷人的光
而我的手指已漸次石化
在光陰的河邊因等待而老去（黃靖雅，七七）

在攬我入你流金的歲月之前
我以海的遼闊
等你（葉紅，四四）

在消失他的那個地方，我坐下
像過去那樣，我開始呼喚他
在寂靜，
酸一般淹沒的寂靜裏，等待著
他或許會忽然出現，
像過去那樣（吳瑩，六九）

　　不論她們因何起興，也不論她們經營的意象多麼清麗、富創意，可以確知的是，這些詩的重點不在挖掘愛情社會學，而在凝睇身邊人的心思眼神，僅止於此，僅止於此。

　　沒有任何一種文類比詩更能直探人潛在意識的幽隱，匯合眾多潛意識以逆溯方式探索社會的大氛圍，不難發覺台灣的兩性關係還在男外女內、男動女靜、男強女弱的權力組合裏。即以從事開喜烏

龍茶創意廣告的曾淑美（1962－）爲例，她是經常被列名後現代風
潮中的一位青年詩人，然而在《墜入花叢的女子》，我們看她處理
起女人的愛戀，一樣眼淚滂沱：「喜歡把想念／種植成一千行詩句
／我流淚灌漑的花朵」（三六）「在最寒冷的惡夜醒來，發現／自
己仍滯留原地，哭泣」（四二）「流淚向你奔去／不惜江水自眼中
涸竭」（四五）「悲哀裸裡而出／我將悱惻哭泣」（五〇）「我流
著身後的眼淚／親吻你背後的影子」（五四）。

　　眼淚是哀傷的宣洩，中國文學中一個永恆的意象，《詩經·王
風·中谷有蓷》：「有女仳離，啜其泣矣。」南朝樂府〈華山畿
〉：「淚落枕將浮，身沈被流去。」唐李商隱詩：「滄海月明珠有
淚，藍田日暖玉生烟。」可見不分時代，詩人總愛用淚形塑女性楚
楚可憐的情態。如露墜落，如花飄零，淚幾乎成了女子的定影液
。就這一點而言，曾淑美的抒情手法無異於傳統。

　　女性除了流淚，還有一種「獻身」的說法。未曾聽說男人向女
人獻身的，而都說女人獻身於某某人。「獻身」是一個含有性意義
的名詞，由男性語義標準所形成，說明被獻的一方爲主體，奉獻的
一方是客體；它同時也有宗教的意義，附著虔誠、敬畏、聖潔、犧
牲自己的喻指。台灣戰後世代女詩人尚未解構這一語詞代表的男性
中心文化，甚至是認同這一「象徵秩序」。例如利玉芳（1952－
）在《貓》中有一首描寫古蹟修護的詩，是借男性對女體的撫摸來
形容，反覆表露受「臨幸」的驚喜之情：

　　　驚喜你那疏離我
　　　　　　遺忘我的
　　　手
　　　在我瘦了的乳房
　　　索求

　　　流連少婦初給時的豐滿
　　　甚且
　　　把歲月殘留的情
　　　拿來裝飾我的肚皮上斑剝的孕紋
　　　手啊
　　　　　　　整修我的
　　　驚喜你那繾綣的愛（三三）

葉紅（1953－）在《藏明之歌》中有一首描寫交歡前奏的〈喝采〉，以強光照臉、步上舞台，羅衫褪盡、鼓樂疾響為意象：

　　　為無數個看不見的你
　　　置身強光迎面的黑暗
　　　一雙雙透亮的眼
　　　滑溜地抹盡最後一絲羞赧
　　　為一種刻骨銘心
　　　我　　將赤裸捧上
　　　你鼓響了的舞台

　　　聽小鼓藏在耳蝸暗處
　　　靜待轟然被擊的
　　　驟響（七五）

那舞台就是枕席，是男性構築的樂園；那藏在耳蝸暗處的小鼓聲是脈搏、是小鹿亂撞的心跳。這種獻身的儀式，到洪淑苓（1964－）筆下，換作西湖借傘的情節，形成「拓印」情結：

> 我的未及裱背的青空
> 　無人款題
> 而你是誤拓的形跡麼
> 也許，雨很深很深，
> 緣，很淺很淺（二四）

　　曾淑美的〈婚歌〉，對和合充滿歡快的頌揚，但不同於法國女性論者艾蓮娜‧西克蘇（Hélène Cixous）一再頌揚的「母親之聲」。西克蘇獨立而霸氣地說：「我就是大地，我就是大地上發生的一切事件，我就是在我的不同形式中活著的所有生命。」（康正果，一四五）曾淑美則純情地以男人的家為家，允許男人像頑童，而女人安於家庭母親的角色，生兒育女的工作不受質疑：

> 我要到你的餐桌吃飯
> 我要在你的枕上睡眠
> 彼時藤蔓開出花朵
> 爐火為我們驅寒
>
> 任你到我懷中生病
> 任你在我髮上玩耍
> 彼時雨水洗淨憂傷
> 陽光為我們打掃被窩（八六）

細讀張芳慈（1964 - ）的〈箏與線〉，同樣讀出女性幻化成千絲萬縷的苦情，任男人牽扯，獨不要自我：

> 如果你是箏

> 我底髮將抽成絲　千縷
> 如果你是線
> 我便流連　任你牽扯（一二）

三、女性的牢籠：婚姻與兒女

　　貝蒂‧弗里丹指出，女性奧祕論告訴人們，女性最高的價值和唯一使命是發揚女性特徵，去做生命創造的工作。「自一九四九年以後，對美國婦女來說，女性的完美，就只存在唯一的一種定義，那就是主婦加母親。……她那無限廣闊的天地收縮成了舒適家庭的幾面牆壁。」（四一）

　　中國社會將女性封鎖在男性家中的體制更爲嚴厲牢固。女性沒有正式名字，而以某氏相稱，婚姻主要爲了傳延子嗣，無法生育將遭休出之命，「未嫁從父，旣嫁從夫，夫死從子」，一生以替男性生養爲職責，不但無法挑戰一夫多妻的制度，甚且要認同妻妾溫婉、互容、不嫉妒的賢慧。「浪型的衛生棉及荷爾蒙／花間詞式的吟詠──眼淚及面膏齊飛／有人打造更重的枷／帶進自己的家」（馮青〈三八節之共生譜〉，六五）是千年來無遮的現實。

　　時至今日，女性因受教育及就業機會不亞於男性，經濟獨立，自主能力大爲提升，儘管談戀愛仍多擺出一副弱者心理、被動姿態，一旦結婚，於家事的分擔、家庭的職責，不少人頗有平權的主張和做法。有的詩雖還不到顛覆的地步，但老大不情願的言行已經顯現，絕非單一的對家庭和諧、甜蜜的歌詠。年輕女性自我省思之餘，也及於上一代，筱曉（1957│─）〈蹲在水龍頭下的婦人〉一詩寫辛勤持家的母親，憂愁、靜默，輸出之心力如自拴不緊的水龍頭一滴滴流掉的水，結尾：

我轉身
離去
蹲在水龍頭下的婦人
我彎腰的母親呵
卻成爲
一路的街景（六五）

詩情壓制，力趨淡然，不再對女性無我的獻身禮讚，反有一絲絲惜痛在心，「卻」字初見反思的端倪。羅任玲（1963 －）的童詩〈一分鐘〉：

爸爸説
一分鐘，可以看到新聞快報

媽媽説
一分鐘，要趕緊把菜炒好（一〇一）

透過兒童的眼呈現出男女主人下班後的行爲，作者意不在批判，算是意外剪貼出一幅兩性勞逸不等的圖像。

在詩中重視意識、意念表達的女權運動者李元貞（1946 －），著有《女人詩眼》一書，收詩一百三十首，自一九六五以迄一九九四年之作。李元貞七十年代初期以前的作品，尙看不出特別尖銳的女性意識，一九六七年寫的〈母親〉一詩開頭雖有「原來我只是個女人」這種隱約抗議的句子，但結語「我只是個女人／生命的母體／千萬隻成形的小手／向懷中索取露滴／溫柔的王冠」（一四），語氣柔和，顯然轉移了重點。一九六九年寫的〈女人〉（二三）描寫女性排卵的憂鬱，流血、破身的痛苦，對男人的自私偏

見似乎也只在轉述，沒有辯詰、聲討。

　　深入婚姻、家庭這一議題，就我所接觸，可以舉述的詩例有夏宇（1956－）的〈魚罐頭〉，零雨（1958－）的〈你感到幸福嗎〉及〈下班1〉、〈下班2〉，陳斐雯（1963－）的〈一雙〉，葉紅的〈理想國〉。

　　　　魚躺在番茄醬裏
　　　　魚可能不大愉快
　　　　海並不知道

　　　　海太深了
　　　　海岸也不知道

　　　　這個故事是猩紅色的
　　　　而且這麼通俗
　　　　所以其實是關於番茄醬的（夏宇，1986，一五〇）

這是夏宇的〈魚罐頭〉，副題「給朋友的婚禮」。夏宇長於創造，包括題材、思考方向、用語，連出詩集的方式都有去中心而向邊緣的策略。這首詩批判制式愛情、制式的婚姻形式、通俗的流行：紅帖子、紅禮服、紅包、禮堂交織出的一片猩紅色──詩人所謂的「關於番茄醬的」，男女兩條魚醃漬在這樣的番茄醬中，當然可能不愉快。對愛情，夏宇則不批評，她用海作象徵：「海並不知道／海太深了」。當男女從愛情的大海中準備上岸，岸也不知道他們會有不愉快的遭遇。及至知道，一切都已發生了。探索兩性關係之別出心裁，的確教人讚嘆。

　　曾被稱為夏宇之後第一人的陳斐雯，這些年幾乎已完全逸出詩

壇，未見詩作發表。她的上一本詩集《貓蚤札》出版於一九八八年，其中有一首〈一雙〉，以女性學觀點讀來特別有意思：

> 悲劇的裂縫
> 逃出來一隻腳
> 逃啊逃啊逃
> 什麼都不管
> 只管逃，拚命逃
> 滑了一跤
> 才驀然
> 想起另一隻腳
> 啊──又跑了回去
> 從此就再也沒有出來
> 就再也沒有（一三二）

如果說男與女是社會形制（例如家庭）配搭的一雙腳，曾經覺醒逃出來的一隻腳，指的是女性，她最終又重回牢籠的原因，詩人告訴我們是「滑了一跤」（挫折），使她「想起另一隻腳」，這另一隻腳自然是丈夫、兒女，女人的牽掛、累贅，深一層看，在父權文化裏，也可能是禮俗、流言，女人的緊箍咒。

女性的悲劇來自於女性的奧祕──一口偽裝成幸福的箱子。女人一旦跑了進去就很難脫困，針對這一點，曾獲一九九三年「年度詩獎」的零雨曾發出「你感到幸福嗎」的質疑，並以之為題：

> 遠遠地，有一口箱子
> 朝我滾來。我要
> 在它到來之前滾開

（你感到幸福嗎）

在閃開那一刹那
躲了箱子
也避開幸福

再給我一口箱子吧（四三）

她的根本之道是避開那一口箱子，也避開所謂的幸福，轉而追求另
一口箱子；此箱非彼箱，也許有幸福可言，也許還是沒有，但畢竟
多了一次選擇機會。

　　兩性在家中所以不和諧，原因多出在對家的認知與作風不同，
零雨在〈下班2〉一詩，有這樣的表達：

屋子裏住了一個不認識的人　無址可詢的
流浪漢　他要我背誦一則格言　治家的
那則格言　我不會　我用繩子　一條
粗黑的繩子　像蛇一樣綁他到我身上
到我身上溫馴地抵抗（二一）

男人住在家裏只像住了一個不認識的人，因為他既不關心家務，而
又經常在外「流浪」應酬，行踪不定，無址可詢；反過來卻要求女
人好好留守在家中（背治家的格言）。女人當然不願如此，於是就
想用繩子困縛他，想黏附在他身上，溫馴地抵抗（動之以情）。最
後一句用了蛇的意象，再加上「溫馴地抵抗」詞意之曖昧，似乎又
有用身體、用性來拘留他的意思。零雨的〈下班1〉更是一首兩性共

處同一屋簷下的絕妙浮世圖：

> 終於　他們停下來　不說話　光放屁
> 彼此嫌惡　輪到他背經典　女人經悄悄
> 流傳　闖過平交道　準備槍決地平線那顆
> 紅心　吃罷晚飯　帶新聞紙上廁所　熄燈
> 以後　所有房間住滿受害者（二〇）

當他們停下來是指吵架停止，兩人一個勁兒地不說話，光擺出臭
臉、拋出一身臭氣。在這場男人與女人的戰爭中，女人占了優勢，
換成男人背經典（慢慢去消受女人經吧）。「那顆紅心」指的是落
日（去了勢的陽物），女人經闖過平交道，喋喋不休，甚至「準備
槍決」對方。「所有房間住滿受害者」表示兩性互相傷殘，婚姻乏
味透頂，這是人生共相，沒有誰勝誰負可言。

認清這現實，則唯有打破兩性二元分別的態勢，回到上帝造人
之初的混沌。設若夏娃不是亞當的一根肋骨所造，即使是，在亞
當、夏娃偷食禁果之後，若上帝不對女人特加懲罰：「我必須增加
你懷孕的苦楚，叫你分娩時伴隨著劇烈的疼痛！你將成為丈夫的附
屬品，依戀你的丈夫，受你丈夫的轄制。」（張久宣，一一）則天
上人間仍將是一片樂園。葉紅心目中的理想國就是沒有婚姻、沒有
兒女、沒有男女的樂園：

> 女人還原成肋骨
> 回到胸腔
> 男人懷抱著寂寞
> 沈入泥土（五七）

四、女性的背叛：找回自己

女性掙脫男性霸權掌控的第一步是找回自己。「從自己的需求和能力出發，為自己規劃出一個新的生活的藍圖，把愛情、孩子和家庭這些以往限定女性的因素與面向未來、目標遠大的工作協調起來。」（弗里丹，四四八）為了認清自己，必須揭去傳統形象的面紗，傾聽內心真實的聲音，解構男人的所思所想與所作為，解放愛情、婚姻對女性的不公。

康正果《女權主義與文學》分析托麗・莫依（Toril Moi）所提女權主義奮爭的三階段（三種並存和交錯的態度）（一三〇），在台灣戰後世代女詩人的詩中依稀可見。

第一種態度是女性要求平等地進入象徵秩序，追求自由。例如羅任玲〈我女朋友的男朋友〉（三二），就不認為女性該扮演海那樣包容的角色，「或者我們都該扮演一隻魚。」男的是魚，女的也是魚，各自遊於大海，不必活得十分辛苦。這似乎吻合《莊子・天運篇》的思想：「相呴以濕，相濡以沫，不若相忘於江湖。」曾淑美〈城市之光〉，有一段為不幸淪入風塵的女性發言：「和先生您一樣有權免受剝削之苦的／我，淪落的女人／不要您綠色藍色的鈔票／請讓我回家／還我清白的被褥和生涯」（八一），最基本的要求成為最有力的「控訴」。

利玉芳的〈貓〉，更是穿透陷阱、疑懼，一位真實的女性的象徵：

> 原以為貓的哀鳴只是為了饑餓
> 但我目睹牠在寒冬遍佈魚屍的堤岸
> 不屑走過
> 然後拋給冷默的曠野

　　一聲嗚叫
　　發現那是我隱藏已久的聲音（一三～一四）

　　女性厭棄物質層面的豢養，不但用不屑表達心意，更發出隱藏
已久的心聲。

　　在爭取平權的聲浪中，李元貞認爲男女都可愛上好多人（一〇
五）；夏宇質詢可以肆無忌憚地使用「茶壺」這個字眼嗎——試圖
打破茶壺爲男性專屬象徵（1991，一八）；顏艾琳（1968－）以三
合一隨身包式的愛情作自我解放（1994，二二）。

　　女權奮爭的第二種態度是，強調女男差異，摒棄男性象徵秩
序，頌揚女性特徵。例如顏艾琳在〈有人向我索取愛情簡章〉（19
94，六～七）一詩，藉機訓了男人一頓。這首詩多用長句，戲劇性
強。在愛情缺貨停產的時代，她應一個急於購買愛情簡章的男人要
求，教他如何用情，詩中的我指引了他兩條路：其一，「猙獰一點
」——這是反諷的說法：你們男人不都如此？其二，忠誠、包容、
諒解——在從前的男性象徵秩序中，愛情是「浪漫抒情、溫存一點
的、比較瘋狂刺激的、比較驚天動地的」，女性不願再陷入這種迷
思中；反虛假、反醜惡、有所要求，終使男人「難爲情地逃開」。
〈Ｔ市ㄅ大廈Ⅶ樓〉，顏艾琳說：

　　　　我的心是100倍的望遠鏡。
　　　　住在對面的
　　　　ㄅ大廈Ⅵ樓的年輕男子，
　　　　常常用寂寞來豢養
　　　　他的波斯貓。
　　　　不像我的鄰友；

> 她總是用不同的男子，
> 來餵飽她的寂寞。（一八）

在傳統的兩性秩序中，寂寞的女子養貓，男子則以不斷更換女友的
方式填補虛空。而今，男女主角身分、動作互換。從第一句可知，
這是顏艾琳心中張望的秩序圖。顏艾琳崛起於九十年代，手持一柄
鋒利的薄刃，向兩性關係開刀，不因意念表達而減損詩的藝術性，
「戲味」十足的風格相當受重視。她有一首解構外遇的詩，題名
〈車位〉：

> 那女子的腼腆
> 用驕傲裝飾著，
> 像一隻貓模糊的嘟嚷：「
> 在他擁擠的心裏，
> 有我的一塊黃金地段。」
>
> 真的，我善良得沒有告訴她，
> 自一九八八年四月，
> 我早把他廉售給另一位女子；
> 那時，
> 他已經在心的空地上，
> 建好一座巨大停車場。（三七）

女性的「正聲」就像第一節中那女子，顏以在那有婦之夫心裏占有
一席黃金之地為傲；她並不覺做小老婆有何不好，像一隻貓被多金
的男人豢養。女性的「變聲」出現在第二節中的「我」，用一種更
強悍優勢的手段瓦解了男性不軌的圖謀，當男人不再專一，在心中

蓋了巨大的停車場，各種廠牌的車都想擁有，做太太的斷然將他廉
售掉了。勇毅、利索，無占有、依附心理，正是新女性的特徵；相
較之下，「另一位女子」就成了微不足道的模糊小角了。而男人因
為「廉售」這一動作，已毫無「身價」可言。

　　年紀較長，並不以「詩人」為第一身分的李元貞，她的詩筆有
時也是一種婦運「宣道」工具，大剌剌的直筆往往痛快淋漓。〈給
所有哭泣的女人〉，她呼籲大家變成殘忍的玫瑰，不要再做被踐踏
的好花，因為男人「只有被殘忍的玫瑰刺中／他們才呼叫玫瑰玫瑰
我愛你」（一五四）。在打擊男人方面，她用打蟑螂影射：「黑夜
裏／在廁所／廚房／飛飛／應該滿足了／竟如此／不守本分／野心
般／飛來床邊」（一三六）。在歌頌女性方面，她用大母形容：
「燈光的盡處／站著／無數男子／張著興奮／笑臉　乃看見／鏡中
無數的／舞蹈的／女人／有大母的姿態」（二二五）。在誰休掉誰
的主控權方面，李元貞以牙還牙地借用（爭吵時）男人掛在嘴上的
「可以了吧」說：「可以了吧／可以了吧／只有我休掉你／男人才
知道什麼是可以了吧」（二二六～二二七）。

　　康正果說：「婦女顛覆父權制象徵秩序的策略並不在於重新造
語言，而在於給語言賦予新的意義。」（一三七）準此以觀，李元
貞的「蟑螂說」，就是一種新義表現。不謀而合的是顏艾琳在她的
筆記書《顏艾琳的秘密口袋》，也將男人與蟑螂疊影：「某夜，我
在等候一個朋友的到來，忽然之間卻怕起了『黑暗』。彷彿黑暗中
有什麼要闖出來。可能是蟑螂，正探著牠的長觸鬚……過了午夜
，他真的沒來。」（一○○）

　　馮青（1950－）的〈鸚鵡〉，衝撞的是男人講黃話的性騷擾：

　　　啊！氾濫的語詞及捷徑

　　　　濫生著荷爾蒙過多的雄性鸚鵡們
　　　　在乏味的屠宰場上
　　　　牠們宰割著數千萬具
　　　　裙裾下隱型的美女及想像
　　　　在牠嚐過糞便的喙上
　　　　淌著褐色的蜜（一○一）

荷爾蒙過多的雄性鸚鵡，「以裙裾下隱型的美女」為意淫對象，所
搬弄的字詞實極乏味，卻沾沾自喜於嚐糞。在另一首題名〈男人〉
（四二）的詩中，她把男人解剖成上洗手間邊看報邊唱歌，久久拉
不完似患了痔瘡的男人；邊等紅綠燈邊挖鼻孔的男人；愛馬殺鷄又
怕抓的大學教授般的男人；而以上這些種男人全都是色迷迷（大都
從眼鏡的上方看人）、陽萎（立刻就解脫了）的人。
　　很早就開始在詩篇中建構女性中心思想，成就最高的，非夏宇
莫屬。夏宇也是至今僅見的在作品中反對男性氣質和女性氣質作形
而上學二分法的女詩人，這是女權奮爭的第三種態度，如同法國女
權論者朱麗婭・克利斯特娃（Julia Kristeva）的立場。一九八二年
她寫的〈一般見識〉主張女人「懂得蛇的語言／適於突擊／不宜守
約」（1986，八九），已令人感覺到她的心明眼亮；一九九○年完
成的〈與動物密談(四)〉，更超越生物男女性別之界分：

　　　　多麼好啊我終於找到一個主題叫做不忠
　　　　分別對他們五個不忠因為同時
　　　　忠於他們五個聽起來像是一種
　　　　數學命題有著繁複的演算可能這這
　　　　就是我體會到的不忠唯一的問題是
　　　　時間不夠還有體力不繼但關於慾望的

　　自然消長則每一個人

　　都可以充分體會到如果能夠愛上第六個人

　　就可以分別減輕對他們不忠的程度那是説

　　我認爲不忠有一定的量隨人數的增加

　　而減少對每一個人的分配那麼問題最後就是

　　到底要對多少人不忠才能

　　徹底地不感覺不忠呢？（1991，二六）

在夏宇的娓娓叙述中，重新建構了性領域裏「不忠」（注意，她用的不是針對女性而言的「不貞」）、「體力不繼」等男性專用詞的意義。講這樣的話她像個沒事人似的，徹底抿除了「約定俗成」的男性、女性觀。她辯證「不忠」與「不感覺不忠」的邏輯，更是一種強化解構的策略。

　　他們爲什麼不能彼此欣賞且和樂地

　　相處呢既然他們都一致地愛我至少

　　他們有相同的煩惱最最起碼他們有

　　共同的話題甚而他們可以一起責備

　　我的自私和享樂主義最後他們又可以

　　交換內褲我又將不致很快發現你看（二七）

這是同一首詩的第三節前半，如果不說它出自女詩人夏宇、是由女性在叙説，常人一定當它是男性在發言——因爲這極像是男人恩賜妻妾的心態與講法。

　　夏宇無意從對立立場批判男性，她幽默地占用了男性。

五、結語

　　從以上對十八位戰後世代女詩人作品的解讀，我們發覺兩性關

係的本質批判確實已經邁步向前，女性變聲的焦慮日漸明確——從心理意識到身體慾望。單純的、纏綿的、幽怨的曲調已不吻合當代現實。然而，許多對女性有影響的問題與因素，諸如：單親、試婚、買婚、墮胎、生育之苦、育嬰、產假、單身條款、家庭暴力、午夜牛郎、美容瘦身以及女性從政、女性救援……等，極少甚至完全沒有被觸探，更不要說對女性常患的憂鬱、潔癖、歇斯底里病作同情而深入的理解。

雖說以詩為工具與現實議題結合，在表現上遠比小說難，但證諸夏宇、零雨、顏艾琳等人的嘗試，詩的女性主義天空仍大有可揮灑、翱翔之處。

最後我要引用一首我寫的〈自畫像〉（發表於一九九五年九月二十四日《更生日報·四方文學》）作結：

> 她年輕的身體
> 走著一匹溫馴的馬
> 牠用黑亮的鬃毛撫弄
> 她身上那把琴
>
> 她渾圓的身體
> 走著一頭壯碩的牛
> 牠用劇烈的鼻息吞吐
> 她身上那面鼓
>
> 她睡眠的身體
> 走著一隻害羞的羊
> 牠用映在肌膚上的月光咀嚼
> 她身上的險降坡

身體是起伏的草原
我的安琪兒走在起伏的霧中
呼喚我，以她
油彩未乾的自畫像

我看到一會兒是馬一會兒是牛
一會兒又是羊
霜淇淋的女歡啊，是流動
又是伸手可觸摸的

食我
且爲我所食

這首詩以想像的自體交合呼應女性論述者所說的：「我們進入了陰陽錯亂的時代，我們將面對多種性別和性關係，因此我們的性別概念也必須將不斷地經歷變化……男人在走向女人，女人也在走向男人，兩性之間將出現新的融合。」（康正果，一五二）

（本篇爲研討會論文初稿，尚待補充修訂。）

引用書目：

尹玲（1994），《當夜綻放如花》，自印本。

弗里丹，貝蒂（1988），《女性的奧祕》，程錫麟、朱徽、王曉路譯，成都，四川人民出版社。

李元貞（1995），《女人詩眼》，台北縣立文化中心。

利玉芳（1991），《貓》，台北，笠詩刊社。

吳瑩（1994），《單人馬戲團》，花蓮縣立文化中心。

波娃，西蒙Beauvoir, Simone de（1992a），《第二性》第二卷，楊美惠譯，台北，志文出版社。

——（1992b），《第二性》第三卷，楊翠屏譯，台北，志文出版社。

洪淑苓（1994），《合婚》，自印本。

夏宇（1986），《備忘錄》，自印本。

——（1991），《腹語術》，台北，現代詩季刊社。

張久宣（1993），《聖經故事》，台北，書林出版公司。

張芳慈（1993），《越軌》，台北，笠詩刊社。

陳斐雯（1988），《貓蚤札》，台北，自立晚報文化出版部。

康正果（1994），《女權主義與文學》，北京，中國社會科學出版社。

曾淑美（1987），《墜入花叢的女子》，台北，人間雜誌社。

馮青（1989），《雪原奔火》，台北，漢光文化公司。

黃靖雅（1987），《山月默默》（與楊逸鴻合著），台北，豪友出版社。

翔翎（1981），〈歲暮一則〉，《剪成碧玉葉層層》，張默編，台北，爾雅出版社。

葉紅（1995），《藏明之歌》，台北新店，鴻泰圖書公司。

筱曉（1986），《印象詩集》，高雄鳳山，心臟詩刊社。

零雨（1992），《消失在地圖上的名字》，台北，時報文化出版公司。

鍾玲（1988），《芬芳的海》，台北，大地出版社。

顏艾琳（1992），《顏艾琳的祕密口袋》，台北，石頭出版公司。

——（1994），《抽象的地圖》，台北縣立文化中心。

羅任玲（1990），《密碼》，台北，曼陀羅創意工作室。

特約討論

⊙何春蕤

　　陳義芝先生這篇論文的架構是詩與社會之間的「對比」關係，也就是要檢驗詩是否忠實地呈現了時代社會的風貌。因此論文中剪取了戰後世代女詩人的詩句篇章，以說明女詩人的創作確實反映了女性在台灣社會變遷中的心境變化。而也因為這個「對應」的模式，陳義芝才在論文的結尾，期許女詩人們更廣泛的書寫女性在社會文化中的諸多面貌。作為討論人，我則被要求以一個女性主義者及女性的文學研究者的角色位置來檢驗這篇論文，是否忠實反映了女詩人之創作與現代社會之間的「對應」關係。這種檢驗的重責令我萬分不安。我的不安其實來自我對簡單的反映論有極大的保留，因為反映論極有可能形成某種教條式的意識形態檢驗（檢查），而這是我對任何主義（包括女性主義在內）所保留的高度警覺，以免僵化或輕賤了許多朋友在推動的各種社會運動。另外，作為一個文學研究者，我也希望避免反映論中的實證論假設，實證論的假設認為，作品和社會之間、作者與寫作之間及閱讀者之間都是簡單的「複製」關係，而文學評論者需要做的就是檢查鏡面是否平滑，反映是否忠實。

　　我倒是覺得這種實證的、反映式的假設正好抹去了詩（或者說，更廣的一切文學）可能扮演的重要角色。因為，詩和文學都是論述，而論述是我們對現實的理解與製造。換句話說，我們總是在

論述中經驗我們的世界，在語言所架構起來的思考範圍中介入、操作、改造我們的世界以及我們自己。

由非反映論的角度來看，這篇論文的意義應不在於它是否忠實的呈現了女詩人們是否忠實的反映女人的社會處境，而是它努力的嘗試讓我們認識：詩這個日漸式微而常常被批評爲不食人間烟火的文化範疇，事實上在戰後世代的女詩人手中是非常關切到現實的。也就是說，陳義芝希望把女詩人再度嵌入社會現實中，顯示她們的創作是與女人的社會現實緊密相接的。

但是從這個「論述介入」的角度來看，陳義芝在論文中聚焦於詩作中最明顯與性別有關的詩句，來探討不太出人意外的女性主題（如文中所提出的等待、獻身、婚姻、兒女、找尋自我等等），這種介入就顯得有點軟弱了。如果要替女詩人平反，要顯示詩對於社會現實的具體介入和改造，批評者大約還需要「於無聲處聽驚雷」，捕捉些不太明顯但與性別有關，且可能會在無意識的層面上操作性別邏輯的詩句和意象，或者分析女詩人以什麼樣異於現代詩語言常規的方式來描繪女性處境等等。

事實上，陳義芝在論文中對女詩人更積極介入社會現實是有所期許的。他在論文結尾時指出，由女詩人的寫作來看，對兩性的本質的批判已經有很大進展。女性變聲的焦慮也日漸明確，這些在詩作中都有所呈現，但是陳義芝也認爲許多對女性有影響的問題與因素（如試婚、牛郎、墮胎等），極少被女詩人碰觸，女性常患的憂鬱、潔癖、歇斯底里症也鮮少在詩作中見到同情而理解的處理。

不過，這方面的匱乏倒底是出於女詩人們本身在階級、年紀、生活方式、社會關懷的眼界侷限，還是出於詩這種文化形式，在我們眼下的社會環境中所發展出來的語言及其階級、智識屬性，以致於它尚未形成全民（全女性）的表達方式，這倒是值得我們研究詩的朋友們思考的事。（**書面稿**）

台灣客家文學中所反映的社會關係

◉張堂錡

壹、「客家文學」定義的思考

正如對「台灣文學」定義的紛歧，所謂「客家文學」的定義也至今未有定論。在籍貫、語言、意識等不同層面的糾纏下，任何比較全面（或者明確）的描述都有待進一步討論。客家人以客家話寫客家事，固然是一嚴謹的討論基點，但是很容易便陷入自我設限的狹隘範疇，諸如吳濁流、龍瑛宗等日據時代前後的客籍作家，戰後第一代的鍾理和、鄭煥、鍾肇政，以及更後的李喬、馮輝岳、黃娟、鍾鐵民、江上、謝霜天，到鍾延豪、吳錦發、陌上塵、雪眸、吳鳴、劉還月、藍博洲……等作家的作品，我們或可找出一些符合此嚴格定義下的篇章，但更多的是在語言、題材上並不相干的作品；此外，諸如福佬籍的年輕作家黃秋芳，不論小說或散文，都有一些運用大量客家語言來敘寫客家生活面貌的作品，若要以嚴格定義來看待，則又難於列入所謂「客家文學」之林了。

近年來，隨著整體政治大環境氣候的鬆動，本土化呼聲響徹雲霄，過去長期被壓抑的各族群母語（包括原住民語、福佬語、客語），開始得到較多的尊重。當然，不可諱言的，在各種客觀條件的限制下，也不免出現了如「福佬語沙文主義」之類的批評，但是，這終究是一良性的發展：各族群開始重視其自身的母語，族群

之間也認識到相互尊重的必要。作爲台灣四大族群之一的客家族群
（擁有四百多萬人口），也在族群意識的覺醒後，自一九八八年起
陸續展開了「還我母語」、「新个客家人」運動，同時也有《客家
雜誌》（前身爲《客家風雲》）等爲客家族群發言的刊物；「全國
客家權益行動聯盟」、「臺灣客家公共事務協會」等組織的成立，
更宣示了客家族群集體意識的抬頭；今年一波三折後終於成立的
「寶島新聲客家電台」，除了表現出客家人對應時代變遷與社會需
求的積極性，也展示了對這塊土地強烈認同後的參與意願。

　　這些來自文化、社會、政治等不同層面的變動，無可避免的也
對文學有所啓發與催化。客籍作家在對保存母語的危機意識以及發
揚客家文學的使命感推動下，開始進行了文字工具本土化的實踐，
一些直接以客語轉換成文字的書寫方式逐漸產生，例如黃恆秋（子
堯）、杜潘芳格的客語詩，客家雜誌上刊登的如廖金明等的客語散
文，在他們的作品裏，有些確實已符合籍貫、語言（文字）、意識
的條件，而且他們正積極的在創作與推廣上用心盡力，如黃恆秋於
第一本客語詩集《擔竿人生》出版後，又將出版第二本客語詩集
《見笑花》；他同時與龔萬灶合編了一本《客家台語詩選》，於今
年八月出版，內收十二位操作客語創作有成的作家的作品。這些嘗
試，具體說明了以客家母語文化創作的可能性，也開拓了台灣客家
文學的嶄新領域。

　　然而，這些仍只是起步。面對著過去台灣客籍作家所締造的長
期、優秀的文學傳統，我們在討論「客家文學」這一命題時，毋寧
是應該採取較寬汎的標準的。即使是黃恆秋，在對「客家文學」下
定義時，也不得不採寬鬆的說法，他認爲：

　　一、任何人種或族群，只要擁有「客家觀點」或操作「客家
　　　　語言」寫作，均能成爲客家文學。

二、主題不以客家人生活環境爲限，擴充爲世界性的或全中
國的或臺灣的客家文學，均有其可能性與特殊性。

三、承認「客語」與「客家意識」乃客家文學的首要成份。
因應現實條件的允許，必然以關懷鄉土社會，走向客語
創作的客家文學爲主流。

四、文學是靈活的，語言與客家意識也將跟隨時代的腳步而
變動，所以不管使用何種語文與意識型態，只要具備客
家史觀的視角或意象思維，均是客家文學的一環。（註
①）

換言之，構成「客家文學」的主要成份是語言與客家意識，是否爲
客籍並非必要條件。以研究客家語言知名的學者羅肇錦也持相同的
意見，他說：「舉凡創作時用客家思維（包括全用客家語寫作，或
部分客家特定特有詞使用客家話其他用國語，都是用客家話思維的
創作），而寫作時情感根源不離客家社會文化，這樣的作品就是客
家文學」（註②）；此外，第一部標舉台灣客家的文學選集《客家台
灣文學選》，也於去年（一九九四）四月出版，其編選者鍾肇政的
收錄標準是「屬於客語族群的作家，較含有客家風味的文學作品」
（註③）。看來，他對客籍身份的認定較爲重視，但他又選入了黃秋
芳的小說，足見他不以此自限的態度。至於「客家風味」的界定更
是寬鬆。但也因其寬鬆，才較爲全面地呈現出客家文學－主要是小
說－的歷史發展面貌。

因此，在現階段討論「客家文學」的定義，我們仍傾向於宜寬
不宜嚴。本文在探討時的舉證將以下列兩個特性爲基礎：一是客家
語言的適度運用；二是作品的具有客家意識或反映客家族群的社會
文化。至於客籍身份則不予考慮。不過，必須說明的是，在個人閱
讀的經驗中發現，絕大部分觸及到客家風土人情、且能稍加運用客

語詞彙的作品，多是出自客籍作家的筆下，因此，本文中所有例證均引自客籍作家的作品（黃秋芳除外）。此外，因本研討會的主題指涉的時間範疇是「五十年來台灣文學」，本文的討論將只限於戰後作家，屬於日據時期的吳濁流等，或是更早的作家並不在討論之列。

貳、客家傳統社會的縮影──客家庄

　　要談客家族群的社會關係（不論對內或對外），不能不提客家傳統社會的縮影──客家庄。在客家庄尚未因社會變遷、族群日漸融合而趨於瓦解之前，它往往自成一保守、自足、獨立、團結的小型社會，相同的語言、生活習俗、價值觀念，使客家族群的情感在客家庄中得到堅實的凝聚，也形成其有別於其他族群的文化特色與社會關係。幾部膾炙人口的客家小說幾乎都是以客家庄為故事的背景，如謝霜天《梅村心曲》的梅村，是在苗栗縣銅鑼鄉的後龍溪畔；鍾理和的《笠山農場》是在六堆；鍾肇政的《沉淪》是在台灣北部的典型客家庄「九座寮」；李喬《寒夜三部曲》中的《寒夜》是發生在台灣中部的大湖庄；《荒村》的故事背景則有大湖郡、苗栗郡、新竹街、中壢郡、鳳山、二林等地，都是客家人聚居之地；黃秋芳的〈作客〉是在南苑村（這個中篇小說收於鍾肇政編選的《客家台灣文學選》時題為〈永遠的，香格里拉〉）；至於吳錦發的《秋菊》則是在美濃……這些作品都與客家庄的社會背景脫離不了關係。

　　客家庄的產生有其現實上的背景因素。所謂「逢山有客客有山」，以台灣多數客家人的「原鄉」大陸梅州為例，四百多萬居民中百分之九十八是客家人，為全世界客家人聚集最多的地方，這些來自黃河流域中原衣冠後裔的梅州客家人，歷經顛沛流離，因遷徙較晚，大都只能選擇丘陵地或山區落腳。自然環境的險惡，加上要

防外族的追殺,使他們養成了團結、吃苦、不服輸的性格,因此,在梅州的傳統客家建築,「到處都是圍壟屋或是四合院,有些圍壟屋可住四、五十戶至百戶人家」(註④)。再加上客家人的主要農作物是種植烟草,因此成為經常遭受外敵侵入的理由,「為了搶奪這種輕而價格又高的烟葉,客家庄常遭盜匪的襲擊,因此堅固的集團住宅成為客家人村莊不可或缺的」(註⑤)。

至於台灣的客家人,主要以梅州移居最多,也有不少是潮州和惠州出身的。他們來台後也一樣被迫往較偏僻的山區聚居,由於閩客械鬥的歷史因素,加上在山區與原住民的既有利益相衝突,使他們不得不格外團結,以客家庄為一對外的戰鬥體。另一方面,他們因日常生活力求自給自足,強調共同勞動、相互協助的精神,也使得客家庄成為客家族群的生命共同體。早期來台的客家人,以桃園、新竹、苗栗三縣最多,其次也散佈在彰化、台東、花蓮、台中、高雄等地。雖然今日已難再見較完整的客家庄,但若置身於諸如美濃、楊梅等地,依然可以感受到客家族群獨樹一幟的生活方式。我們可以發現,客家庄在扮演保護者的功能之外,其實也無形中造成此一族群相當程度的封閉性。

正由於客家庄中緊張、封閉的生活型態,造成客家人社會中重男輕女、女性必須參與勞動、大家庭制度的強調等現象,並以此為單位,與外界社會進行對抗、共存與融合的複雜演變。這些現象與演變,透過文學作品,得到了真實而生動地呈現,使我們了解到客家族群獨特的社會文化與變遷,而這種社會文化,個人以為,可以具體地從婚姻、大家族制度以及客家村莊社會的集體性等三個不同角度來加以觀察。當然,這三者並非各自獨立,相反的卻正是因果相生的共同體,因此,我們在分述的過程中,也不能忽略其彼此間錯綜複雜的關係。

參、客家文學中所反映的婚姻關係

　　客家族群在婚姻關係上，有其完整的一套禮俗制度，也可見出其深受中國傳統文化影響的痕跡，如「門當戶對」、「明媒正娶」等，但這些在文學作品中很少觸及，較多的注意力是置於對婚姻不能自主的質疑，以及對「同姓不婚」這個禁忌的衝決上。透過文學作品的表現，我們對客家社會中的婚姻關係的印象，也不免集中於此。不過，這種婚姻關係絕非客家族群所獨有。尤其「父母之命，媒妁之言」的強力支配論，原就是中國數千年來行之久遠的傳統文化，客家族群早期也不例外罷了。畢竟，客家人的祖先來自中原，而且歷代都以保存中原傳統文化自勉，所以在最簡單的「兩人社會」關係——婚姻禮俗上，自然深受古時風尚的影響，也就是婚姻的決定權在於父母及其家族。鍾理和小說〈薄芒〉中的阿龍與英妹，正是因為英妹父親的不贊成，便造成這對有情人一個發瘋、一個終身不嫁的悲劇。且看以下兩人無奈的一段對話：

　　　「我想我們不管什麼，反正是一樣。」英妹寂寞的說。
　　　「什麼一樣？」阿龍目視英妹反問著。
　　　「父親不讓我們結婚！」
　　　阿龍如被折了翅膀的鳥兒，口張著，頹唐而懊惱，許久許久
　　　不能說什麼。（註⑥）

一句父親不允許，竟命定一場悲劇，這種保守的婚姻文化，在客家社會中是司空見慣的；又如謝霜天的長篇小說《梅村心曲》中的素梅，因男方要沖喜，在母親與媒人的要求下，只得「草率將就」匆匆出嫁，而美貞在「萬分不情願」下，也只能聽命於父親的安排，「俯首無言，算是認命了」（註⑦）。

　　至於童養媳、招贅婿的婚姻方式，也是客家文學作品中經常觸及的題材。我們不會忘記在李喬《寒夜三部曲》中，那位憨厚粗壯

的彭人興，後被山村許石輝屘女阿枝仔招贅為婿；而彭家為了勞力
之需招劉阿漢為婿。同樣也是客家農村需要勞動人口的考量，彭家
四子人秀有童養媳燈妹，只不過，稚弱多病的彭人秀在與燈妹成婚
前夕卻得了急症「著天釣」死了。這些因填補勞動力為出發點的婚
姻關係，確實造成不少痛苦的悲劇。年輕客籍女作家張典婉近年來
在《台灣新聞報》上發表了一系列以「客家小說」為名的作品，將
他個人在客家庄中的成長經驗以文學的方式表達出來，甚受矚目，
其中就有幾篇以童養媳為題材，例如〈我的阿冉姑〉，她寫道：

> 客家人喜歡男子，可以下田，女生就多半給人當童養媳，因
> 此沒有媽媽疼愛，又得不到繼母歡心的阿冉姑，在家似乎是
> 多餘了，小小年紀就賣到苗栗坪林的黃家當童養媳，開始了
> 她的一生舛運。……
> 在丈夫眼中，她始終是買來的女人，踢她、打她、罵她，向
> 她要錢，悲慘跟著阿冉姑一生。（註⑧）

阿冉姑一生勤奮，吃苦耐勞，然而悲苦的命運從來不曾離開她。這
也是父母之言下另一齣不斷上演的悲劇。

至於「同姓不婚」的習俗，也是客家社會嚴格遵行的原則。據
客家研究學者陳運棟所言：「更有少數被認作同宗的相異姓氏，如
張廖簡、余涂徐等，還是不准通婚姻的。另外，有某些姓氏，因為
他們的祖先輩，曾有結怨之仇而發誓此後互不通婚，相沿至後世，
他們的子孫就一直不敢破例」（註⑨）。這種習俗，對客家人的婚姻
關係自有一定的衝擊。透過文學作品來質疑這種習俗的作家中，無
疑的要以鍾理和為代表，因為他自己正是衝破這種習俗的實踐者。
他和鍾台妹（小說中的平妹）的婚姻，觸犯了客族社會的禁忌，使
他們為此付出了極大的代價，必須遠走異鄉，忍受來自客族社會如

網羅般的輿論壓力，若非他們堅貞的愛支持著彼此，恐怕淪入更悲慘的境地。鍾理和在他寫於一九四六年五月十日（在北平）的日記上如此說道：

> 我們的愛是世人所不許的，由我們相愛之日起，我們就被詛咒著了。我們雖然不服氣，抗拒向我加來的壓迫和阻難，堅持了九年沒有被打倒、分開，可是當我們贏得了所謂勝利攜手遠颺時，我們還剩下什麼呢？沒有，除開愛以外，我們的肉體是已經倦疲不堪，靈魂則在汨汨滴血。如果這也算得是勝利，則這勝利是悽慘的，代價是昂貴的。在別人或者在別的場合，由戀愛而結婚，該是人間最輝煌、最快樂的吧！而我們的場合，則連結婚這一名詞也不可為我們所有。（註⑩）

這充滿怨恨、無奈的吶喊，在鍾理和自傳式的長篇小說《笠山農場》與短篇小說〈同姓之婚〉中，都有直接的抒發。《笠山農場》中的劉致平與劉淑華，在面臨強大的社會壓力下，最後只好選擇離開笠山農場這個典型的客家庄（笠山在高雄縣境內，附近居民全是客家人，與屏東縣境內的客家村落合稱六堆），經日本、朝鮮到大陸滿州，去追求他們不被社會接受的愛情與理想。

在〈同姓之婚〉中，我們可以看到鍾理和的迷惑與痛苦，同姓的意識宛如一條蛇，時常會「不聲不響地爬進我的知覺中，使我在瞬間由快樂的頂點一下跌進苦悶的深淵」；當父親知道後，大發雷霆地表示「不願意自己有這麼個羞辱門第的兒子」，而多次把他趕出家庭（註⑪）。這種因違背規範而為社會所不容的婚姻關係，透過鍾理和的筆，令人欷歔不已。如今，「同姓之婚」已不是什麼「駭人聽聞」（鍾理和語）的事，但在客家社會中依然是很受重視的「婚姻指導原則」。以筆者居住的客家市鎮「中壢」為例，「張廖

簡宗親會」依然活躍，而來自父執輩「張廖簡」三姓不可通婚的訓示依然時有所聞。雖然這並不是客家族群所獨有，但在文學作品的反映上，它倒是佔了重要的一頁。

肆、客家文學中所反映的家族關係

家族是以婚姻為中心的血緣性共同生活體。客家人的一般風尚，都採家族制的數代同堂，這種家族制的社會職能，主要在於謀求經濟的自給自足，對外敵的共同防衛以及扶養老弱孤寡、祭祀祖先、教育子弟等。由於客家社會一向是父系社會，而且是家長型社會，因此家族往往由家長主持，「如家長健在，雖子孫滿堂，也不分家。房屋不夠居住時，就在本宅範圍增建供用，慢慢地就形成了客家人特有的『圍龍房屋』。家長雖然不一定要這一家的最尊長者來擔任，但大體上還是以最年長者擔任的為多。家長統率全家，代表這一家對外行事，有絕對權力，家屬必須聽從他的指揮」（註⑫）至於大家庭中的烹飪洗掃，通常都由媳婦們擔任，每人輪值十日或半月，年節時則共同操作。「不論是打叛、包粽、醃漬、釀醬油及紡織裁縫等事，都是客家婦女日常生活必備的技能，因此她們特別注重所謂的『家頭教尾』、『田頭地尾』、『灶頭鍋尾』和『針頭線尾』四項婦工」（註⑬）。集生產與消費於一身的機能在客家家族中有充分的發揮，而婦女在家族中所扮演的角色可說是最重要。美籍傳教士羅伯史密斯（Robert smith）在〈中國的客家〉（一九〇五年發表於《美國人雜誌》）一文中對此有精要的解釋：

> 客家婦女真是我所見到的，比任何婦女都值得讚歎的婦女。在客家的社會裏，一切艱苦的日常工作，幾全由她們來承擔著，看來似乎都是屬於她們的份內責任。原來客家因多居山區，壯年男子大都到南洋一帶謀生去，或到軍政界服務去，

留在家中的都是年老或幼小，因而婦女便成了家庭中的主
幹。（註⑭）

因此，客家家族的型態基本上是「父當家，母持家」。這裏的「持
家」一方面是指勤奮地料理家中大小瑣事，甚至必須與男人一樣工
作以分擔家計，另一方面也指客家婦女在家中的地位其實不比男人
低。過去傳統對客家婦女的印象除了柔弱、吃苦、唯夫命是從外，
其實也對她們強悍的生命力給予肯定、讚揚。黃秋芳在《台灣客家
生活紀事》中曾說：「客家女性絕不是隱忍壓抑的。她們在傳統的
馴順形象中，主掌勞役，也主宰決定的威權。無論是田事或家事，
大刺刺地和負責防禦安全的男性角色分庭抗禮，毫不掩藏地透露出
強韌的生命力。……所以，在客系思想裏，女性角色在強勢的勞動
力下，一直被極度尊重」（註⑮）。換言之，在客家社會中，女性因
其傳宗接代與勞動力的功能，而在家族中擁有相當的決策權力。不
過，權力的中心依然在男性，而且婦女的權力賦予通常是在「媳婦
熬成婆」之後。在媳婦階段或女兒階段的女性，基本上還是這個大
家族中「弱勢」的一群。

描寫女性戮力持家，不向逆境低頭的精神，在客家文學中是極
被重視的一大主題，我們可以在幾部客家「大河小說」中輕易找到
這種以女性為主體的敘寫手法。如鍾理和筆下做田、扛木頭，一起
熬過貧苦歲月的「淑華」或「平妹」；鍾肇政《滄溟行》裏的「玉
燕」、《插天山之歌》裏的「奔妹」、《流雲》裏的「銀妹」，她
們或是「花囤女」（養女），或是家境窮苦，命運坎坷，往往沒有
受過良好教育，但她們卻都像大地之母一般，散發出堅強的生命韌
力；李喬《寒夜三部曲》中的「燈妹」更是能在個人及家族遭逢困
境之時，形成整個家族的擎天大柱；又如謝霜天《梅村心曲》中的
林素梅，在農村艱苦落後的生活中，一一失去了丈夫、婆婆與愛子

的生命，卻依然能在掙扎中堅挺屹立，表現出客家人執著、犧牲的堅忍氣質。我們在這些作品中，看到了她們身為媳婦時的熬煎，也看到她們如何在命運無情的作弄中堅忍持家，一步步地找到自己的天空。年輕小說家莊華堂甚至在他的小說〈土地公廟〉中，以藝術性的象徵技巧，將故事中的婦女勤妹提昇到「土地婆」的層次（註⑯），使我們對客家婦女「大地之母」的印象得到最強烈的烙印。我們不得不承認，在過去的客家文學中確實存在著「以女性為主導的特質」（彭瑞金語），女性在客家社會關係中是扮演著最吃重角色的。

婆媳問題的存在，不是客家社會所獨有。但客家作品中對此的刻劃似以負面居多，描述婆媳和諧的不多見。且不論黃秋芳小說〈作客〉中的外省媳婦安黛與客籍婆婆因族群間的歧見而長期相互敵視，我們還可看到鍾樺的短篇〈另一個日子〉中，啞巴媳婦得不到婆婆的善待，「婆婆未死去時甚至衣服也不要她洗，婆婆常指著竹竿上衣服的污跡罵她半天」（註⑰）；張典婉〈我的阿冉姑〉中寫道：「勤快的她，小小年紀，就能把許多事做得有條不紊，但是她也逃不掉和許多童養媳一樣的惡夢，三不五時地被抽打和怒罵，遇到黃家公婆不歡喜，她的背上、腿上總要被抽上幾條紅紅的烙印。晚上睡覺，不能翻身，不然傷口會痛」（註⑱）。這種不和的婆媳關係在各種文學作品中都有所反映，非客家獨有。當然，描寫婆媳關係和諧的也有，《梅村心曲》中素梅與婆婆就是能夠相依為命，即使是丈夫阿楨英年早逝，婆婆也沒有因失去兒子而責怪素梅，反而相互扶持。以下這段對話即是一例：

　　「這些日子裏，也實在難為了素梅。」婆婆說。
　　「我看她倒還挺得住，年紀輕輕的，也虧她能夠識大體。」公公的話聲。

「唉！總講一句，是我們的兒子福薄。」「她雖是一個女
流，也真不輸一位男子漢，我們家確實少不了她。」
「以後，我們就把她當作自己的兒子看待好了。」婆婆這樣
說。（註⑲）

這倒是令人感動的一幕，然而在客家文學中並不多見。至於妯娌關
係的反映也有一些，如《梅村心曲》中素梅與小姑美貞情感深厚，
卻與弟妹嬌蓮水火不容，時相鬥氣爭吵；鍾肇政《沉淪》中的大嫂
秋妹與兩個小姑鳳春與韻琴「姐妹情深」；鍾理和《笠山農場》中
的劉淑華與劉致平的妹妹情同姐妹；黃文相的短篇〈死後的逗留〉
中那三個媳婦間的勾心鬥角，也提供了觀察妯娌關係的另一個面
向。

在客家家族中，即使是大戶人家也不雇用奴婢，而由女兒、媳
婦全權處理（註⑳），但是為了農事勞動的需要，往往會雇用一些長
工，這就構成了雇主與長工之間的勞資關係。然而，在客家社會中
的長工往往與雇主一家形成親近的「家人」關係，尤其是一些長期
受雇的長工，即使年老也能得到尊重與感激，例如張典婉的小說
〈明漢伯〉（台灣新聞報，一九九四年十一月三十日）中的長工明
漢伯，來家中幫父親鋤果園的草、替葡萄剪枝，而在作者眼中，他
其實更接近祖父的慈祥角色，以下的描述就很生動地道出明漢伯長
工之外的長者形象：

稻子成熟後，明漢伯還會拉著牛車慢慢走著，我就擋在路中
間，要賴想去坐一回牛車……幾分鐘以後，明漢伯把我抱下
牛車，「好轉屋家（回家啦）！」他怕我不見了，媽媽會罵
人，又到那裏去野了……
明漢伯有時候也帶我去街上走走，他家就在街上大化宮對

面……明漢伯喜歡抽兩根新樂園，吃幾顆花生米。我也愛吃
花生米，不過我更愛在大化宮旁邊有爿小店，賣著一桶紅紅
大大的酸梅，一毛錢兩顆，我含在口裏，酸酸的，很對胃
口。我喜歡瞇起眼睛享受酸梅的滋味，另一顆就放在口袋
裏，再滿足地走回家。我還告訴明漢伯：「別告訴我姆
喲！」他點點頭，笑著摸著我的頭：「憨嫲（呆小孩）！」

這種親近和諧的關係，完全沒有一點勞資對立的隔閡，給人溫馨之
感；又如鍾肇政《沉淪》中的阿庚伯，是陸家的老長工，已六十餘
歲，小說中寫著：

正和勞碌了差不多一整生的人們一樣，他也是個忠心耿耿滿
懷仁慈的老人。他已經有一大群子孫了，可是主人家不忍心
解雇，他也捨不得離開他賣力了五十幾個年頭的主人。他僅
比陸家現在的主人陸信海年輕三歲，當他到陸家來當長工時
還只是個十三歲的小孩，他看守著整個陸家的人們的生生死
死，死死生生，好一些細節他甚至比信海老人都熟悉。（註
㉑）

在這裏，「義」的關係早已超越「利」的關係，使他成為家族的一
分子了；此外，《梅村心曲》中的阿土，從十八歲進到素梅家當長
工起，林家就不曾把他視為外人。小說中寫他第一天進林家的情景
道：

當晚，一家人圍坐圓桌用飯時，公公特別慎重地對大家說：
「阿土雖然是個苦人家的孩子，但他同樣是人生父母養的，
我們請了他來，千萬不可把他看作牛馬來喝斥，一定要當作

自己的子侄看待，以後同做同息，沒分什麼高下，吃好吃
壞，絕對不可有什麼偏差。」

　　繼母接口說：「著哪！以後阿土就算我們自家人一樣
的。」（註㉒）

阿土在林家勤力工作，而素梅也一視同仁地為他完成婚事，替他張
羅買田，使他終能擁有自己的事業。至於因短期的農忙而請的工
人，雖然無法像家中的長工一般「如同手足」，但也都極為融洽地
以禮相待，如吳錦發小說《秋菊》（後改編拍攝成電影「青春無
悔」，是台灣電影史上第一部客家電影，劇本於一九八三年十月由
幼獅文化公司出版，吳孟樵、周晏子編著）中的美濃客家庄，每到
菸葉採收的季節，一些戴著以洋布巾包緊的斗笠的摘菸女工便會受
雇來採收，而與男主角阿發產生愛戀的秋菊，正是來幫忙摘菸的女
工，她們都天真地笑鬧，努力地工作，以愉悅的客家山歌為淳樸的
客家庄增添熱情的氣息，這種熱絡的景象在客家社會中是既熟悉又
親切的。長工也好，女工也好，在客家社會中與雇主都是平等的鄉
親關係。

　　客家人一姓一庄，以家族為單位聚居而成更廣大的客家庄。在
庄內彼此和睦共處，遇有農忙相互協助，遇有外敵入侵，同心齊力
防禦，因此，客家社會中的人情味格外濃厚，也因此交織成緊密往
來的社會網路。這種網路一方面構成互助合作的人情傳統，一方面
也不例外的造成無形的人際輿論壓力，前者顯現出客家族群的熱情
性，後者可見出其保守性。而這兩種社會關係在客家作品中均有所
反映。

　　以前者來說，例如《梅村心曲》中素梅頭胎生了個男孩，「幾
天後，遠近的鄰人親友紛紛來『送羹』賀喜，有的提來母雞和酒，
有的送來一盒雞蛋，有的割了兩斤豬肉。婦人們免不了要掀簾進來

看看素梅和孩子，說上幾句吉利的話」（註㉓）；鍾理和的〈阿煌叔〉中曾提到村中有「包班」的互助團體，他說：「我們的村裏，每年到了大冬稻子播下田裏，便總有三幾個在村裏比較能幹的年輕人出來組織除草的班子——包班，這是一種帶有互助性質的團體。班員全是些年輕人，當時阿煌叔便是領班之一。」（註㉔）凡此均可見客家庄中互助往來的人際關係。

在客家社會的人際溝通管道中，「山歌傳情」是極具特色的一種方式，正如鍾肇政所言：「在庄子裏的人們，唱山歌幾乎可說是平常日子裏唯一的娛樂。工作時唱唱，休息時也要唱唱，晚上拉著一把絃子，更是大唱特唱。特別是到了摘茶時節，摘茶女人大批地湧進庄子裏來，於是山歌成了他們唯一排遣胸中鬱悶的東西」（註㉕）。鍾理和的《笠山農場》中有一段精彩的山歌對答，說明了山歌是客家人表達及聯繫情感的優美工具，在客家社會中起了潤滑調劑人際關係的作用，且看：

> 久聞笠山寺有靈，笠山寺裏問觀音；笠山人人有雙對，何獨阿哥自家眠。（阿康）
>
> 雖然笠山寺有靈，無雙何必問觀音；笠山人人有雙對，須是前生修到今。（素蘭）
>
> 笠山無花別處有，笠山無女別處求；笠山無雙別處娶，何需阿妹鬧發愁。（阿康）
>
> 笠山有花紅羞羞，笠山有女看人求；大方阿哥求一個，小氣阿哥水上流。（素蘭）（註㉖）

這種表情達意的方式，在客家作品中常少不了，畢竟這是客家文學中重要的傳統。

客家社會中因人情往來密切形成輿論壓力的例子也不少，如鍾

理和〈同姓之婚〉中的平妹，即遭到同儕的排擠與不諒解：

> 她從前的朋友，即使是最親密的，現在都遠遠的避開她了，
> 彷彿我們已經變成了毒蛇，不可親近和不可觸摸了。我爲怕
> 平妹傷心，曾使用了一切可能的方法，去邀請、甚至哀求她
> 的朋友到我家來遊玩，但沒有成功過一次。（註㉗）

強大傳統力量下的客家社會的保守性由此表露無遺；《梅村心曲》
中的素梅，在丈夫死後，有一次去河邊洗衣，卻發現大家都冷淡地
給她臉色看，她感到不解，最後有人告訴她：「她們說阿楨才過身
不久，妳就跟男工們一起割稻，不知安的什麼心？又講妳肚子大得
有些奇怪，不曉得怎樣來的……」（註㉘）這種群體的壓力關係在客
家社會是很受重視的。也因此，當素梅被迫分家時，客家家族的家
長型制度便發揮其作用，並由多位親戚聯手來做公正的仲裁：「住
在五湖的老舅公，下屋的傳英叔，西灣的傳貴叔，下灣的阿尤
叔……以及素梅、繼母、嬌蓮的娘家人，今天都來了。」（註㉙）由
此可知，在客族社會中自有一套制約人情世故的無形律法，而這也
是難以掙脫的社會羅網。

從以上的敘述中，我們看到傳統客家家族中的婆媳、妯娌、雇
主與長工的種種關係，也透過文學作品了解到客家社會的熱情、積
極與保守、封閉，這些錯綜複雜的社會關係，正是客家文學所呈
現、思考的一大主題。一個家族，一座客家庄，毫無疑問的，正是
一個小社會。

伍、客家文學中所反映的族群關係

徐瑞雄先生在〈本省客家鄉村社會的若干變遷〉（註㉚）一文
中，曾指出客家農村社會具有強烈的「我群意識」（Wegroup Con-

sciousness），而羅香林先生所謂的「狹義的種族思想」（註③）也
說明了客家人族群意識的濃厚。上述對客家社會內部各種社會關係
的分析，使我們對客家族群的社會特色有所了解，這一節要進一步
探討的是客家族群的對外關係，包括其對應其他族群的態度以及面
對社會變遷時客家人的意見與因應之道。

在客家作品中，我們不難發現有關不同族群間接納與敵對的例
子，尤其在通婚方面的情形最多。這是因為在族群融合的過程中，
婚姻經常是最先發生的問題。不論是閩客之間或客家與外省族群的
通婚，往往劇烈地衝擊了傳統封閉的客家社會，這種衝突，也成為
文學中的一大主題。黃秋芳〈作客〉中的安黛，與金水相愛，但金
水的母親反對，因為「他母親一直不喜歡她，說她是通人嫌的外省
婆子，硬是逼著她離開」（註③），於是金水申請到日本學校就出國
了。安黛於此體會到福佬與外省不同族群間的對立關係。此外，小
說中描寫她與國中最好的同學陳韻珍在客家庄南苑村讀書時的一段
對話，也從另一個角度呈現客家與外省間的許多誤解：

　　唸書時她們坐在一起，安黛俠氣，仗著聲音好，腔圓字正，
　　拿回幾次國語文競賽錦標後，常帶頭做了些自以為很有趣的
　　小奸小壞，對於不合群的同學、小氣的同學，以及各種各樣
　　叫她看不順眼的習慣，總是昂著頭，冷然道：「哼！客家
　　人」。
　　就好像「客家人」三個字也可以演繹成不屑或詛咒，她們的
　　感情好，常常就有人拿陳韻珍去堵她：「羞羞羞！不准妳跟
　　客家人好，陳韻珍是客家人，她要和妳絕交！」
　　「你胡說！」安黛插著腰，氣虎虎地拉著韻珍，「快點！妳
　　告訴大家，妳不是客家人！」
　　韻珍站在那裏，不說話，單是憂傷的眼盯著安黛。安黛逼得

急，她就嘆了一口氣，還是什麼話也沒說。

安黛急得跳腳，「妳騙我，妳騙我，妳那麼好，怎麼會是客家人？」

「客家人也有很好的。」韻珍輕聲氣地說，但卻語氣堅定：「其實大部分都是好的，我們讀的偉人，只是老師沒有特別說明，很多都是客家人。」

「我不要聽！」安黛摀住耳朵，態度蠻橫極了！（註㉝）

在南苑村的鄉公所民政課工作的鄭河清，在小說中是一政壇失意、卻一心想為鄉土奉獻的人，身為記者的妻子阿逸，曾在他要出來競選鄉長前對自己的外省身份有過分析，她說：「這不是台北，是最封閉的客家聚落，宗親、派系、買票，這些鄉下的技倆都很有用，唯獨文宣多餘。……你打不過這場地域戰爭的，首先，你條件最不好的是，誰叫你帶著個外地老婆回來，到了選舉時你就知道，我是你的致命傷，我連一句客語都講不出來。」（註㉞）進入閩客社會中，外省族群因難以融入而形成的巨大隔閡與無奈，從上面兩個例子中可以看出。不過，經過一番調適與時間的彌合，族群間的界線逐漸消失，安黛回鄉下探望金水的母親——這位深深拒絕、刺傷過她的婦人：

　　安黛坐近她，看她打盹時滑下來的眼鏡後，一雙又皺又鬆的眼，有時候她一震，睜開眼突然看到安黛，猛地又是一驚：「噯！妳那會在這？阿水有合妳做伙轉來沒？」
　　安黛歉意地搖搖頭。她也立即清楚起來，嘆了口氣：「合妳講這做唔！外省番，聽攏沒。」
　　「聽有啦，阿母，」安黛坐近她，溫柔地說：「其實，我們互相都懂得對方三五成，再忍耐點，大部分也就懂得了，相

信我，我有經驗，連客語我都懂。」

安黛所謂的「經驗」，是指她與陳韻珍多年後重逢，反省到自己從前因非理性而產生的排斥心理。客家庄中的人對她的突然闖入不僅沒有排斥，反而熱心地爲她尋找陳韻珍，不因她是外省人而減少關懷，使她來到客家庄有種「做客」的感覺，而稍加用心後，她也發現客家話還是聽得懂的，只要願意去聆聽。從她與陳韻珍、金水母親的關係轉變爲例，黃秋芳在這篇小說中傳達了族群融合的期待與信心，是描寫客家社會與其他族群關係的深刻佳作。

相較於安黛的闖入客家社會，吳錦發的《秋菊》中則出現阿發與永德這兩位客家子弟不能適應外在社會的情況。永德與小朱之間的逢場做戲，放蕩形骸，阿發在都市中迷惑，無法定心，雖然最後兩人都有所覺悟，阿發考上大學，永德也知道自己對小朱其實已有深情，但也都各有遺憾。對阿發來說，美濃客家庄象徵一個淳樸、自然、溫暖的社會，而他與永德讀書的高雄市，則是一個高度物質發達的城市，充滿了誘惑與罪惡，他反省到：「我隱約覺得那好像是我們今日城市與鄉村的距離，我來來往往於這兩個世界求學、生活，在感情的各個方面，常有感到被撕裂般的痛苦。或許有這種痛苦的不只是我一個人吧！這些天，我就清晰地看到了永德也在這個深淵中痛苦掙扎……」（註㉟）隨著客家子弟的大量外移，客家庄的有形組織已趨瓦解，而都市各種多元想法的衝擊，客家庄中無形的傳統道德規範也日漸沒落，這是今日工業化急速發展下的普遍現象，客家社會也不可避免。

探討閩客之間在語言上的衝突，黃娟的〈閩腔客調〉算是代表性的作品，這也是前面提到「福佬語沙文主義」下的一個危機。小說中敘述客家的黃啓東移民美國，福佬籍的范坤祥去探望他，經過交談才發現自己所代表的福佬族群竟在語言上對較少數的客家族群

形成不應該有的壓力。閩客族群間的社會關係，在最直接的語言問題上透過一次海外台灣同鄉會的演講聚會，被赤裸裸地攤開來討論，無怪乎此文一出，就引起海外廣大的迴響。限於篇幅，僅引以下一段對話來說明：

> 「同鄉會全部使用福佬話，不管是大小聚會都這樣。聽不懂還是小事，不小心說出了別的語言，立刻被當做異己看待，懷有敵意的眼光，真叫人吃不消……」
>
> 「同鄉會使用福佬話？那不懂福佬話的人怎麼辦？」
>
> 「當然可以不參加啊！可是我們客家人也關心故鄉，也希望為故鄉盡一點兒力……」
>
> 「你是說你加入了福佬同鄉會？」
>
> 「不，叫台灣同鄉會。」
>
> 「台灣同鄉會使用福佬話？」
>
> 「不，他們管福佬話叫做台灣話。」
>
> 「那客家話呢？」
>
> 「就是客家話啊！」
>
> 「不也是台灣話嗎？」
>
> 「我們客家人認為客家話也是台灣話，可是一般人稱台灣話時，是指福佬話。」
>
> 「那麼客家人不是台灣人嗎？」
>
> 「我們當然認為我們也是台灣人，但是福佬人是不是把我們當做台灣人，我們可不清楚。」
>
> 「我是福佬人，我認為客家人是台灣人，客家話也是台灣話之一。」范坤祥連忙這樣說，心中有股近似罪惡的感覺。
>
> （註㊱）

然而，當范坤祥與黃啓東一起去參加台灣同鄉會的演講活動時，卻證實了黃的感受確實是真有其事，連范坤祥都無法忍耐那種氣氛而拉著黃要離開。小說最後是范的反省：「難道說福佬話佔著人數多，竟給了少數族群的客家人這樣大的精神壓力嗎？范坤祥不禁為了自己族群的罪過而顫慄……」由此可見，不同族群之間的鴻溝是存在的，這篇小說將弱小的客家人在異國的艱難處境寫得淋漓盡致，啓人深省。客家族群在面對外在社會的壓力下，素以能忍、肯吃苦的「硬頸」精神著稱，此文中的黃啓東在外用福佬話，可是回到家就絕不講，這是一種不向現實環境低頭下的妥協作法，也可看出客家人對應外在社會的態度。

也許是本身對「弱勢族群」的感同身受，也可能是早期來台在山區與原住民有較多接觸的緣故，客家文學作品中有不少地方探討到原、客之間的關係，例如龍瑛宗的〈濤聲〉，寫東部後山一帶「後山客」的生活，背景也在客家庄，主角杜南遠最後坐在海邊沙地上沉思，看到一群阿美族人出現，從他們身上刻鏤著與生活奮戰的痕跡來看，他們才是真正生活的一群，於是他不禁讚歎：「他們是精雕細琢而成的青銅般的雄健漁人」（註㊲）；江茂丹的短篇作品〈死河壩〉寫的是在客家庄中的三個原住民間的故事（收入鍾肇政編《客家台灣文學選》）；目前執教於政大西語系的彭欽清教授，寫了一些以「客家小品」為名的散文，其中有一篇就提到：「在客家庄與原住民交界處，如筆者家鄉苗栗大湖，常可見許多原住民為了子女上學就業之方便遷居大湖，和漢人混居，大家互相照顧，為族群和諧作了一個最好的詮釋」（註㊳）；曾經喧騰一時、引起社會極大討論的曹族青年湯英伸殺害雇主事件，在客家作品中也有所反映，而且是站在哀矜、批判社會惡質化的立場發言，如黃娟的〈尊姓大名〉中就直言：「湯英伸這個名字，可以說是代表：『漢人統治下的原住民的悲哀』。」從名字的被迫漢化，反映出弱勢的原住

民在社會發展中的被漠視與萬般無奈（註㊴）；同樣的不平之鳴也發自莊華堂之口，他的小說〈遮住陽光的手〉也是以這個事件為題材，認為這是「被壓抑的人性尊嚴，所激發起的瘋狂行徑」（註㊵）。

從以上的說明中，我們了解客家族群本身在族群關係上早期的封閉性，特別是在婚姻關係上。然而，我們也看到屬於客家社會淳樸、好客的熱情，雖然，客家社會因歷史因素使然，包容性似嫌不足－不僅客家如此，其實每一族群均不免如此－，但我們從他們對原住民的態度上可以看出，族群融合與相互尊重、平等對待的可能性。這個問題不只是客家社會的問題，而是整個台灣社會都應再思考的重大課題。

陸、客家文學的新視野

隨著台灣社會工業化、現代化、多元化的急遽發展，傳統客家庄的瓦解，客家子弟的流入都市，已使得客家族群的面目日益模糊，傳統的社會關係也已解構，在這種危機意識的激發下，「新个客家人」運動於焉展開，強烈傳達了客家族群認同土地、爭取發言權的信息，正如鍾肇政在〈新个客家人〉詩中所言：

> 莫再過講頭擺／客家人仰般偉大
> 莫再過唸頭擺／客家人仰般優秀
> 莫嫌這塊土地恁細／恩个命脈就在這
> 莫嫌這塊土地恁瘦／恩个希望也在這
> 恩大家就係新个客家人。（註㊶）

從族群意識的覺醒出發，客家文學在社會反映上也有了不同以往的表現，一些在客家詩歌創作上積極耕耘的作家，顯然已較客家風味

日益稀薄的其他文類的作者更具有客家意識的表現，這些近年來才
開始出現的客語詩，不僅在語言上遵守更嚴格的客家定義，而且對
客家人的處境、情感有更直接的描繪，例如黃恆秋的〈都市生活〉
寫道：「長透企到屋門前／看過路人个面色／一包一包个垃圾揇到
路脣／大家揇等鼻公詐無看著。垃圾毋會講話／用佢緊來緊臭个風
聲／挲隔壁鄰舍打嘴鼓：核到樓頂个罵樓下个／核到街尾个罵街頭
个」（註㊷）顯示出對環保議題的關心，也反映了冷漠的現代社會關
係；陳寧貴的〈驚麼个〉則對兩岸關係、中共武力威脅提出看法，
他說：

> 一九九五年閏八月
> 聽講該片个共產黨
> 要來攻打佢等
> 有人講：真得人驚
> 台灣一定無辦法抵抗
> 佢要離開……
> 有人講：佢毋驚
> 台灣人毋係被嚇大个
> 就算會死
> 也要死在這塊土地
> 這地方係佢个根……（註㊸）

又如彭欽清的〈山歌一首〉：「選舉選到鬧連連，客家選民最可
憐；分人騙到笠笠轉，選舉一束踢一片。」（註㊹）道出在選舉中客
家人的處境；杜潘芳格的〈平安靈人〉表現出對政治的關懷：「四
十年前，目汁雙流，爲都二二八佢个親人／沒想到四十年後，目汁
再流爲都天安門。」（註㊺）這些客語詩都充分顯示出他們對這塊土

地、這個社會的熱愛與關心；對於有些人在社會關懷與參與上的冷漠，也有作品提出批判，如范文芳的〈看戲〉，第一段寫著：「工廠下，有人為著環境污染抗議圍堵／街路上，有人為著講我母語示威遊行／最安全个人生，係／別人去擔風受險／俚來享受佢兜爭來个好處」（註⑯）。作品一向以反映社會現實見長的范文芳，在這首詩中以反諷的筆調批判旁觀者的置身事外、坐享成果，可謂一針見血。

這些客語詩的出現，一方面意味著客家文學在母語寫作上的嘗試與可能，一方面也顯示出在題材上的與時並進，也就是說，新一代的客家文學創作者，已經走出了客家庄，跨越了族群界線，開始融入這塊大家－不論那個族群－共同擁有的土地，昔日揮之不去的悲情意識也逐漸遠去，取而代之的已是以「新个客家人」自勉的覺醒。

五十年來的台灣文學，客家人從來沒有缺席，而且一直不斷以優秀的作品為整個社會的轉變做見證。我們相信，這些作品將是未來台灣文學與社會研究（不只是客家研究）所不可忽視的重要史料。從吳濁流、鍾理和到鍾鐵民、藍博洲，或者到黃恆秋、杜潘芳格，我們看到了一個時代的風起雲湧，一個社會的多元轉變，也看到了一種文學新視野的可能。

附註：

①見黃恆秋〈台灣客家文學的省思與前瞻〉，收入《台灣文學與現代詩》，頁六十，苗栗縣立文化中心印行，一九九四年六月。

②見羅肇錦〈何謂客家文學〉，收於黃恆秋編《客家台灣文學論》，頁九，愛華出版社，一九九三年八月。

③見鍾肇政《客家台灣文學選・序》，新地出版社，一九九四年四月。

④見何來美〈圍壟屋盛載客家精神〉，收入《笑問客從何處來》，頁五，苗栗

縣立文化中心印行，一九九五年六月。

⑤見高木桂藏著，關屋牧譯的《日本人筆下的客家》一書，頁一三九，譯者自印，一九九一年十二月出版。

⑥見《鍾理和全集》卷一《夾竹桃》，頁一四八，遠景出版公司，一九七六年。

⑦見《梅村心曲》第二部《冬夜》，頁二〇，智燕出版社，一九九〇年三月。

⑧張典婉〈我的阿冉姑〉，台灣新聞報「西子灣副刊」，一九九二年十一月七日。

⑨見陳運棟《客家人》，頁三五二，東門出版社，一九七八年九月。

⑩見《鍾理和日記》，頁九一，遠景出版公司，一九七六年十一月。

⑪本段所引出自〈同姓之婚〉，收入《雨》一書，頁二一，遠景出版公司，一九七六年十一月。

⑫同⑨，頁三六四。

⑬同⑨，頁十九。

⑭同⑨，頁十六。

⑮見黃秋芳《台灣客家生活紀事》，頁七六，台原出版社，一九九三年六月。

⑯莊華堂在最後寫道：「阿坤伯先是一驚，卻站著沒動，朦朧中，似乎看見一尊土地婆，坐在他的水田裏。像那年，阿忠放火燒掉長腳林的大草堆之前，勤妹也是坐在水田中，不准長腳林的秧苗插上去……」，見其《土地公廟》，頁五二，聯經出版公司，一九九〇年八月。

⑰見鍾樺〈另一個日子〉，收入鍾肇政編《客家台灣文學選》，頁四六七，新地出版社，一九九四年四月。

⑱同⑧。

⑲同⑦，頁二〇三。

⑳此說引自張典婉的〈美濃婦女的昨日今日〉，收入《土地人情深》，頁一一七，苗栗縣立文化中心印行，一九九三年六月。

㉑見鍾肇政《沉淪》，頁二二，遠景出版公司，一九八〇年六月。

㉒同⑦，頁二三一。

㉓同⑦，頁一二五。

㉔鍾理和〈阿煌叔〉，收入《原鄉人》，頁二三六，遠景出版公司，一九七六年十一月。

㉕同㉑，頁九。

㉖見鍾理和《笠山農場》，頁九五至九八，遠景出版公司，一九七六年十一月。

㉗同⑪，頁二六。

㉘同⑦，頁二二六。

㉙同⑦，頁二七八。

㉚見「中原文化叢書」第三集《客家風土》，頁一二〇至一二八。

㉛見羅香林《客家研究導論》，古亭書屋發行，一九三三年十一月廣州初版，一九七五年一月台一版。在其二七七頁中還一再強調：「客家民系，最足令人注意的，爲狹義的種族思想及由此思想所表現的種種活動或行爲。」

㉜同⑮，頁一一七。

㉝同前註，頁一三八。

㉞同前註，頁一七三。

㉟見吳錦發《秋菊》，頁七三，晨星出版社，一九九〇年二月。

㊱見黃娟《山腰的雲》，頁一一九，前衛出版社，一九九二年六月。黃秋芳在《台灣客家生活紀事》的序言中也表達了相同的愧疚，她說：「爲什麼閩南語要叫做『台語』？爲什麼閩南謠要叫做『台語歌』？……一直到很久很久以後，身爲『多數』的福佬人的我，好像還覺得欠著他什麼。」

㊲見龍瑛宗《午前的懸崖》，頁一六九，蘭亭書店，一九八五年五月。

㊳見彭欽清〈族群和諧——從「給」談起〉，收入《心懷客家》，頁四六，苗栗縣立文化中心印行，一九九五年六月。

㊴同㊱，頁一六四。

㊵同⑯，頁二〇〇。

㊸收入黃恆秋、龔萬灶編《客家台語詩選》，頁一九六，愛華出版社，一九九

　　五年八月。

㊸同前註，頁五五。

㊸同前註，頁七六。

㊸見《客家雜誌》第五十六期，一九九五年一月號。

㊺見杜潘芳格《朝晴》，頁七六，笠詩社出版，一九九〇年三月。

㊻同㊶，頁一二八。

特約討論

◉羅肇錦

　　我今天分三個部分來說明：第一是談客家文學名稱的問題；第二是客家文學內涵的問題；最後根據論文中的社會關係，提出一點補充。

　　客家文學名稱之確立，是最近幾年的事，所以論文一開始就會碰到名稱定義的處理。何謂台語？當然包括了閩南、客家、原住民……等語，但是我們一般人提到台語都常是指閩南語，而不是客家語，所以這是一個很複雜的問題。論文題目是「台灣客家文學」，大概是爲了與大陸的客家文學有所區別，如果是這樣，則閩南語文學、福佬文學也應提出來討論。

　　第二個問題：台灣文學系若眞的成立，應該設些什麼課？一般人認爲客家文學的內涵就是以客家語言寫客家社會，如果僅是如此，則台灣文學系的客家部分上些什麼課呢？我可以舉幾個例子供大家思考。我認爲表達的形式不是極重要，作者是不是客家人，也不是重點。也就是說，即使不是用客家話或中文來書寫也沒關係，例如：吳濁流曾以日文寫台灣的無花果，後來被翻譯成中文，其內容描述從新埔到苗栗四湖的事情，與當時的政治、社會都有極大的關係。此篇作品就是客家文學的代表。

　　另外是「語體」的問題，現階段一般認爲客家文學是以客家話，或至少是大家看得出來是表達客家社會爲主的文學。但是大家

不要忘了舊文體中，也有客家文學的保存。例如，苗栗的「栗社」是以古體詩的形式來表達，其中融入了許多客家語言與文化，當然也是客家文學。

另外是「文體」的問題，例如：山歌、戲曲要不要列入客家文學來討論。因為客家山歌也是很重要的部分，客家人的語言、感情都在裏面。還有戲曲以及談論客家生活的散文，如果都能列入，則客家文學會更為豐盛。

最後歸納我的幾項建議如下：第一，就是前面所談的定義問題，希望大家能夠思考。第二，研究客家文學的範圍應該擴大，不要只有小說和現代詩。戲曲、歌謠、民間故事等都可列入，使其更完整。（**朱嘉雯記錄整理**）

當代台灣小說中的
上班族／企業文化

⊙林燿德

1 一個國別比較的考察

二十世紀資本主義文化在東方世界的滲透，日本和台灣可以算是戰後的兩大典型。事實上，不需要強調什麼「文學反映現實」之流的觀點，這兩個區域的文學內涵必然不可避免地觸及這種資本主義現實與社會價值觀之間的關係。包括不同世代作者對於社會生活的觀察，以及他們意識形態的投射，乃至讀者的興趣、出版者的規畫，都可能構成以企業文化、商戰爲背景或者言談場域的文學形態。

以日本的讀書雜誌《ダ・ヴィンチ》的新書介紹欄爲例，將文藝作品區隔爲(1)「神秘・推理・冒險・硬派小說（ハードボイルド）」、(2)「恐怖・暴力・犯罪」、(3)「SF（科幻）・驚奇幻想（フアンタヅー）」、(4)「戀愛／青春・羅曼史」、(5)「現代・大衆小說」、(6)「企業・經濟小說」、(7)「歷史・時代小說」、(8)「純文學・古典・詩歌」、(9)「散文隨筆・對談集」、(10)「報導・非小說」等類型。這個類型的劃分體系以學術立場或許是不足爲訓的，不過值得參考的是，能夠反映出日本出版界的商業企畫和讀者閱讀形態的光譜；在此，我們可以發現「企業・經濟小說」已經成爲該國市場供需中的一項主要類型。

　　顧名思義，「企業・經濟小說」是以企業結構和經濟活動爲主要場域的文學創作，當然也就包括企業競爭、商戰謀略、經濟文化和官商／黨政種種利益交換的選材內容，上班族、企業家、政客以及環繞著他們的女性角色，也自必成爲日本「企業・經濟小說」中的核心人物。

　　舉兩個晚近的例子來說，清水一行的《系列》和鈴田孝史的《惡業の決算書》就是典型的「企業・經濟小說」。前者以汽車業界內部的領導權和對外的劇烈商戰爲主軸，主人翁濱田茂哉爲了保住社長位置而進行艱苦的搏鬥，作者以大企業的經營結構做爲話題，暴露了苛酷的生存鬥爭。後者則以商社股價的操作和金權的魔魅爲重心，將商界的黑幕公諸於世。從上述的例子來看，日本的「企業・經濟小說」的類型特徵，不只是以工商業者與上班族爲主角，更須結合貫徹全書（篇）的（內部或外部）商業活動，或者與國民經濟事件產生具體的關聯。

　　在歐美各國的出版結構和書評體系中，鮮有以「企業・經濟小說」（以及類似名詞）做爲訴求的例子；也就是說，將之視爲一個獨立文類的規範準則，日本的出版界／讀書界似乎顯得更爲熱衷。出現這個現象的原因，簡言之，是肇端於日本戰後經濟社會的特質，獨特的電車／地鐵文化（在平穩的通勤工具中閱讀書籍成爲一種社會風氣，而且日本全國的交通網中有站必有書——站內有書攤，站外有大型書店——的情況尤其獨步全球）和企業從業人員的閱讀習慣，使得企業人事和商戰競爭成爲既熟悉親切又充滿趣味的小說題材；同時，日本現代化／工業化的歷程遠較西方世界爲短，因此做爲新興現象的文化反應也有其道理。但不可忽略的是，日本的「企業・經濟小說」和中國／港台的武俠小說的屬性相當，均非範疇嚴謹的單一文類（如推理小說／科幻小說／俳句／現代詩等，無論是通俗大衆文本［或曰「正文」］或者純文學，都有更高的文

類純度），而是一種「複合文類」，往往結合了其他類型小說（諸如羅曼史、暴力、推理等等）的要素；同時，也往往以大眾小說的面貌與性格浮現於書肆、爭寵於讀者的視線之前。

歐美的大眾小說售販系統及文學評論體制中罕見將「企業‧經濟小說」文類的例子，雖然工商企業幾乎成爲其間通俗文本中最常見的背景因素，台灣的情況也是如此；一個假設性的解釋是：資本主義社會之中，「企業‧經濟」背景成爲日常的一部分，而且成爲現實題材的必要條件，無需再予強調。相關的反證，都發生在八〇年代以降：其一是田原的長篇小說《差額》在一九八六年出版時，業者便以「新時代商業小說之鉅著」做爲宣傳訴求；其二是八〇年代末期（一九八七～八八年間）的《大華晚報‧淡水河副刊》（該報業已結束營業）在主編吳娟瑜的策畫下曾經推出「上班族小說系列」；其三則是日本文摘社以「企業小說」和「上班族小說」的旗號推出了幾部日本小說的翻譯作品。不論上述例舉是否有所疏漏，類似日本型態的「企業‧經濟小說」並未在台灣文壇與出版界確立爲重要文類的地位，卻是一項事實。

2 上班族的心理與物理空間

儘管做爲一種事實上存在、卻以「匿名化」的地位寄存於書市的「企業‧經濟」小說作品在此間確有其存在的軌跡；但是「台灣出版市場上，以勵志、心理、行爲指導乃至商業『教戰守策』面目出現的書刊，不計其數」，而且所謂「企求從傳統文化典籍中找到企業經營的智慧，讓人在商場和人生各方面都能獲得成功」的「經典管理」書籍大行其道（龔鵬程，一九九四），實用功利性的企管入門、賺錢絕招幾乎完全掩蓋了文學界在這方面的經營。

一方面，這個現象凸顯了台灣一般讀者的實用取向和速食心態；另一方面，是否也表示台灣作家對於現實商業世界的題材並不

熱衷呢？在戰後的五、六〇年代，的確如此，當年的作家出身以學院及軍旅爲大宗，鮮有具備工商業背景者；而且彼時台灣的都市現象並不明朗，農業經濟形態的文化價值觀、封閉性的政治氛圍（所謂「白色恐怖」），使得當年最流行的大衆小說類型和產量，幾乎完全集中於純情浪漫和武藝俠道的虛構時空中。

其實，七〇年代後期，台灣已經開始出現了以上班族生活爲背景或主題的純文學路線。陳映眞在一九七五年出獄後，「發現台灣社會由於經濟的騰飛，已經有了很大的變化和發展」（黎湘萍，一九九四），因而依其匠心獨具的敏銳觀察而寫下的《華盛頓大樓》系列尤其備受矚目；本系列企圖透過描繪跨國企業公司的職場舞台，來呈現現代人的異化問題。與其說陳映眞在七、八〇年代交替期間以左翼視野完成的《華盛頓大樓》系列是「企業·經濟小說」，倒不如說他只是借取這些企業的醜惡內幕來申張（中國的）民族主義和（青年馬克思的）人性的異化批判，而意不在於記錄企業人的日常和描寫變遷社會中的企業商戰形態。「華盛頓大樓」做爲一個地理上的隱喻，陳映眞的野心正在於重新召喚一種民族自尊：以「華盛頓」爲「美帝」（西方）的代碼；以「大樓」爲現代都市文明的濃縮體。這個簡單易見的設定，不僅是爲了批判台灣在冷戰後期繼續附庸美國而形成的島嶼經濟形態與殖民地性格的社會情境，更以「被符號化」爲經濟帝國主義爪牙的「華盛頓大樓」這個意象，來激盪台灣人在現代化過程中被磨蝕的國族思想。在〈夜行貨車〉中，主人翁詹奕宏最後的策略是離開企業、返回鄉土；這種「原鄉情結」是七〇年代台灣文化界的主題曲之一。同時，我們也不要忽略了這也是近百餘年來中國（大陸）作家對於城／鄉、工商／農業、現代文化／傳統價值、利／義、罪惡／救贖這一連課題的辯證傳統（參見王潤華，一九九五）。不妨這麼說，在一個虛構的烏托邦中，「回歸」是一種抵抗；在不可搖撼的現實生活中，

「回歸」卻等於一種浪漫的逃避。然而陳映眞就如同近百年的傳統一般，以文本的抵抗來造就文化的「回歸」。然而這種「回歸」卻是犬儒式的，無法提供眞正的力量和行動的指標。

陳映眞的「關懷現實」雜揉了「意念先行」的政治／社會觀和重新組織現實的意圖；接著，一個在素樸的寫實筆法下，以趨近自然主義的技巧再現上班族生態的例子，是張惠信的創作。

張惠信在台灣七〇年代末期以降的「上班族小說」源流中，可說是開風氣之先，但他也是一位幾乎被「遺失」的作家。在行政院文建會出版的《中華民國作家作品目錄》（一九八四）和《中華民國作家‧作品目錄新編》（一九九五）之中，他的資料都付諸闕如。出生於一九四八年的張惠信本人身爲銀行管理階級，六〇年代末到七〇年代初期的作品受到心理主義的影響；他在一九七九年出版的《抓帳》和前幾部著作的風格不太一樣，這本書是部純粹以金融界上班族爲客體的短篇小說集，內收〈賀西的悲劇〉、〈抓帳〉等篇，都扣緊了企業內部的工作特質與自成一格的人事環境。〈抓帳〉以細膩的筆法勾勒出銀行員陳素芬的職場生涯，有一天她因爲九塊錢的差額，困頓在傳票和帳卡的核對工作中，直到晚上接近九點鐘的時候才終於發現問題所在，最後找到客戶更正資料，才「歡歡喜喜的收拾桌面上的東西」、「踏著輕快的腳步離開營業廳」。這篇小說將一個平凡的銀行員的工作形態和敬業而安命的心態勾勒出來，沒有什麼巨大的批判客體或者意識形態，但是卻保持住那個時代身爲小人物的上班族們的面目，其悲其喜，以及謙卑的心靈狀態。

陳映眞的《華盛頓大樓》具有淑世的理想主義傾向，也就是說，他的意念是政治導向的；而張惠信無疑是站在上班族本身的立場來看平凡和日常的無奈，他看到的是在龐大的體制中「零件」的眞實運轉。

張惠信的「小人物導向」其實是八、九〇年代此類作品的主要趣

味。以羊恕在八〇年代中後期寫作的上班族題材小說來看，〈線外作業〉寫出一個規律地進出公司制度和家庭生活中的男性，有一天脫逸出自己的常軌，和一個妓女過了一天完全不同於日常的生活，因而開始出現對於自己身分與主體性的困惑；他仍然必須回到那個習以為常的世界之中，但是也帶回了對於生命的反省與檢討。羊恕的〈俟〉則以升遷為主題，將企業內部的人事競爭刻劃得入木三分，等待著董事會決定新主管的前夕，主人翁鐘匡漢因而聯想到自己過去一切的「等待」經驗；他只是一個「公務員化」的企業工程員，他的一生都在「等待」，等待婚姻、等待胞弟與父親的感情復合、等待一個新的職位的降臨或者另一次挫敗的展露肢體；他個人的主體性建立在「等待」之上，又矛盾地在等待中消失，成為無跡的灰燼。

　　到了九〇年代，張啓疆的〈竊位者〉則進一步捏塑出現代企業內部傾軋的人事鬧劇以及荒謬化的現實空間。在〈竊位者〉中，以一個報系中的失敗者角度來看不斷膨脹的企業怪獸。作者的觀察包括了「生產」新聞（值得注意的是「生產」一詞的反諷性）的媒體企業形態，同時也包括了媒體在自我複製的現象中內部職工只能存活在一個個荒誕的虛構空間中的殘酷事實。七〇年代的上班族以安命為人生懸的，八〇年代的上班族存活在等待的焦慮中，而九〇年代的上班族在張啓疆的筆下，他們的生存空間充滿的不是良性競爭而是惡性鬥爭，失勢者往往成為被戲弄的棋子。小說主人翁「我」在權力遊戲中，三個月內，「我這個副總編輯變成了八府巡按、專職巡邏員，從『副總編輯兼地方中心內勤組副主任』轉任『副總編輯兼文化組副組長』，再到『副總編輯兼校對組副總召集人』，各種奇怪的職稱、詭異的名堂，別人不動，我則重溫過去七年的經驗，重新踏遍報社裏每一個邊緣單位、三不管死角，就是不肯自動走路。……只要在這裏待滿廿五年，就可以抱著《勞基法》申請退休金，快了，還差十八年，有人熬一輩子也進不了社會大學的門檻，十八年算什麼？」（張啓疆，一九

九四）「我」對於造成自己三個月內在報業內部到處「流竄」的元凶林總編輯痛恨無比，但是他所能進行的自瀆式報復，也只是「坐坐他的位子，用用他的馬子，至不濟，我還可以偷偷他的椅子」（張啓疆，一九九四）。〈竊位者〉的全篇都環繞著「我」偷竊林總編輯座位的情節而盤旋出充滿犬儒氣質的心理思緒。

「物質的椅子」和「心理的位子」在此出現互為喻依、互為符徵的弔詭關係。〈竊位者〉的結局，並不是一樁偷竊行為（「我」盜取林總編輯的座椅）的完成或懲罰；而是「我」回到原點，「苦苦思索，要怎麼把這張椅子，或者應該說，我自己，給弄出去？」這時，作者要疑問的正是如何在「物質的椅子」和「心理的位子」這閃爍的「一體兩面」中將自己拔脫出來？

3 「他者」的矛盾與競爭

談到張啓疆的佳作之後，不免思及自己的作品。在筆者的〈巨蛋商業設計股份有限公司〉這個短篇裏頭，同樣觸及到台灣企業中的人事問題。「其實，和我同一排辦公桌組合的其餘五個傢伙都在默默觀察除了自己之外的其餘五個傢伙」；在「巨蛋公司」設計部八坪大小的空間中，人人「都在覬覦著空下來的第七張辦公桌，那是設計部主任的位子，已經空懸了個把月；自從王主任被對面大廈的鋼威公司挖角之後，這間辦公室剩下的六個人就被一種奇異的情緒籠罩著，彷彿每個人身上都有五道看不見的鋼絲聯繫在其餘五個人身上」，為什麼？因為這六個人都是「副主任」。有別於〈竊位者〉主人翁流竄在各種毫無實際權力的職缺之間，「巨蛋公司」設計部的六個「副主任」並處於互相矛盾、互相牽制的僵滯狀態。換句話說，在〈竊位者〉中主人翁不斷左遷、不斷向生命的低谷滑落；而「巨蛋公司」裏的「矛盾管理法」卻使得所有的「副主任」都在體制中暗降為實質的基層人員。前者是一位孤立的「竊位者」

以虛無的行動進行無謂的戰鬥，後者則是一群懷疑他人同時也缺乏自信的畸型組合；「我們每一個人都在監視著對方，尋找對方是產業間諜的證據；另一方面，我們又得注意這間辦公室中的誰誰誰和公司中其他部門的誰誰誰有什麼勾結。為了王主任留下來的那個位子，我們不僅悄悄地仇視除了自己以外的五個人，也得戒愼這家公司其他八十幾名員工，我們必須預防『空降部隊』，不但得擔心業務部、會計部、總務處、資訊中心、總裁辦公室裏任何一個只懂得逢迎拍馬的垃圾同事，更得預防他們從公司外找到一些滲透分子來坐上那個空位。」不過，最具反諷性的仍然是設計部辦公室牆上懸掛的標語：「人人為我·我為人人」。（林燿德，一九九五，頁一三五～一四〇）。

　　從七〇至八〇年代交踵期間的張惠信、陳映眞，經羊恕到九〇年代的張啓疆等，不同世代的作者對於上班族題材的思考與呈現，各異其趣。可是在台灣社會發展的不同時期，特定時期的不同作者又面對了共同的職場現象。在他們各自考察現象、採取文本策略、找尋關懷的角度之餘，我們不應忽略的是，在社會文本與文學文本的「互為文本」的辯證關係下，不論作者企圖高瞻遠矚或者只想「反映」現實，在此同時，寫作客體（對象）產生的「量變」與「質變」便會牽制作者思慮的發展。說得更清晰些，當誰將視線的焦距調整到固定的焦點上，那麼他的言談將會成為一種超越時間的啓示、還是在歷經歲月之後會被留置在「找到焦點」的特定時刻、而成為記憶歷史的某個符徵，端視那個「被固定」的焦點，是不是仍然處於時代的核心？

　　陳映眞的《華盛頓大樓》，在出版時特別標示了「第一部」的字樣，這表示除了該書收錄的〈夜行貨車〉、〈上班族的一日〉、〈雲〉、〈萬商帝君〉之外，陳映眞原本仍然想要發展（寫作）這個系列，然而迄今十餘年來，「第二部」如羚羊掛角，並不見踪

影。最簡單而通俗的説法，是陳映眞把興趣轉移到政治題材的敏感範疇，在一九八三年後陸續寫出的〈山路〉、〈玲瓏花〉、《趙南棟》當可以驗證這種説法。不過，我們別忘了在《華盛頓大樓》之中，陳映眞的言談建立在冷戰後期的「第三世界論」之上，到了「後冷戰時期」全球性的政治經濟重整，資訊網路的高速發展和超界域（國界）的思想勃興，乃至台灣企業向中國大陸及其他「第三世界」的跨「國」行動，這一切發生在八〇年代到九〇年代的現象完全扭轉了「跨國企業」的理論基礎和社會印象。但是更嚴重的不在於此，而在於那做爲主要場景和意象的「華盛頓大樓」本身，僅僅只有十二層高度。當陳映眞設定這座十二層的大廈時，原本有意借其高聳的意象來映現帝國主義的巍峨猙獰，豈料八〇年代台灣（不限於台北）的超高層大廈迅速發展，到了一九八九年開始興建的新光人壽保險摩天大樓，已達陳氏的想像力邊界之外。這座以「台資」興建、高達二百四十四點一五公尺、共五十八層（地上五十一層、地下七層）、耗時四年餘、動員建設作業人員達三萬七千人次並且擁有秒速九米的多部高速電梯的龐然巨物。【按：筆者竟然在新店的樓房陽台也可以看到這座九〇年代的台北LAND MARK！】相形之下，頓成小巫的「華盛頓大樓」只能算是待廢的老舊寫字樓罷了。因此，就算陳映眞相信他對經濟帝國主義剝削台灣的嚴厲批判，一直到今天仍然有其立足之地，「華盛頓大樓」這個「小廟」似乎也供奉不起他心目中的「大佛」了。當然，筆者對於那些靠保險營業起家，將資金挹注於金融投機和炒做地皮的「民族資本家」也無甚好感，不過他們在經濟面、社會面和政治面的影響，在八、九〇年代的台灣遠遠超過了陳映眞一度念茲在茲的外資跨國企業。或許，「時不我予」才是《華盛頓大樓》系列無以爲繼的主要因素吧？

話説回頭，從陳映眞的「民族主義的社會主義」、張惠信和羊恕的上班族「小人物心態寫眞」到張啓疆式的「黑色幽默」心理小説，

立場、哲思各異，卻有其通暢其間的共同課題，那就是企業內、外的「他者」【按：l'autre，更淺白易解的翻譯是依筆者自己的構想譯為「非我族類」，但本文從俗譯】一直是這些小說中上班族主人翁的困擾來源。

企業之外的「他者」，在國外主要呈現在商戰小說中。台灣典型的商戰小說並不多見（特別是相對於實用性「商業教戰守策」而言），陳裕盛完成於八〇年代末期的短篇〈商戰日記〉則堪稱少見的典範。全篇以A、B兩家公司的領導者均不滿於彼此聯合壟斷的寡佔市場，而意圖兼併對方，也就是說彼此成為彼此的「他者」，也成為彼此「迫切的危機」。於是A公司與B公司互派產業間諜到對方公司臥底；而同一公司內部，又因為同一人身兼數種性質重複而矛盾的職位，又可以上下其手，甚至做出以自己的甲身分來進行違背自己乙身分的勾當，形成一幅陰陽倒錯的商場浮世繪。做為敘述者的作家在小說結尾公布了鬧劇式的結果：

> 我是個作家。當他們不約而同的告訴我這些，又要我寫成小說……（中略）……最後還有些要交待的，是他們六人現在的職位……

表面上的職位	真實的身分
A公司總裁	B公司總裁
A公司董事	B公司副總裁
A公司總經理	A公司副總裁
B公司總裁	A公司總裁
B公司董事	B公司總經理
B公司資料主任	A公司總經理

（陳裕盛〈商戰日記〉，引自黃凡／林燿德編，一九八九，頁一六八～一六九）

這種令人眼花撩亂的結果，當然不太可能在現實中發生；和陳裕盛另一個諷刺大商賈在進食時融化（隱喻企業家在貪慾中自取滅亡）的怪誕短篇〈溶解〉非常類似，無非是刻意製造出來的熱鬧場面。可是，就如小說家透過B公司總裁（也就是事實上的A公司總裁）之口說出的：「這是黑暗的商業界。」一方面，陳裕盛這位當代的「新人類」兼「另類」作家，以寓言式的〈商戰日記〉揭開了企業界中複合重疊的層層帷幕，另一方面，他也巧用後設的手法來表現了企業內內外外各種「他者」的矛盾與衝突──乃至於在一個人的身上竟然分裂出一組對立的「他者」。

陳映真《華盛頓大樓》中被視爲「他者」的是名符其實的異邦人征服工具──「跨國公司」──附庸於其麾下而欠缺民族意識的台灣人；相對地，詹奕宏這種角色處身「華盛頓大樓」的建築內部時，又成爲「跨國公司」中的「他者」。從這個角度來看，張啓疆筆下那個流離各單位中名爲報業員工實際卻成爲「他者」的「竊位者」，他的身分認同危機感倒和詹奕宏是一脈相承的。因此，處理現代企業中「他者」的人性掙扎，或許正是大多數以上班族爲題材的作品所具有的共相吧。

4 企業的「性紐帶」

田原的長篇小說《差額》以年近耳順的破產建築商人于西峰爲主軸，描寫他在走投無路的時刻依舊想要東山再起，在到處碰壁之後，靠著幾個「紅粉知己」的幫助，清理債務，並且進入過去姘頭曾娜娜的家族企業天聲公司擔任總經理。不久，他又瞞住天聲公司上上下下，用舊屬老吳的人頭開設了一家中小型貿易公司，悄悄將

天聲的客戶拉到自己手上，同時也利用人頭公司進行投機套匯。故
事的最後，于西峰因癌症入院以致於不治，充當人頭的老吳也莫名
其妙地爲于西峰扛起違反票據法的責任。【按：田原寫作時，台灣
票據法中有關空頭支票刑責部份仍未刪除。蓋支票僅係「支付工
具」而非「信用工具」，依法理不應以刑責規範。】

　　除了田原的《差額》，黃凡的《財閥》，在台灣的長篇企業小
說中尤有其代表性；早先，他與筆者合著的《解謎人》就涉及了台
灣財界與商界的黑幕（以「十信案」某核心人物爲影射對象的「新
聞預設小說」），但後者畢竟屬於遊戲之作。《財閥》的主人翁何
瑞卿進入亡父何海元曾經奉獻一生的賴氏超級財團中任職，查覺在
財團裏總有看不見的手在背後扶植他，身陷迷宮的何瑞卿後來發現
自己的生父竟然是企業領袖、「賴氏王朝」的龍頭賴樸恩，而背後
支持自己的手則是不動聲色的母親。這部小說自開場到何瑞卿發現
自己身世爲止，不論就議題性或者藝術表現都頗爲穩健。其後的篇
章則著重在凸顯賴家無遠弗屆的巨大力量以及賴樸恩與賴家第二代
的關係；在命運的抓弄下，何瑞卿的結局是踩上了高峰卻感到無限
的虛無，在他進一步查探出自己名義上的父親何海元竟然是賴樸恩
安排給生母、製造形式婚姻的天閹，而「做小」的生母其實才是賴
樸恩的初戀情人時，他受不了這種刺激，而重蹈了賴樸恩長子「大
先生賴東昇」自我放逐的覆轍，決定放棄一切，脫離賴氏家族「奇
特」、「扭曲」而「深沈」的愛恨情仇。

　　儘管在《財閥》的扉頁上題著「雙手萬能的時代已成過去／金
錢至尊的意念橫掃世界」的字樣，但是結局中何瑞卿的自我放逐，
卻形成了扉頁題辭的絕佳反諷，這和田原讓《差額》中的于西峰在
沒來得及翻身之前便一命嗚呼似乎異曲同工，都給予小說主人翁道
德意義上的懲罰。

　　另一部值得一提的長篇小說，是孫瑋芒完成於九〇年代的《卡

門在台灣》。這是一部「警世性」的「經濟小說」，主人翁霍台華因爲他女友記者李翎（卡門）混亂的性關係以及自己在李翎唆使下進行股市投機失敗，加上本身家庭造成的精神壓力，終於在大庭廣衆之前槍殺了那個令他心碎的女人。從霍台華身陷囹圄時的回溯，我們得以瞭解，他本身正是作者心目中一個墮落的典型，在物慾飛騰、經濟金融體制紊亂不堪的投機者時代中，從一個平凡的青年異變爲一個利慾薰心的賭徒、通姦者兼殺人犯；這種「報應學」（Eschatology）式的結局，和前兩部長篇對主人翁的「料理」方式比較起來，又令人有似曾相識的感覺。

這三部長篇小說，嚴格地就藝術品質來分析，可能都有或多或少的瑕疵，也不宜視爲三位作者最重要的代表作。但是，如果撇開藝術經營和道德教訓的層面，這三部長篇卻能夠串聯起八、九〇年代台灣社會企業形態和各種經濟事件／風暴的系譜。從八〇年代以降：票據犯問題形成高犯罪率、建築業暴起暴落、「人頭公司」、股市投機、……等等社會波盪以及相伴而來的文化震撼，都成爲小說的重要背景。

不過，筆者更注意的不是蒐羅台灣小說來對應台灣經濟發展史／人性墮落史的表格，而是其中對於「性」和資本主義社會的互動關係。

在《差額》中，主人翁于西峰在窮途末路時，適有「高人」指點迷津。于西峰的往年摯友陳錫春不願爲潦倒的友人出資解困，卻「苦口」勸告：「一切就應這個『×』【按：此處以『×』取代的單字就是『屄』，一個向來在小說中被「匿名」的女性器官名稱。】字上，你【按：指于西峰。】在商場上是一條龍，在這方面是條猛虎，你那虎威呢？……這年頭兒，男朋友、商場夥伴不可靠！」那麼誰才可靠呢？身爲于西峰昔日「男朋友／商場夥伴」的陳錫春說：

女的卻不然，像某女明星為離婚丈夫負擔債務，一直到還
清，沒有半句怨言。像某名歌星為丈夫背書違反票據法，多
少年不敢回國看故土的親友……常言說「自古俠女出風
塵」，我們不能用有色眼光看人，你過去的女友，出身有的
不及她們，真沾到「風塵」兩個字，也許她們的表現超出了
那位歌星和影星！（以上引文見田原，一九八六，頁二四～
二五）

　　這是局外人對無計可施的落難人的「良心」建議，即使是當年
號稱為「商場中一匹狼」的于西峰也不得不接受此一「下策」！那
麼，《財閥》中的何瑞卿呢？他的身世由生母與賴樸恩所決定，這
椿「孽債」可以不談，但是沒有生母暗中向賴樸恩施壓，以及他身
為賴樸恩私生子的事實，這個被命運擺布的青年即使能夠躋身賴氏
財團，也不見得有機會當面和賴樸恩說上半句話，更別說是鯉躍龍
門了。

　　《差額》明示了在台灣商場上「女人」身為玩具／工具／避難
所／提款機（而且被視為活該倒楣）的多重身分，而其中沒有一種
身分／一個「名字」在文本裏受到男性尊重、或者是具備個人主體
性的反思與抉擇；而《財閥》裏頭的何瑞卿，更是純賴母親的庇
護，以裙帶關係而躍龍潭、步青雲。從這兩個例子來看，隱性的性
關係和顯性的家族關係，顯然是表面上現代化而實質上仍然束縛於
原始的非理性因素——性交的「緣分」和家族之間的宗法／血緣關
係。換句話說，在號稱「經濟奇蹟」（這個名詞多年來被視為「現
代化」的同義詞）的台灣裏，有一個一體兩面的問題存在，其一是
女性在工商社會／（乃至於今日所謂）後工業社會的企業體制之中
到底能否建立自我的主體性？其二則是台灣的大型企業雖然在資本

額和參與國際資本操縱的能力各方面達到令人咋舌的地步，可是仍然停滯在傳統中的小企業家族經營模式，特別是在黃凡爲諷刺台灣若干本土「超大型」家族企業（足以列入世界百大企業者）而完成的《財閥》中可見端倪。這些「富可敵國」的企業並非眞正的「社會資本企業集團」而僅僅是「家族寡斷事業」。

九〇年代的小說創作如張啓疆的〈兄弟有約〉，文中那個負責向歹徒支付贖金以圖換回老板女兒的第一人稱敘述者，其動機居然是「我在陳氏集團奮鬥三年，陰人無數，奉承上司打擊屬下（有時反過來做），圖的就是台北總公司總經理的位子」，這位心焦如焚的「我」說：

> 我的目標是擁抱陳小玲【按：老闆之女／被綁票者】，征服全世界，霸佔陳家相傳八代的祖產。……（中略）……陳小玲，我可是使盡渾身解數，用足吃奶氣力，呵護寵幸，絲毫不敢馬虎。她說東我不敢往西，……（中略）……三年多來，我多麼努力讓她相信：我之甘願拜倒裙下，……（中略）……我的每一句誓言仍不足以形容我對她無關肉慾【按：卻攸關前途】的重視程度。（張啟疆，一九九三）

這是一個企業男性的登龍捷徑，也是台灣企業文化的重要特質之一。在《差額》中固然有所謂「四同關係」（頁一九八，指同鄉、同學、同宗、同事）的商場得利要訣，但是比諸「性的紐帶」與家族關係，「四同關係」又是何等小兒科？何等不足爲訓？

5 從女性角度來思考當代小說中的企業文化

不論在我們心目中對於這種由「性紐帶」扣結而成的企業文化陰暗面有何感想，畢竟這個世界已經被分裂爲兩大部分，一個是巨

大而具備傷害性的冷酷現實，另一個則是被情念所支配的人性世界。當一個人（特別是男性）在無所憑依的現實中，透過親屬／裙帶關係來打破兩個世界的藩籬，就成爲「必要」的手段（參見Jean Baudrillard & Marc Guillaume，一九九五，頁二七～二九）。

　　但是，令人好奇的仍然是女性作家對於台灣企業現實的思考。「對於父權宰制下女性處境的討論，向是女性主義甚感興趣的一環」（張惠娟，收入鄭明娳編，一九九三），其實，也不見得屬於對女性主義流亞的文學／文化熱衷的人士才會有所關切吧？女性作家筆下的例證，在台灣令人直接想到的仍然是朱秀娟的長篇小說《女強人》。同樣做爲八〇年代的文本，《女強人》的主角林欣華獨能擺脫父權社會的陰霾，以貿易公司總經理的身分「叱吒風雲」，並且在婚戀問題浮現自己的主見。無論藝術造詣如何，朱秀娟的《女強人》所以在台灣轟動一時，並成爲朱氏的代表作，顯見這部小說在女性言談的歷史領域有其一定的位置。

　　回溯到整個台灣的羅曼史傳統，雖然以企業鬥爭爲主軸者難以搜搜，但是那「缺席」的企業文化卻可能以變形的面目出現在那些錯綜曲折的愛情傳奇裏頭。以瓊瑤爲例，六〇年代的《烟雨濛濛》觸及了愛情超越金錢的課題（女主人翁依萍以自己的愛情對抗自己「軍／財閥形象」的父親）到八〇年代《卻上心頭》中對於當代「金錢至上」這種觀點提出十分露骨的批判，固然呈現了瓊瑤「唯情至上」的純眞理想，但也顯現女性羅曼史作者能夠在通俗／大眾小說中宣示其意識形態的能力。另一個例子是姬小苔，崛起於八〇年代初期的這位女性大眾羅曼史作家，慣常以另一種面目（恰巧和瓊瑤女主角的多疑深慮、徘徊不決的性格相反）來呈現女性對男性工商／功利世界的反動。姬小苔的小說中，多數的女主人翁都屬於「復仇女神」形象，如《女王萬歲》中的情節，那些仗勢企業實力與金權魅力而侵犯女性身心的「公子哥兒」，在姬小苔的作品中往

往成為被「整肅」和「報復」的對象；姬小苔「大快女心」的書寫形態恰好和瓊瑤筆下的女性柔情（寧願屈辱自我也不忍傷害情人）形成強烈的對照。而蕭颯的《如何擺脫丈夫的方法》更進一步透露了女性脫離婚姻、投入企業職場為個人前途拼搏的歷程。

當然，在台灣女作家的百家爭鳴中，她們雖然不見得能夠全然逸脫羅曼史的「窠臼」，卻足以間接吐露女性對當代台灣企業文化的不滿與反彈。廖輝英的〈紅塵劫〉尤其成為典範，身為廣告公司「出類拔萃」的女處長黎欣欣，因為趕製資料與男性上司留宿簡報室，竟遭流言詆毀而被逼迫辭職，道盡了女性上班族的社會壓力以及不公平的處境。而玄小佛的《握緊我的手》更為「煽情」，呈現了惡質商業文明中無怨無悔、至死方休的女性浪漫與為愛情犧牲的情懷。

比較有趣的是浪女／惡女的小說特例。黃子音的〈甜蜜買賣〉，身為風塵女的女主人翁不但情願貼錢給有婦之夫做生意，而且「甘之如飴」；曹又方筆端的〈美國月亮〉則道出「惡女」榨乾丈夫產業的故事。凡此種種，皆可顯現：女性作家純以工商企業內外部的鬥爭、商戰為主軸的作品儘管十分罕見，但是以「企業・經濟」環境為背景的羅曼史卻有車載斗量的產品，本文僅僅是以例舉的方式做一掃瞄。正如同「負片」足以沖洗出「正片」一般，在其中我們可以找到超乎想像的龐大線索；通俗羅曼史的良莠不齊歸良莠不齊，其間的意識形態和女性處境卻值得繼續深入研究。

6 結語

本文粗略環顧了台灣的「企業・經濟小說」及小說中相關的主題或背景，只能算是一個嘗試性的探索。有關企業、商戰等等題材，在台灣通俗／大眾小說及純文學的領域中，仍有極大的開拓空間。如現代企業上班族的「匿名性格」、企業發展與政治／社會／

性愛之間的關係，也是此間學術領域中未曾深究的新穎課題。由於
這整個世紀仍未結束，對於台灣各世代不同領域的小說家相關的關
懷也難以蓋棺論定；因此，筆者也留下「結論」的空白，期望不同
世代的作者能夠共同經營、發展從「冷戰時代」到「後冷戰時代」
的各種「企業‧經濟小說」面貌，為時代留下面貌，也為當代文學
與當代社會的辯證關係留下動人的足跡。

參考暨徵引書（篇）目

【按】依作者姓氏字首筆畫序，單篇用〈　〉，書名用《　》。

王潤華，〈從沈從文的都市文明到林燿德的終端機文化〉，收入鄭明娳編《當
　　　代台灣都市文學論》。台北，時報文化出版公司，一九九五。

田　原，《差額》。台北，九歌出版社，一九八六。

朱秀娟，《女強人》。台北，中央日報社，一九八四。

玄小佛，《握緊我的手》。台北，萬盛出版社，一九七九。

羊　恕，〈俟〉，收入《刀瘟》。台北，遠流出版公司，一九八九。

羊　恕，〈線外作業〉，收入前揭書。

林燿德，〈巨蛋商業設計股份有限公司〉，收入《大東區》。台北，聯合文學
　　　出版社，一九九五。

孫瑋芒，《卡門在台灣》。台北，九歌出版社，一九九五。

姬小苔，《女王萬歲》。台北，萬盛出版社，一九八五。

清水一行，《系列》。東京，集英社，一九九五。

曹又方，《美國月亮》。台北，洪範書店，一九八六。

陳映真，《夜行貨車》。台北，遠景出版社，一九七九。

陳映真，《華盛頓大樓》。台北，遠景出版社，一九八二。

陳裕盛，《商戰日記》，收入黃凡／林燿德編《新世代小說大系‧工商卷》。
　　　台北，希代書版公司，一九八九。

陳裕盛，〈溶解〉，收入林燿德編《甜蜜買賣～台灣都市小說選》。台北，業

強出版社，一九八九。

黃　凡，《財閥》。台北，希代書版公司，一九九○。

黃凡╱林燿德，《解謎人》。台北，希代書版公司，一九八九。

黃子音，〈甜蜜買賣〉，收入林燿德編《甜蜜買賣～台灣都市小說選》。台
　　　　北，業強出版社，一九八九。

張惠信，《抓帳》。台北，照明出版社，一九七九。

張惠娟，〈直道相思了無益～當代台灣女性小說的覺醒與彷徨〉，收入鄭明娳
　　　　編《當代台灣女性文學論》。台北，時報文化出版公司，一九九二。

張啟疆，〈兄弟有約〉，見《兄弟》雜誌第十五期。台北，兄弟雜誌社，一九
　　　　九三。

張啟疆，〈竊位者〉，見《中國時報‧人間副刊》。台北，中國時報社，一九
　　　　九四（五月七日～八日）。

鈴田孝史，《惡業の決算書》。東京，德間書店，一九九五。

廖輝英，〈紅塵劫〉，收入《油麻菜籽》。台北，皇冠出版社，一九八三。

黎湘萍，《台灣的憂鬱》，北京，三聯書店，一九九四。

蕭　颯，《如何擺脫丈夫的方法》。台北，爾雅出版社，一九八九。

瓊　瑤，《烟雨濛濛》。台北，皇冠出版社，一九六四。

瓊　瑤，《卻上心頭》。台北，皇冠出版社，一九八一。

龔鵬程，〈傳統文化與企業經營〉，收入林水檺╱何國忠編《中華文化之路～
　　　　中華文化邁向廿一世紀國際學術研討會論文集》。吉隆坡，馬來西亞
　　　　中華大會堂聯合會，一九九四。

《ダ‧ヴィンチ》，第一號～第十九號。東京，ソワルート，一九九四
　　　年五月號～一九九五年十一月號。

Jean Baudrillard & Marc Guillaume，塚原史╱石田和男譯，
　　　　《世紀末の他者たち》。東京，紀伊國書店，一九九五。

《台北之窗‧新光摩天展望台╱TOPVIEW‧TAIPEI》。簡介摺

頁。台北，新光人壽保險公司，無出版年月。

特約討論

⊙蔡詩萍

其實燿德兄很早就關心這方面的問題了，他在《新世代小說大系》中就以商戰和企業文化為其中的一個分法。如燿德兄所言的：到底我們是可以看到文本所呈現的現實？還是客觀存在的現實？而以論文來看上班族的情形，是看到文本所可以掌握的文本現實？還是可以看到台灣社會上班族的生活現實？這些問題值得大家思索。正如文章所提及的，台灣現在還不把上班族／企業文化當作是一文類，而對上班族／企業文化此類文學作品長期忽視，也導致這方面的作品和評論都很少。而此文的重要價值乃肯定此類型的文學作品，和介紹長期被大家所忽略的作家和作品。此又引發另一問題，因本文類長期被忽視而創作量少，量少相對引發了質的問題。我仔細數了文中提到的作家，不超過十位，如去掉不為人所熟知的（如黃子音、姬小苔）和不是專門寫此類文章的作家（如黃凡），就更少了。所以，我提出一些意見供作家們參考：台灣的小說中雖少觸碰到探討資本、商業、上班族等企業文化的作品，但就我看來，仍有所表現：㈠作家的反資本、反商性格：如陳映眞對資本、商業的批判，和張惠信以中性的筆調描寫企業文化中小人物的悲哀，都是反資本和商業的。而如張惠信描寫企業文化中小人物悲哀的，其實在台灣日據時代的作家已經出現，如：楊逵便承繼馬克斯主義的思想，批判台灣當時的資本商業發展，因為此種思想在白色恐怖時代

是被壓抑的。所以此類作品以前就有，只是很隱晦。㈡是對商場運作的邏輯並不批判，而是以「介入」的角度，把它當作寫作的題材。文中沒有提到高陽，但其實他的文章也是在寫中國商場生存的邏輯和法則。這是一個特別的例子，而就我看來，姬小苔、黃子音和朱秀娟的寫作應和中國傳統較相似。

燿德兄注意到以歷史變化的角度來看此問題，並且清楚的告訴我們，爲何陳映眞對上班族的描述邏輯、策略和張啓彊、陳裕盛不同。這關係到八〇年代台灣資本發展的現象，可惜文章對此著墨不多。如以文化和經濟互動來看，日據時代作家和台灣早期作家（如陳映眞）的商業性格，可從兩方面來看：㈠縱向面：台灣作家探討資本主義和商業運作時，有一可循的內在發展機制、軌跡：台灣從前工業社會到工業社會，再到現在的資訊（後工業）社會。所以，陳映眞和張啓彊的不同，我們就可以理解。因爲他所生長的過程和當時台灣經濟發展的狀況不同於張啓彊等作家，後者從內在就已接受台灣的商業發展，而把重點擺在對企業中人和人之間關係的探討，而不是如陳映眞對資本中心和邊陲依賴關係的一種批判。㈡橫向面：早期只有陳映眞對跨國和多國公司的企業做探討，但此種現象在現在的台灣已非爭論的問題，因爲台灣在某種程度上也扮演了資本輸出國的角色，新生代的作家面對不同的台灣歷史情境，更待開拓的，應是人性在這種不同機制下運作的複雜變化。（**吳秀鳳記錄整理**）

當代台灣小說裏的都市現象

◉張啓疆

一、文學新地標

　　一九八九年，年輕作家黃凡、林燿德共同提出「都市文學已躍居八〇年代台灣文學的主流，並將在九〇年代持續其充滿宏偉感的霸業」（註①）的看法，林燿德並且在〈都市：文學變遷的新坐標〉（《重組的星空》，一九九一，業強）一文指出：

　　或許沒有任何正式的宣言揭示某項運動，事實上，筆者的藍圖，也依舊在自我實踐以及對此一世代的觀察中不斷修正，但是可確信的是，「都市文學」並非七〇年代「鄉土文學潮」的對立面，也非任何「流派」所包裝的意識形態魔術。台灣的「鄉土作家」本質上恰是一群停滯在懷舊氛圍裏的市民作家；筆者不得不指出，仰賴現代印刷術與銷售策略而成名的過程，不論抱持何種意識形態，都是一種都市化的社會實踐。
　　新世代的作家群，撰寫了許多以都市環境爲叙述背景的作品，包括了上班族的悲喜劇，以及質疑傳統倫理觀的兩性生活，無論如何，「都市文學」往往因此被誤解爲僅僅是舊有文學框架的再包裝。如果「都市文學」只是把農業社會的布

景抽調爲八〇年代的都市景觀，以東區街衢上的高樓霓彩遮住蒼翠的田園和陰鬱的漁村，以汽車旅館裏的電動床置換了小木屋中的舊藤椅，那麼「都市文學」不過是毫無意義的一枚標籤。

要認識「都市文學」，首先要認識正文中的「都市」究爲何物。不同於社會版記者，作家非僅止於對定義爲某一行政區域的都市外觀進行表面的報導、描述，他也得進入詮釋整個社會發展中的衝突與矛盾的層面，甚至瓦解都市意象而釋放出隱埋其深層的、沉默的集體潛意識。

「都市文學」就是都市正文的文學實踐，同時，創作活動本身正形成都市的社會實踐，創作者同時兼具了都市正文的閱讀者，以及正文中都市的創造者的雙重身分。

顯然，黃凡、林燿德所揭櫫的「都市文學」運動，不只是強調「空間」的變異，也包含了「時間」乃至史觀的更迭改寫。只是，本文所欲探討的「都市現象」或許無關（也可能有關）乎「都市文學」一詞的主觀或客觀定義，筆者饒富興味的是：都市正文與現實台灣之間的對照關係，更正確地說，當代台灣小說正文中關於都市本身或涉及都市現象的描述、剖析或反映。

從這個角度看，六、七〇年代若干「城鄉對立」、「時代變遷」或「田園情結」的泛政治化之作雖然打著「反都市」的鮮明旗幟，實則已內化爲筆者所謂「都市現象」牢不可破的環結，並且深化爲觀照台灣經濟發展軌跡的主觀呈現。

附帶一提，限於篇幅及筆者眼界，本文僅以（可能大而不當的）「宏觀」角度，概述當代台灣小說中關於都市現象言說顯而易見或較具「代表性」之作；也因此，本文所欲塑造的「都市空間」，自有其收編策略形成的「主觀的地域性」。

二、資本主義衝擊下的勞資對抗

一九七五年，小說家陳映眞以許南村爲筆名，發表〈試論陳映眞〉（註②）一文，自陳六〇年代的小說創作只是「陳映眞自己和一般的市鎮小知識份子的無氣力本質在藝術上的表現」，「一個摸索和實踐的階段」。這個「階段」，則以一九六六年爲分水嶺：

> 1966年以後，契訶夫式的憂鬱消失了。嘲諷和現實主義取代了過去長時期來的感傷和力竭、自憐的情緒。理智的凝視，代替了感情的反搏；冷靜的現實主義的分析，取代了煽情的、浪漫主義的發抒。

許南村在〈試論陳映眞〉中進一步指出：

> 市鎮小知識份子的「唯一救贖之道」，必須「在介入的實踐行程中艱苦地作自我的革新，同他們無限依戀的舊世界作毅然的訣絕，從而投入一個更新的時代。

與「無限依戀的舊世界作毅然的訣絕」，不僅是指陳映眞個人心路歷程與書寫策略，「嘲諷和現實主義」實則呼應了六、七〇年代資本主義衝擊下台灣社會（尤指經濟結構）的重大變貌，所造成的不獨陳映眞同時也是大多數當代作者無從迴避的社會觀、關心議題和表現形式的質變（雖然「大多數」作家不見得寫出「忠實反映台灣社會資本主義化過程」的優秀作品）。就「都市現象」的角度而言，小說家陳映眞揭櫫了（過渡型）資本主義社會最重要的「顯題」之一：勞資議題，更正確的說，以勞資對抗爲外衣的民粹意識。

　　一九七八年發表的短篇小說〈夜行貨車〉（註③），即是批判西方資本主義入侵台灣社會的典範之作。該文敘述台灣的一家跨國電子公司的女秘書劉小玲是該公司經理林榮平的情婦，但林為了維持其名利地位，始終不肯和劉正式結婚。劉小玲感到失望和痛苦，後來戀上了該公司的職員詹奕宏。他們相好一段時間後，詹奕宏知道劉小玲曾當過林榮平的情婦，便因妒恨而常與劉小玲爭吵，最後不歡而散。劉小玲連遭打擊，決定離開台灣，到美國投靠她姑媽。在公司為她舉行的宴會上，公司的洋老板放肆地用粗話謾罵中國人，引起在座詹奕宏的無比憤慨，當即提出辭職，並憤然離開了宴會。在詹奕宏鄉土的情懷感化下，劉小玲斷然改變出國投親的計劃，走出宴會廳，追上詹奕宏。於是，兩人重歸於好，乘坐著「夜行貨車」，向故鄉南方奔去。

　　大陸學者劉登瀚則將〈夜〉文中飽受欺壓的民族情緒（台灣人意識？）詮釋為「感觸到中華民族旺盛豐富的肌體」：

> 透過「長尾雉的標本」，彷彿看到林榮平之流對著洋人搖頭擺尾的奴才相；走進「沙漠博物館」，如同置身於建築在沙灘上面空泛、渺茫的西方文明世界；從「溫柔的乳房」中，我們感觸到中華民族旺盛豐盈的肌體；面對著「景泰藍的戒指」，我們重溫了中華民族悠久的歷史文化；從遠處傳來的「夜行貨車」的巨大轟隆聲裏，我們聽到了愛國民族主義心聲的呼喚。
>
> （《台灣新文學概觀》，海峽文藝出版社，一九九三，頁二一九）

　　一九八○年的小說力作〈雲〉，則是藉著象徵「勞方自主性」的工會的籌組與破滅，點出「美國式理想」（資本主義代名詞）的虛偽、幻滅。值得一提的是，為了展現議題的複雜、跌宕，〈雲〉

文的空間安排打破了時空的貫時與定向，採取跳躍式、多層次的視覺鋪陳：透過張維傑在辦公室偶遇趙火子，勾起他對麥迪遜公司工作狀況的回憶；在張維傑的回憶中，引出了女工小文的回憶，而在小文的日記裏，勾勒出重組工會的鬥爭情形。層次中套層次，故事裏有故事，展現出一場精采的空間演出。繁複多變的都市生活「形式」，改寫、更動了小說的「內涵」。

根據劉登瀚先生的觀察，早在一九六七年〈唐倩的喜劇〉階段，陳映眞的小說已「展現了六〇年代台灣崇洋媚外的社會思潮，作者以辛辣明快的筆觸，入木三分地對他們喪失民族自尊心，一味追求西方文化和生活方式的卑劣行徑加以冷嘲熱諷，作品的風格有了明顯的變化。」（頁二一四）

三、經濟起飛期的城鄉對立

同時期的小說家王禎和的作品，如《小林來台北》（一九七三）、《美人圖》（一九八〇）等作，則是以嘲謔的筆鋒，大量運用台灣方言，展現「經濟起飛」時代的城鄉變遷和崇洋媚外的集體潛意識。

《小林來台北》透過在台北某航空公司當雜工的農村青年小林的一日見聞，具體而微展現了城市生活的庸碌、繁瑣與台北居民的嚴重崇洋。台北的醜陋對比農村的淳樸，王禎和藉由時代變遷直指人心異化的機鋒，可說溢於言表。《美人圖》又將台灣人拜金主義的風潮諷刺到極致：「美人」不是指美麗佳人或高風亮節之輩，而是一群嚮往美國（美式文明）的「醜陋」的台灣人。

進言之，城鄉的對立不僅是「市容」的更改，更隱含了小說家的「城／鄉」定義：將文明的、外來的、入侵的歸納爲「城」；而「鄉」則泛指傳統的、田園的、淳樸美好的過去經驗。

王潤華曾在〈從沈從文的「都市文明」到林燿德的「終端機文

化」〉一文中提及：

> 沈從文從鄉村中國來考察城市中國的小說，可以說代表了從
> 中國五四時期以後的城市小說的寫作視野與思維方式。比沈
> 從文早的作家群，從魯迅、王魯彥、許欽文開始，到施蟄存
> 與羅黑芷的鄉土作家，他們的小說都受到肯定，雖然寫的是
> 鄉鎮，卻是呈現現代物質文明如何慢慢毀滅中國的鄉鎮。即
> 使到了上海現代派作家，像劉吶鷗、穆時英、杜衡、葉靈鳳
> 和戴望舒，他們雖然長期生活在中國現代的上海，對現代都
> 市有些認同，但對都市文明的困惑還是很多，因為他們多是
> 從帶有鄉土味的鄉村或小城鎮走出城市的人家，結果還是站
> 在現代大都市的邊緣來窺探都市人的觀念行為模式。
>
> （《當代台灣都市文學論》頁一○八）

王潤華對沈從文等「後五四時期」作家的「回顧」，倒像是
「預告」了陳映真、王禎和、黃春明等「鄉土情結」小說家的登
場。雖然後者「反對城市」的理由不十分一致。

和王禎和的「台北笑聞錄」相比，陳映真出獄後的「華盛頓大
樓」——象徵資本主義的總部——系列，顯然又將七、八○年代之
交台北的「現代化」推進一大步：

> 如果要他離開台灣的莫飛穆（萬商企業），他寧願一頭從七
> 樓栽下這宮殿一般巍峨的華盛頓大樓。（〈萬商帝群〉：一九八
> 一，頁一四○）
> 在一段與二段的交接口有一家美國佛州銀行，銀行頂樓的一
> 家豪威餐廳，正好可以望見就在附近的、巍巍然的華盛頓大
> 樓的位置。……從屋頂上望去，外面的街景，……是很富於

電影趣味的，聳立於這二段接三段的十字路口周邊的，高低、形態各異的大樓，在陽光下，帶著各自的幾何圖案似的陰影、穩固、安靜地站著。但是地面上卻是一片川流不息似的人和車的來往，在交通號誌的指揮中，尤其在俯瞰之下，自有一種韻律。而華盛頓大樓，因著它的赭黃色的大理石建材和獨列的設計，在日光下，尤其出眾。豪威西餐廳的雙層玻璃窗，把原必十分嘈雜的市聲，全都摒斷於外。櫛比而來的車子，穿梭其間的機車、潮水似的人的流徙，在林立的、靜默的、披浴著盛夏的日光的高樓巨厦……都彷彿皆以窗為銀幕，無聲地、生動地、細緻地上演著。（〈上班族的一日〉，頁七五）

在白熱中兀自矗立著，像一座大理石的現代雕刻，一棟赭黃色大理石板砌成的壯碩、穩重、踏實的大樓上，鑲著一排厚實而典雅的英文字：“WASHINGTON BUILDING”，這分成四棟的十二層建築，像一座巨大的輪船，篤定、雄厚地停泊在他的對面。走廊的柱子，是黑色的大理石片砌成的。在初雨的澆洗下顯得乾淨而明亮。無數的窗子，整齊劃一地開向大街。有少數幾扇窗子已經點著日光燈，透過輕薄的紗帳，向大街露出青色的星光來。樓下的幾個大門，都以不同花式的鐵柵鎖著。鐵柵上寫著各行號商店的名字，有餐廳、銀行、輪船公司、建築公司，還有一家西服店。（〈雲〉，頁三九）

套用馬森教授在〈城市之罪——論現當代小說的書寫心態〉一文中為城市「辯護」的結語：

受到賤商意識牽連的城市之罪，形成了二十世紀前半期中國

　　　小說書寫的一種特殊心態。（一九九四，頁一九九）

　　城市的「原罪」，豈止存在於「廿世紀前半期」？

四、八〇年代的「都市生活」

　　值得一提的是，同樣來自鄉村的小說家七等生，卻對城市表現出愛憎夾纏，模稜而模糊的辯證性思考。在《城之迷》一書中，他認為「這個城市讓他（柯克廉）感覺有一種隱密的邪惡性格的存在，積極地在疏遠溫善的美德。」（七等生，一九七七，頁一七），在〈離城記〉中，主角雖離開城市，卻對城市產生難以割捨的朦朧之情。「雨中的城市看起來美麗動人，我對自己已經有了真正的關心的忘情，如我對那巨大的城市只存有心靈的記憶。」（七等生，一九七三，頁六五）

　　離城的主角回歸鄉野後，又遭逢了脫逸了「城鄉差距」思維，令人觸目驚心的〈幻象〉（註④）：

　　　　他以熱切的腳步趕往社區運動會的處所，這是一個極好機
　　　會，可以在同一時間裏認識這鄉村裏的大部分人，尤其是他
　　　關心的兒童。他常覺得這世界的希望必須寄託在兒童身上；
　　　去認知兒童就像預先看到那未來之世界。人類世界的生活品
　　　質是可以培植的，只要教育兒童朝往那目標。在城市裏，他
　　　已經失望於那些機伶的小面孔，在那裏的教育完全脫離了自
　　　然道德律，並且喪失人是宇宙精神的一種代表形象；因為過
　　　份的知識化使人只有一個機械般反應的頭腦，在腦中只堆積
　　　儲存死的知識，而沒有創造的原始衝動；人只依照一定的程
　　　式在生活，沒有殊異的個性表達宇宙多樣的意態；只有同一
　　　的性質，同一的觀念，就像蜂蟻只有同一的意志，生命只有

單一的使命。這種制定好的方式是不高尚的,人在這種刻板
和束縛裏只能過物質的禽獸生活,唯一的存在思想就是隱藏
於內心的狡詐和互害,且欲望於同一時空的腐朽。但是在這
鄉野裏,他並不充滿希望,這貼近自然外表所蘊育的依然是
他不瞭解的某些人類,他充滿迷惘,還看不到自然顯現的內
涵。而他那昔日的思想態度還未完全自他肉身脫掉和淨化,
即使那真面貌出現在眼前,他仍然會無所見識。

（頁一五八、一五九）

　　城鄉之辯的模糊化,終於讓城市書寫走出田園情結和意識型態
的二元模式,也宣告著「新一代小說作者」（註⑤）視都市為正文的
新市都觀的擅場。

　　新一代的小說作者,大多數生長在都市中,已經沒有農村經
驗,也就缺少了與城市「對立」的鄉村襯景。他們不只是將都市景
觀當做小說背景,而且有意識地書寫城市生活的內容、細節,使之
成為小說內文不可省略的血肉、肌理。如張大春的《公寓導遊》
（一九八六,時報）,黃凡的《都市生活》（一九八八,希代）、
《曼娜舞蹈教室》（一九八七,聯合文學）,王幼華的〈麵先生的
公寓生活〉（一九八九）,朱天文的〈炎夏之都〉（一九八九）（註
⑥）,田原的《差額》（一九八六,九歌）,張國立的〈非常呼、非
常止〉（一九八八）等作,都在呈現生活環境文明化、都市化後,
人的多元性、複雜性及多變性。

　　黃凡的短篇小說〈命運之竹〉,即是透過一位梁太太在五〇年
代的錯誤的投資決定,點出台北市「現代化」驚人的腳步。那位梁
太太在五〇年代因一根竹子探測她所要買的那塊水田深不見底,而
作了令她懊悔一生的決定——位於仁愛路附近的地便因此而沒有買
成。但那塊地卻在往後十年裏不斷飆漲,以至於在國父紀念館落成

的當天，正巧她從事建築工的先生從鷹架上墜樓死亡，梁太太終於崩潰失常。我們可以從黃凡所描寫的仁愛路三十年前後「翻身」，看到這段期間都市化的「狂飆」的縮影：民國四十六年，梁太太興致勃勃地坐上三輪車和相命師連城伯一塊前往松山看地，一路上從柏油路、碎石子路，一直到沒有路，梁太太對著連城伯抱怨說，怎麼沒有路了？連城伯一邊朝地上吐了口痰然後說：以後會有。於是，「連城伯那天作了一生最偉大的預言。果不其然，三十年後，他吐痰的地方，成為全國有名的觀光道路——仁愛路。在上面步行，絕對會對得起你的人格和鞋子，同時，它也是台灣現代化的象徵之一。它寬敞、乾淨、井然有序的行道樹，以及其上每坪售價十二萬元的大樓，都會使你不好意思朝上面吐痰。」（《曼娜舞蹈教室》，頁一一九）

土地和房屋的飆漲帶來的惶恐不安，不妨參考黃凡的〈房地產銷售史〉中的對話：

「台灣人糟蹋自己的居住環境簡直到了可怕的地步，馬路不斷修補，陸橋亂搭，地下道亂挖，沒有一條完整的街道。」
「大都市更糟糕，建築物沒有章法，可以稱為『世界建築的大雜燴』，顏色不調和，沒有逃生設備，沒有休閒空間，十足的『水泥叢林』。」

（《都市生活》，一九八八，希代）

在短篇小說〈系統的多重關係〉中，黃凡筆下的「金海建設公司」呈現出與陳映真「華盛頓大樓」迥然不同的情趣：

「金海建設公司」的橫寫銅製公司名牌鑲在四區電梯前警衛台後的牆上，在其他四十七塊銅牌之間並未顯得特別突出，

（除了不能確定公司所在位置的拜訪者，沒有人會站在這麼多名字前，同時這個人還得避開警衛猜疑的眼光，警衛曾在某個夏夜被醉酒的男子毆打。）雖然不起眼，但公司仍舊佔據了本大廈第八層的一個重要角落，而且它擁有廿三名固定員工和三名沒有勞保的工讀生。（當公司承建某項大工程時，臨時編制隨即擴大，光是施工單位短期契約工人便曾高達二百人。）

拜訪者從電梯出來，對公司的第一眼印象是：這是一間氣派不大但佈置得體的公司，從敞開的大門望過去，先是一堵影壁牆，牆上從左到右掛著「金海建設公司」的鍍金大字，字的前下方是一座小型櫃檯，小妹和接線生並排坐著，兩個人從來不朝電梯張望，除非來訪者上前，把手肘放在櫃檯上，同時稍微伸長脖子，否則，沒有人會發現小姐們記事本底下露出的半截小說。

但即使這樣的櫃檯以及兩位低頭看書的小姐，卻仍給人一種正經的印象。

由是，來訪者會不知不覺地放輕腳步，豎起耳朵或是以極快的速度整理一下領帶。然後輕聲說謝謝，在櫃檯邊精心設計的空間——室內盆栽、淡藍色的沙發加上不鏽鋼茶几——坐下來。要不然就順著櫃檯小姐手指的方向進入辦公室。

來訪者進入辦公室時會碰到兩種情形，其一，如若他的服裝及容貌俱皆不俗，那麼辦公室有四分之三的職員會抬頭注視他。其二，如若不屬於前者（如送貨小弟之流），將只能引起輕微注意，然後他們會在一張鋁製或柚木辦公桌前坐下或站立。

自然還有例外，這種人通常由櫃檯小姐直接帶進董事長的小套房。

總之，來訪者並未被隔絕，或許出於省錢，或許出於設計的
疏忽，（屏風或隔間能阻隔毫無顧忌的視線。）來訪者被允
許觀察辦公室。

（《都市生活》，頁一七六、一七七）

黃凡的辦公室顯然是一更為瑣碎、物化但是「有機」的空間，
它不代表任何既定的符徵與意義，它的「複雜性」在於必須經由辦
公者──拜訪者的互動來決定其「意義」。

同理，張國立的〈非常呼‧非常止〉則藉由「電梯」這種負空
間裝置，直指現代人的空間錯覺與心靈歧路。且看這一段「迷路」
的過程：

這棟大樓從外面看上去並不大，但裏面卻有數不清街道。鴨
舌帽走了好一陣子，轉轉拐拐，愈走愈不對。
「不對呀，這不像我們剛才來的那條路？」
短褲這一句，鴨舌帽不好意思的搔搔帽子。
「我們迷路了。」
大家震服在西裝的聲音下。
是的，我們迷路了。
「不可能，從沒聽說過有人在樓房裏迷路。」少尉說。
「怎麼不可能，你有沒有走過中山北路和南京東路交叉口的
地下道？我十次起碼有七次走錯路。」
「我也常常在那裏迷路。」短褲拍著西裝的肩膀。
「迷路也好，不迷路也好，我們現在最重要的是找三〇三或
大門口。」山羊鬍牽著女孩的手，「走。」
一、二、三、四、五、六、七，還是七個人，還是十四隻鞋
子清脆的敲在磨石地面上。

又轉了許多個彎,走了許多條走廊,一行人來到一個圓形的
空地,中央有根圓形的柱子,圍著柱子的是圓形的沙發。仍
然見不著陽光,只有兩盞微弱的日光燈。

短褲一見著椅子,立刻搶先坐上去。

「呼,累死人。」

「喘口氣吧。」鴨舌帽在他身邊坐下。

「也好,大家歇歇吧。」西裝將領口解開。

年輕人沒有出聲,和少尉站在牆角。

這次沒人再提迷路的事,又沈寂下來。

角落忽然傳出嚶嚶的啜泣聲,其他人聽到顯出益發的煩躁。

(《小鎮罪行》,一九八八,時報)

從這點看,張大春的〈公寓導遊〉又進一步採取「去人物化」
的空間演出——空間才是空間的主角。〈公〉文透過「隱藏導遊」
的虛擬敘述,讓或平行或交會的「生活狀態」並置於有機而無心的
冰冷樓體中,樓中人物的遭遇、命運、情感、心聲澈底「物化」為
鋼骨、水泥的同義詞,成為公寓的配件。

五、都市空間裏的「城鄉差距」

「都市空間」的重組、對抗、分割、聯立和衍生,形成了城區
的「新/舊」之分,儼如七〇年代的城鄉差距。

王大閎譯寫的小說《杜連魁》(註⑦)(九歌,一九七七),即
呈現出「未來」(從一九七七年的角度看)高度發展後,台北城區
分為「新興東區/老舊西區」的分裂局面——不但是都心地點的分
離,同時也是情境與生活狀態的斷裂。

小說中東區是一個嶄新的精緻世界,顯赫的家世、上流名人的
交際宴會表現經濟與文化能力的品味生活,都市新貴不但是高級知

識分子，同時也懂得享受浮華美好的都會生活。而這個新興都會的象徵表現在高級的都市區位，而且因爲是從松山機場到總統府（展現都市門面）的現代化國際大道。以至於在這裏興起了高級住宅區位的形象——如花園華宅以及電梯大廈都成了都市上流階級的身分表徵。從小說中的華宅名廈到名貴轎車，以及杜連魁的年輕俊美形象和精緻美好的生活，我們可以感受到的是一個「美麗的新世界」的形成。

西區的生活型態如何呢？

> 當車子轉入貴陽街時，天開始下起雨來，……路燈更顯得模糊淒涼。……在幾家咖啡廳和小茶室前，有幾個男人站在門前吸烟。杜連魁坐在車裏，從黑眼鏡後面無神的望著遠大都市鄙暗的一角。
>
> 雨停了。街道越來越窄，車子經過一座古廟後，司機便自動地在路口將車停下。巷子兩旁都是古老矮小的房屋，每戶門前三三兩兩地站滿了妓女，有的在拉客，有的在嚼口香糖，巷子裏擠滿了閒人。杜連魁加快腳步穿過人群，慾念使他的神經跳動，他走進一條暗窄曲折的小弄。弄尾是一間破舊的磚屋，門上面暗紅的小燈照著兩扇小木門。他在門前停下，輕輕地敲了兩下，有人隨聲取下門閂。一個半老的女人見是顧客便放他進門。

（頁一八六）

相對於東區的「美麗新世界」，由古廟、夜市、窄巷、老屋和「低下階層」構成的西區反而變爲令人懷念的「田園」、「鄉土」了。兩者間的疏離與斷裂，似乎又和「城鄉對立」的基調如出一輒：城與鄉因爲「對立」而並存。進言之，從都市發展史的角度

看，東區與西區的兩極化表現，或可視爲都市人格精神分裂的重要徵候：文明與墮落的攣生關係。

六、空間中的異度空間

不論從台灣現實或小說世界的角度看，「東區」似乎已成爲台北文明乃至台灣都市發展的重要標竿。王大閎借由杜連魁之口說出的「預言」，一語成讖地成爲九〇年代台北都會的「眞象」。尤有甚者，隨著「東區」的極致發展、演化與自我割裂，晚近關於東區的言說，又呈現出「東區中的東區」新貌。張國立的《嘿，你到過忠孝東路沒有？》（一九九三，皇冠）即是在探討空間認知：「現實／心理」空間的辯證問題。

先看一段苦悶夾纏的男性告白：

> 愛情究竟是個什麼東西？
> 我告訴你，千萬別告訴沒買書的人，愛情是——
> 愛情根本他媽的不是個東西。
> 有人不同意？那你告訴我，愛情的存在是在何處？你思故你在，你他媽的思考三天三夜，看愛情在不在。
> 於是，愛情不存在。

「隱藏作者」張國立的意思可能是：愛情是個既存在又不存在，有時存在有時不存在的東西。存在與否的界線，繫乎現實空間與心理空間的移形換位，或者說，「張國立」的大門不幸接上旁人的後巷，世俗表相的「正空間」翻出了哀寂勞傷的「負世界」。

什麼樣的「負世界」？忠孝東路四段統領百貨前的那根不斷冒出女性蠱影的銀柱（〈嘿，你到過忠孝東路沒有〉）？象徵「兜圈子」的半徑五公尺的圓台（〈自行車上的人〉）？女人乳房的代名

詞「氣球」（〈阿立的貞操〉）？〈我不要你戴，女孩說〉中那個「打炮打昏頭」的菜鳥警察，保險套拒用者的化身？撇開這些只有一個答案的問題不談，如果我們相信「丁博士覺得自己擁有了這個世界，而且這個世界又僅存於黑暗裡」（頁八三），那麼，顯然，張國立的空間藍圖得參照〈自行車上的人〉裏那幢卅層高的大樓。」

> 舉例來說，對面那棟三十層高的大樓，你一定不知道有多少人在裏面上班，別說你，派出所的警員也不知道。我知道，四萬一千三百二十六人，這是我昨天才算的。很簡單，只要在上午九點打卡時間點一點進入大樓的人頭就清楚了。
> 那棟大樓的四萬一千三百二十六人究竟有什麼意義？是很大的意義，那是偉大台北市的一個詮釋，說明這座城市爲何會偉大。你想，四萬一千三百二十六人在同一時間內從四面八方趕來這棟大樓，你看過颱風前的天空嗎？就是那樣的情景，一整片天空的雲朝你湧來，讓你體會到時代在你面前翻滾。

那種「偉大感」絕非「大男人主義」或「陽具欽羨」，事實上，另一個「張國立」——用電腦追求完美愛情的丁博士（LOVE 100%）——曾經從歡場女子身上得到近乎反諷的刻骨感受：

> 丁博士是在驚愕與茫然中完成了這件事，他幾乎不明白是在什麼情況下結束的，他從沒有想到自己的意志是那麼的脆弱，是什麼力量使他在片刻之間竟完全喪失了自我控制的能力？但即使如此，他並沒有絲毫的挫敗感。反而是一種超乎經驗的透體舒暢，他很想大吼一聲，可是聲音到了口腔卻

化爲一股氣體，丁博士只緩緩的將這股氣體吐出來，身子一側便躺了下去。（頁六六）

早洩、自傷、頹廢、幻情（找不到現實出口的幻設情慾）乃至嫖妓，構成了異度空間（變態心理？）的異質風情。當忠孝東路的張國立面對陌生小妞情不自禁地拿薯條沾咖啡吃時，我們進而發現更多「不寫實」之處：

其一、在精神上，在口吻上，在遣詞措字的能力方面，散見各篇章的妓女（如小薇、阿香）都不像是「妓女」，或者說，這些「歡場知己」對常情俗愛的渴望尤勝於正常女子，也可以說，叙述者的渴望投射，超越了「妓女」的消費性容量。

其二、張國立筆下由「第廿一塊紅磚左邊的銀柱」，構成的「忠孝東路」迥然不同於現實的忠孝東路，或新人類滋長茁壯的「大東區」。

其三、不論在口吻、經驗、情感歷練乃至於對情慾的洞悟自制等方面，那些扮演嫖客的「張國立」怎麼看都不像是「我剛滿廿五歲」，倒像是中年的心靈披著青年的軀殼，只是，對愛情的憧憬則又洋溢著少年的熱情，或者說，七〇年代的情境巧妙嵌入九〇年代的情節。

林燿德也曾在《大東區》（聯合文學第五卷第十一期）中勾勒出「恐怖」、「邪惡」、「殘暴」和「控制」的程式迷宮：

「爲了奪取人類建造的黃金國度——日本國，鬼族的總支配者瑪沙卡德即將復活，讓百姓們生活在恐怖之中。眼看殘暴的瑪沙卡德就要控制坂東的核心——江戶城，凡塵面臨空前危機。」
「於是八百萬衆神從『火の一族』中選出三名勇士，授予聖

玉，命令他們剷除瑪沙卡德以及罪惡的大門教徒。三名勇士結合聖玉的力量，將和瑪沙卡德麾下大門教十三個魔頭以及不計其數的妖靈做殊死戰。」

「那個時代，世界仍然充滿夢和冒險。……『火の一族』是由蟾蜍族、蛇族和蛞蝓族三個部落組成的，守護著日本國；整個故事從筑波山上的蟾蜍仙人和他的弟子自來也展開。」

「國外傳教師布袋丸來自師徒修行的筑波山，他用拙劣的日語警告蟾蜍仙人和自來也。布袋丸：美麗的日本國將被邪惡的魔鬼所支配；他自己的國家已經被魔族所統治，為了雪恨，他追踪魔鬼使徒，遠渡重洋來到日本國，發現魔族已易名『大門教』，對日本國的百姓進行洗腦，暗中施法，準備讓坂東的地靈——瑪沙卡德復活，以取得控制全日本的力量。」

「自來也是蟾蜍族的後裔，在恩師蟾蜍老人的指引下，他將肩負起拯救日本國的使命。他出發到往江戶城的旅程前，蟾蜍仙人告訴他：『火の一族除了蟾蜍之外還有蛇族和蛞蝓族，你必須去尋找另外兩名火の一族的勇士。』布袋丸接著提出疑問：『能集合三名勇士，真令人熱血沸騰，但是火の一族真的能夠消滅瑪沙卡德和大門教派嗎？』蟾蜍仙人沉思半晌，他遲疑地說：『誰知道？但是根據傳說，只要三個勇士找到眾神賞賜給他們的三塊聖玉，結合三勇士與三寶玉，就可以打倒惡靈。』自來也得到指示，開始步上漫長的旅程。」（頁一四四）

這段電玩式的開場白詭異地和小說劇情（械鬥、輪暴、狂舞、飆車）滲透互動，整個「大東區」的青少年次文化氛圍，恍若「火の一族」政事的開展與延伸。物理性的東區迷宮和電腦程式的異度

空間再也不能截然二分，其中經由克藥，到達的「幻美的城市」，又使「東區」這個公共領域，演化爲去空間化的「美麗新世界」。

關於「新世界」的描寫，《幼獅文藝》舉辦的「第一屆幼獅科幻小說獎」（一九九四）的諸篇得獎作品，不約而同提出了晚近流行的「虛擬眞實」（ＶＲ）（註⑧）的觀念。

以張啓疆作品〈老大姊注視你〉爲例，其中有段將「兩種世界」在無形、轉瞬間揉合、替換的示範：

> 不必開機，我可以強烈感覺到：那個「女人」正在我背後幻化成形。
>
> 此時此刻，我（應該）站在聊齋館上方的第四層地下鐵的通道中央，四周一片黑，最近的一盞舊式光控照明懸在前方的五十公尺處，微弱、暈淡，很像聊齋世界「懸崖和蒼天接壑處的一線霹靂」、「遙遠的頸口」。奇怪的是，離開聊齋館後，我爲什麼不搭乘電梯，竟在這縱橫棋錯的迷宮巷道迂迴步行而不自知？就像，聊齋館的地點爲何不選在政商雲集的市中心，懸浮別墅區或新建的倒金字塔大樓頂層？偏偏隱藏在俗稱「廢墟」的舊地鐵車站下方？
>
> 「年輕男子隻身迷途地下鐵，慘遭殺害！」不知何時，我的「知心伴侶又開機了」。
>
> （《幼獅文藝·科幻小說獎專輯》一九九四，三月號）

王建元教授曾在〈台灣當代科幻小說中的都市空間〉一文（註⑨）針對〈老大姊注視你〉提出深刻的解析：

> 〈老大姊注視你〉不單只將一個台灣的機械崩客主題發揮得淋漓盡致，它更進一步以一種戲謔反諷的雙重製碼，通過一

種諷侃大論述的抗衡語言建構，把整個廿一世紀後資本甚至後資訊的消費遊戲，「後」後現代社會那綜錯複雜但繽紛崩離的面貌，巧妙地呈現出來。這故事雖然仍然是一個以「心靈謎案」緝兇為主幹，但骨子裏卻是主角企圖找尋失落自我的旋轉式過程。由於作者對文字把握功力深厚，故能充份和恰當地建構起一個連高壓強權（Coersion）與間接壓制的霸權（Hegemony）都分辨不開的世界。它也就是對主體立場和它者、我與機器、以及現實空間和異度空間之間都不能截然兩分的一個世界。而這小說最成功之處，在於它能將論述推到一個更高層次，把此等貌似對立但又相互連鎖的題材加以複雜化，問題化；然後作者又更進一步，拿出他自己創造的「兩面對望的鏡子」，又再一次把以上這些交錯題材放進在一個旋轉迴環的情節當中，使得一個傳統的二分世界觀無從立足於其中。例如故事中的老大姊在傳統科幻中本來扮演著一個既得利益牽制集團的「上層」人士，但「她們」卻一方面可能是大老闆的偏房，另方面又會是敵對集團的變貌，又甚至會是女鬼的替身。尤其是從都市空間與異度空間這兩者之間的角度看，老大姊雖然像水銀瀉地而無所不在，但基本上卻是一個「地下」組織，專門選擇一些城市的闇黑角落，例如棄置的地鐵站等進行做案謀殺勾當。

（頁二五三、二五四）

七、空間即都市？

從勞資對立、城鄉差距到都市空間的變異與割裂，再到空間的異度化、去空間化，以及，「都市／空間」一分為二也可能二合為一的辯證關係，未來的都市「現象」，有沒有可能變為筆者在〈樓的紀事〉（註⑩）一文中的「預言」：

夜深了，擁有「智慧」的我，卻像是汪洋中的燈塔，無論如何不能成眠。感謝你們，賜給我完整的神經系統：監控的視覺，通訊的聽覺，防盜、空調和吸光蓄電的觸覺，防火的嗅覺，以及，最重要的，語言和思考能力，讓我變成全天候待命，有血有肉的人類伴侶。爲你們守夜。與你們交談。反過來說，真有不少人從一天二十四小時，到經年累月離不開我，宛如我的細胞。你們的工作、娛樂、吃喝、睡眠，全在我體內完成，形同我的循環系統。過去橫向流動的你們，變成逐樓層而居的垂直游牧族。至今苦無定位的我，似乎成爲你們的定點，由單一樓體構成的單點城市。

或許，你們的文明軌跡，悄悄改寫了「城市」的定義。車站、廣場、大廈轉換爲流動影像或數位光點。地理空間被電訊位置取代，網絡系統進占人際關係。至於我，靈魂的我，不再是樓體、地點，而是資訊的網域，超地標、無疆界的大同世界？（頁二九）

是這樣嗎？

附註：

①語見《新世代小說大系・都市卷前言》，希代書版公司，一九八九。

②收進大陸版《知識人的偏執》。

③收進《夜行貨車》，遠景出版社，一九七九。

④收進《七十一年短篇小說選》，爾雅，一九八三，頁一五八、一五九。

⑤一般而言泛指八〇年代以後發表作品的小說作者，不過這只是一種「說法」，而非嚴格的「定義」。

⑥王幼華、朱天文等人作品皆收進《新世代小說大系》。

⑦改寫自王爾德原著《格雷的畫像》。

⑧Virtual Reality，學者Barrie Sherman在《Glimpses of Heaven，Visions of Hell》，一書中指出，ＶＲ遊戲不僅是一個概念，更是科技，且是科技與社會與生活的全新變革造成的「另類眞實」。

⑨收進《當代台灣都市文學論》，時報，一九九五。

⑩收進《幼獅文藝》第四九七期，一九九五，五月號。

特約討論

⊙履彊

　　這篇論文分爲七個章節，就論文的題旨來講——〈當代台灣小說裏的都市現象〉，作者的企圖心不能說不大，但是，我們卻發現這是一個十分張啓疆觀點的論述，雖然他的觀點裏也引用了林燿德、黃凡、陳映眞、王潤華和馬森、劉登瀚等人的觀點，作爲他自己觀點的一個旁證。他所舉的作家，有王禎和、陳映眞、七等生、黃凡、張大春、張國立、林燿德及張啓疆本人，在時間上，可以說涵括了七十年代到九十年代。所以在時間的界面上，頗具代表性。不過有趣的是，在所舉證的作品中，幾乎都是以台北爲背景，依照作者的觀點，以台北作爲台灣都市現象的一個表徵，是不是有它的主觀性？或者是一個巧合？

　　其次，閱讀這篇論文，可以感受到作者有一個企圖：想以都市文學「稀釋」鄉土文學和籠罩當代文學的企圖。不過他所爬梳出的都是都市現象，不斷的翻轉，最後，以空間、都市和一個問號，來作爲解構鄉土的可能性的警訊或預言，這些都很值得我們再做進一步的思考。

　　在論文的第九頁裏面，作者這麼寫：「城鄉之辯的模糊化，終於讓城市書寫走出田園情結和意識型的二元模式，也宣告著『新一代小說作者』視都市爲正文的新都市觀的擅場。新一代的小說作者，大多數生長在都市中，已經沒有農村經驗，也就缺少了與城市

『對立』的鄉村襯景。它們不只是將都市景觀當作小說背景,而且有意識的書寫城市生活的內容、細節,使之成為小說內文不可省略的血肉、肌理。」這是他的原文。作者剛才也講,新一代的小說作者,其實是八十年代以後才發表作品的。不過這只是一種說法,並不是嚴格的定義。我個人認為,生活經驗的確是文學創作不可忽略的源頭,論文中提到有田園情結的鄉土文學作品,這與文學創作者的經驗也有密切的關係。我們不能否認一些鄉土文學中,確實帶有濃厚的意識型態,對政治、社會的抗爭,對功利主義、商業化社會的不滿,甚至有一些是帶有政治目的的。不過,這些作品是不是能夠涵括或代表全部的鄉土文學,恐怕也值得商榷。因此,我們對鄉土文學的定義,不須要過度窄化。

最後我要提出來的是,有些定義必須釐清。所謂「城市」和「鄉村」,在定義不清楚的情況下,指稱「都市現象」或「城市文學」,是不是恰當,很值得商榷。以這篇論文裏所舉的作品,可能命名為「台北都會現象」會比較好一點。

其次,所謂的「民粹意識」,在這裏好像和我們一般所了解的不太一樣,似乎是一種對立、衝突,一種比較激烈的字眼。其實我個人也是生長在鄉下,在城市生活,也從七、八十年代走過來,我覺得小說所呈現的城鄉差距、勞資對立及資本主義、跨國企業對台灣剝削的意識,以小說家的敏銳程度,可能仍無法代表大多數人的遭遇,如陳映真的作品寫得很清楚,但是並不能含括當時所謂的都市現象。所以在有限的切面裏,要做一個概括,可能會有問題。

(羅秀美整理)

同情與批判

——八〇年代小說中的街頭活動

◎周慶華

一

　　台灣八〇年代，不論政治、經濟或社會、文化，都在發生結構
性的變化。當中到底誰在影響誰或誰在受誰影響，已經很難分辨得
清楚。如果有人認為社會和文化的變化（混亂和多元化）預設著政
治和經濟的變化（解嚴和持續景氣），那我們也可以反問政治和經
濟的變化又預設著什麼的變化？可見任何有關的論說，勢必從某一
特定立場出發，選擇性的將某一現象加以化約或抽象，而難以宣稱
該現象跟其他現象的密切關聯①。在這個前提下，個人自然有理由
排除佯裝的「多重視角」而專門設定一個觀察點，以便可以展開所
謂「策略性」的論述②。

　　在這場變化中，特別顯眼的是一些新興社會運動的輪番上演。
這些社會運動表面上都有為改變某一制度（或抵制某一改變）的目
的訴求③，實際上在運動形態、組織動員和具體標的方面卻有相當
的異質性④，而且在稱名上也可以分為政治異議運動、消費者運
動、環保運動、勞工運動、婦女運動、校園民主運動、原住民人權
運動、老兵返鄉運動、反核運動、教師人權運動、農民運動、政治
受刑人人權運動、殘障弱勢團體請願運動及新約教會抗議運動等
等。這些運動的出現，普遍受到眾人的關注；其中以能撰文表達關

懷旨趣的人來說，從官員、民意代表到學者、專家、媒體記者，甚至學生都有。當然，文學家也沒有缺席過；尤其小說這類敘事性的文體創作，更能滿足他們追躡想像社會運動的踪影潛因而展現一己的熱心投入，以至我們可以從這裏看到比較不一樣的關懷方式。

從人意志的一切動作和願望都指向他所認知的價值的角度來看，文學家撰寫小說涉及或處理社會運動，可能跟為容易牟利或為所屬利益團體的理念張目或受改造社會人心的使命促使有關。但這已經無從追溯（即使追溯到了也沒有多大意義），所剩下的大概只有作品中所存這一現象「顯示了什麼意義」可談。而說實在的，相對其他人所能採取的「議論模式」，文學家以小說這種「敘事模式」來安置社會運動，多少都有更可「玩味」的餘地。本文就是基於這個前提而要來一探文學家對社會運動的迴應，究竟提供了什麼信息可以讓人參考或進一步思索。

二

由於社會運動本身的課題在大家的討論中常有爭議，而個人對於觸及這個課題的小說作品所分布的範圍或所跨越的年代不盡熟悉。所以難免要有所「選材取樣」才能進行討論。換句話說，本文並不傾向開放形態或包容性強的論述途徑，反而要在一些內外條件的限制下來一展以發掘「意義」為主的啟示性論述。

這首先要處理的是有關「社會運動」定義的問題。它有性質（包括目的）、範圍（種類）等層面可說⑤，而說的人又有認定或規範上的不同，致使社會運動的定義迄今就有一、二十種之多。有人認為這些定義可能有兩個共同點：㈠社會運動跟「公共目標」有關係：總是想促成某種社會變遷，所以它主要是工具式的行動（但這並不否認它的心理情緒表達功能）。社會運動因此跟集體行動有關係。也就是說，社會運動的目標，常常是透過集體的行動來完

成。㈡社會運動因為要跟其他的抗議、示威、不滿、暴動、革命的現象有所區別，必須有個範圍的界定，所以社會運動的定義常暗示有規模、範圍及重要性的意義。也有人認為除了集體行動、目的和模糊的規模之外，社會運動普遍具有的性質應該還包括㈠獨立的新抗議組織（含暴力組織）的突起、㈡抗議和暴力行動（特別是在聚眾的情形下）的急速增加、㈢社會大眾議論的興起、㈣目標針對社會基本體系及㈤是對社會基本體系變動的一種反應（如對資本國家的財政危機）等等。還有人認為所有的社會運動的定義，不但是關於集體行動的，針對基本體系的，也應該是符合該社會的俗民認知的⑥。在這種情況下，我們想要清楚的認識社會運動，顯然是有困難的。但為了論說的方便，權且從現有被歸入社會運動範疇的運動中抽取某一特質作為認知基礎，還是有它的必要性。至於這個特質的選擇，個人認為毋寧要以「集體性的反抗」（包括反對某一制度或體系的存在及抗議某一制度或體系的不存在）為首要。它不但可以藉為考察繼起的社會運動，還可以據為衡量存在一些較為特殊的形式（如小說）中的社會運動。

其次要處理的是所要討論的具體對象的問題。雖然各種社會運動都具有「集體性的反抗」特質，但它們所發生的場所未必一致；有的可能在校園（如校園民主運動），有的可能在工廠或公司（如部分環保運動、勞工運動），還有的可能以集會方式在各種可用的地點進行（如部分消費者運動、婦女運動、教師人權運動），這些普遍都不及向政府或議會（尤其是中央級的政府或議會）反抗而在街頭上演的運動來得有衝擊性或震撼性。限於個人能力（或說基於個人興趣），無法一一照顧到，只得選擇涉有後面這類在街頭上演的運動的作品來討論。因為這類運動只是整體社會運動的一部分，實在不宜以「社會運動」這個總名給予指稱；但要改稱它為「街頭運動」又嫌不倫不類，只好暫時採用「街頭活動」這一在實質上有點相應的名稱。也就是說，本文所要討論的具體對象，是關於小說作品中的街頭活動。還有

本文所以斷限在八○年代，主要是考慮該年代中小說作品所有的街頭
活動對應著或擬似著外在現實的街頭活動，在取材上很明顯帶有台灣
文學史上「首出而特殊」的標記。但這並不包括所敘寫街頭活動不在
「當下」時空的作品（如宋澤萊的《廢墟台灣》、藍博洲的〈幌馬車
之歌〉、林雙不的〈黃素小編年〉、王湘琦的〈黃石公廟〉等⑦）。
它們也作於八○年代，可能有「影射義」，只是該街頭活動發生的時
間在「未來」或「過去」，不便合在一起同樣看待。

三

　　第一節提到文學家以小說這種「敘事模式」來安置社會運動
（以示對現實中相關的社會運動的迴應）究竟提供了什麼信息可以
讓人參考或進一步思索，是本文所要論述的重點。那麼現在比較迫
切的是對該一現象的爬梳或整理，構成一個有關「小說中的街頭活
動」的概要式文本，以便後面從事「意義」的發掘或設置（賦
予）。

　　如果對照社會學家對社會運動的處理，大家可能會發現文學家
的處理方式有相當高的「模糊性」。如一位社會學家所歸結的社會
運動的「主旨、目標和訴求不是透過所謂模糊的『群眾』或『公
眾』提出來，而是由較清楚的團體（利益團體及壓力團體）以活動
來表達出他們運動的訴求」和「所企求改變的並不涉及整個社會體
制激進改變的『價值取向』問題，而是某個或某些較特定的社會安
排方式、規則、規範、法令，及其他較不那麼『根本性』的社會運
作方式」⑧這兩點可以有效的對應現實中的社會運動，在小說作品
中幾乎可以肯定沒有類似的提示，以至它所指涉的社會運動就不像
社會學研究所指涉的社會運動有比較清晰的輪廓。又如另一位社會
學家所條理的探討社會運動和政治轉化之關係的四個出發點：「社
會運動固然是『悲慘』運動，但更確切的說是受排斥團體運動。運

動的目的在改變這種受排斥者的不利社會關係。受排斥者社會運動
團體的形成，因此是社會運動集體行為最大特色」、「社會運動風
潮的興起，大多時候是因為運動『以外』既得資源的投入。有時候
則因為受排斥團體發展，逐漸『掌握』了較多的資源」、「在權威
體制下，民眾參與被矮化，公民權被細化，所有民眾部門之社會運
動，被視為一種威脅，處於受壓迫的一種地位。社會運動風潮的發
生，主要由於權威體制失去了鎮壓的能力（或意願），不能控制或
阻止民眾部門與政治反對運動的相互動員過程」和「權威體制喪失
鎮壓社會運動風潮能力的最終訊號，是政治轉化開始，政治反對組
織成為新政治體的一部分，有可能成為原來統治集團的替代品。在
這個階段，政治反對組織已有足夠的資源力量，一方面足以製造更
多的政治機會，一方面須要更多的政治機會，對抗權威體制，二者
同時刺激社會運動風潮的興起」⑨，這應該也有助於我們對現實中
的社會運動「來龍去脈」的了解。但在小說作品中也幾乎可以斷定
沒有類似的「引導」，以至它所指涉的社會運動自然就缺少可以深
入探索的入手處。

　　既然這樣，這裏就無法順著社會學家的「思路」來爬梳或整理
出「小說中的街頭活動」文本，而可能要直接就小說作品所顯現的
街頭活動的「實際狀況」略作歸納。換句話說，「小說中的街頭活
動」文本的形構，是屬於傳統的文學批評式的，而不是社會學式
的。話是這麼說，事實上所謂「傳統的文學批評式」也只是個含糊
或籠統的指稱，仍有待論者作一些「依稀彷彿」的表述。因此，底
下所要形構的文本，只能算是一種權宜性的擬議，並不具有什麼客
觀性或絕對性。

　　大體上，個人從街頭活動在小說作品中的呈現方式或表達方式
著手，而先區分出三種情況：第一種是「夾敘夾議」該街頭活動，
如七等生的〈我愛黑眼珠續記〉、朱天心的〈新黨十九日〉、羊恕

的〈路標〉等⑩都是。〈我愛黑眼珠續記〉全文環繞著一個示威遊行事件（類似一九八八年實際發生的五二〇農運）而寫作，其中不斷夾纏對該事件的批判（主要是藉主角李龍弟口道出）；〈新黨十九日〉安排了一大段股票族因政府宣布開徵證所稅引發股市長黑憤而走上街頭抗議（目標物主要是立法院和國民黨中央黨部），閒雜有對該抗議活動的省思（主要是由主角——一位無名婦女——在進行）；〈路標〉有泰半篇幅在寫「台獨運動」（主要活動是拆銅像和貼標語），並藉主角蔡策圭和其妹玉貞、其未婚妻素秋「接力」辯論該運動。

第二種是「敘而不議」該街頭活動，如陳恆嘉的〈一場骯髒的戰爭〉、王湘琦的〈舊恨〉等⑪都是。〈一場骯髒的戰爭〉透過蠅兒阿蒼的「發現」供出一幕垃圾大戰：「晚上十時，市公所有關人員在市公所內待命出發，縣議員市民代表共十多人則在市代會集合待命，清潔隊的車輛、人員及警方人員也分別作『垃圾大進擊』前的任務提示，所有人都感覺得到風雨欲來前的壓力，而面色凝重，警方人員存證錄影機及警棍、電棒也配備妥當，以防萬一。十一時正，警方先頭部隊抵達村口，這時一輛四輪已被拆卸的鐵牛車及轎車，停在路口，阻擋了通往預定垃圾場的通路，鄉長、鄉代會主席坐在車上，揚言『誓死不讓……』，縣警局、大□分局、中土分局的警方約四十多人，一再疏導均無效。大□鄉六名鄉民代表及鄉民近百人，圍在現場，為鄉長壯聲色，場面火爆……」（頁六九～七〇）；〈舊恨〉有一小段經由主角老張轉述的自力救濟：「『戒嚴解除了，外匯存底又攀升了，昨天立法院又打起架來，自力救濟的人潮在街頭與鎮暴警察大打出手……』他低聲唸著。突然他清了一下嗓子，對臥房內大聲說：『今天早晨我親眼看到他們昨天灑在街上的鮮血呢！』他說，『黏黏地，像紅色的漆！』」（頁八二）這都沒有夾雜議論。

　　第三種是「議而不叙」該街頭活動，如朱天心的〈佛滅〉、李潼的〈屏東姑丈〉、王湘琦的〈政治白痴〉等⑫都是。〈佛滅〉偶爾讓主角「他」發發對反對運動的觀感：「他被一個台北東區超級大十字路口的紅燈攔下，懊惱得痛敲擊方向盤一下，簡直無法度過眼下必須等待的兩三分鐘，媽的，反對運動搞到這種地步搞屄」（頁一七三）、「當時的他在認爲國家機器主宰一切的情況下，任何只能讓體制鬆動一點的動作他都覺得是無意義和更使他失去耐性的，但在某種程度內他的確也可以支持，固然環保的抗爭在任何時候任何政權下都必須進行是原因之一，最主要的，那時候曾天眞且負氣的以爲，若人人都仿效馮生騎單車，或可讓他媽的裕隆早日關門，畢竟那是一個典型依附國家機器和資本主義霸權而生的象徵」（頁一七四～一七五）；〈屏東姑丈〉對於農民請願跟警察發生衝突（也取材於五二〇農運）而有這樣的評論：「淑惠照例是彎腰傾身對著電視，還有一段評論：『雙方領導人都要檢討，失控，把訴求主題都失掉了，警察和群眾需要補習，怎麼會這樣亂糟糟的打群架呢』」（頁三二一）、「淑惠換了語氣，涼涼看車外，順便對窗整理頭髮：「不知你們兩個想什麼，一絲絲正義感、開創性和辨別力都沒有，什麼求仁得仁？農民上訪請願，姑丈隨隊觀察，他在農會四十年，沒這資格嗎？很單純的農業問題需要解決，你們爲什麼一定要把它跟『政治利用』、『陰謀煽動』扯在一起，看法完全不對嘛？」（頁三三二）；〈政治白痴〉給要求國會改選的「和平示威」安置了幾段評價性的對白：「『你呢？貴性？幹麼去和鎮暴警察作對？』『唉——也許你不信，三個月前他們還呼我「書獃子」、「政治白痴」。我參加遊行是……是要告訴「他們」——「民主國不該有不必改選的萬年國會！」』……『你不覺得自己太偏激了嗎？不怕思想中毒了……』『思想中毒？我是高等知識份子，我會觀察事實…………』『你太偏激了！何苦呢！醫生不做，

管甚麼國家大事？你太天眞了！到頭來吃虧的是自己……』」（頁
六二～六三）這都沒有敘述相關的活動（按〈屏東姑丈〉中有一段
看似敘述的文字：「剛才淑惠她老爸看了收播新聞，看見姑丈人在
台北，阿姑問說看見無？他跑去雲林跟人家會合，上台北請願，打
起來了，全街只有姑丈打領帶，給人家拖著一路搤，拖進警察局，
說他像水底撈起來的，頭殼流血，問他們有無看到這一段」（頁三
二一），但這顯然只是「輕描淡寫」，並無意要交代該事件的「實
況」，所以暫不算數）。

其次，街頭活動在小說作品中除了有以上三種呈現或表達方式
外，還有兩點「特徵」可供人分辨或認取：第一，在夾敘夾議」那
該街頭活動的整個活動過程、動員狀況和實際場景等，普遍都不在
敘述中，同時議論部分也稍爲偏重，似乎有要蓋過敘述部分的態
勢。第二，街頭活動本身在小說作品中似乎不是「主體」，而是爲
配合小說情節依便設置的（有的甚至只是一個不大起眼或無關緊要
的片段，如〈舊恨〉中所見）。換句話說，小說作品的街頭活動是
爲情節需要而設計，不是反過來情節爲街頭活動而設計。這跟新聞
報導和社會學研究報告都以該街頭活動爲「焦點」，顯然大有不
同。而從這點來看，「敍而不議」那種情況，也只是文學家藉以支
持或印證小說作品的旨意而已，並沒有可以額外看待的獨立性。至
於「議而不敘」那種情況，全在彰顯文學家的主張或立場，那就不
必多說了。

四

依照上面所勾勒出來的文本，可以看出文學家迴應現實中的社
會運動，即不走新聞報導的路線（不如新聞報導企圖呈現事件的
「全貌」），既不走社會學研究報告的路線（不如社會學研究報告
有細密的理論演繹或實證分析），而是走一種沒有固定章法可尋的

「獨特」路線（時而「夾敘夾議」，時而「敘而不議」，時而「議而不敘」）。大概也因為走這樣的路線，文學家因此而擁有了或養成了有別於他人的「關懷模式」。這可以分兩方面來說：

第一，從含有敘述街頭活動的小說作品中，我們會發現在實際街頭活動過程中可能有的「情境」或「變數」而常被新聞報導和社會學研究報告所過濾或忽略，文學家卻設想加以「補足」了。如「一支空啤酒罐從一位矮個子的手中拋出，像單隻首先衝出籠子的灰鴿，撞打在聳高的商業大樓光滑堅硬的大理石壁上，發生一聲亮音，不過馬上被喝止，被警告還不是時候，才沒有引發懷埋的妒憤的糟亂」（〈我愛黑眼珠續記〉，頁一二三」、「當幾個領頭者跑向大建築物前廣場和排成人牆的警衛比手劃腳地交涉時，突然不知從何方向拋出一塊飛石，劃過人們的頭頂，它繼續昇高，然後微微弧降衝向建築物，穿破緊閉的窗玻璃，發出堅清脆散的響亮聲音。然後是一陣謹哄和謾罵交混的轟隆人聲，配合著石頭磚塊，就不停地拋擲起來。後面的人推擠著前面的人而擁向那堵人牆，一場打鬥就這樣輕易地展開了……奇怪的是，原從人群拋向建築物的石塊，紛紛的又從建築物的破洞窗口拋出來，落在人們的身體上」（同上，頁一三三～一三四）、「她和賈太太見了當下也噓起來，此時有人重振旗鼓高喊：『民進黨萬歲！民進黨萬歲！』因為那入雲霄的聲音實在太大了，事後她竟完全想不起到底自己喊了沒有，只回家前發愁要如何處置手裏的小旗子，……最後決定不帶回去，趁橫越馬路時偷偷扔在中山南路的安全島上，很容易便被為了十月慶典而插滿了的國旗旗海掩蓋住了」（〈新黨十九日〉，頁一五五）、「站在外圍一個抱著公事包的年輕男人告訴她今天出動了二十幾組鎮暴部隊、還有迅雷小組和好幾輛噴水車，她覺得不可思議，男人又告訴她到時務必要躲開噴水車，因為那噴出來的水加了化學藥劑，回家叫你癢三天，『就跟五二〇一樣啦』」（同上，頁一六

二～一六三）、「她才發現此刻原來就在常去的速食店幾步之遙處，
一名警察快步倒退中差點撞到她們，生氣的喝道：『還不趕快回去煮
飯，你們這些歐巴桑真不要命。』她應聲掉下眼淚來，發呆的望著遠
遠近近掉了一地的小綠旗」（同上，頁一六七），「他始終沒想過事
情會演變成這般的結局。他親眼看見涂先生被推擠到第一線，旗桿不
自禁地戳到車外的警員身上。這一初始的攻擊穿針引線，跟著一些人
開始在警車上洩憤，大約十分鐘後，支援的警力抵達現場，逮捕了涂
先生及另一人」（〈路標〉，頁一二四）等。不論這跟現實中的街頭
活動是否相應，至少它暗示了街頭活動本身的複雜性和詭譎性，以及
參與者自己所飽含的不安情緒，從而教讀者由此得到「啟蒙」。像這
種極力去探索（想像）隱藏在街頭活動中的某些「實存性」的面相，
而提供讀者一旦要面臨「抉擇時刻」得有借鏡省思的機會，豈不跟其
他以冷峻的論說示人或以抽象的報導啟人所顯現的關懷方式大異其
趣？

　　第二，文學家以各種可能的方式來呈現或表達街頭活動，不只是
純粹為了呈現或表達而已，最終還導向對整體街頭活動「前途堪慮」
的悲觀式寓言。這也可以分兩方面來說：首先，文學家對於街頭活動
成員難免要被「逼上梁山」或被「誘上梁山」有著一分同情（不
忍），而儘可能的給予著墨，如「他看見戒備的警方在某些路段設置
的障礙防線和他們的防身戒護裝束。他想這種圍堵措施恐怕會失效而
釀成大災禍，因為這種明顯排陣勢的準備本身就是認定對方為敵的心
理顯露，將成為激怒對方的誘鉤，只有逼迫對方走向衝突的途徑而別
無選擇」（〈我愛黑眼珠續記〉，頁一二四），「一名頭上綁白布的
男人插嘴：『有啦，他有幫我們講話啦，前天晚上他在大同國小有說
喔，當初滿清就是把四川鐵路收回國有才引起革命，今天股市風暴搞
不好會叫國民黨提早下台，換我們民進黨做。』先前的男子衝他：
『將來你們姚嘉文當總統許榮淑當財政部長就不用徵稅啦！？到時候

還不是一樣，他要用錢不跟我們老百姓拿跟誰拿？』亂糟糟的叫她也想不出任何話來，但每個人這時都舉起旗子搖得好熱烈起勁，剎那間舉目所及整個都是綠色的旗海」（〈新黨十九日〉，頁一六五），「我罵那些散發『中央民意代表全面改選』、『打倒萬年國會』傳單的同學，說──不要傳播謠言，我們不是三年投一次票嗎？怎麼還沒選呢？』『他們聽了幾乎捧腹大笑起來，「白痴！」他們說，「政治白痴！」』……『很不幸的。那些偏激的傢伙說的是事實。我開始心不在焉起來……唸書時會想這個問題，走路會想，吃飯會想，坐馬桶會想，和女朋友約會會想……甚至……手淫都不能專心！我站在浴室中，對著鏡子大喊：「這是極端荒謬的事，極－端－荒－謬！」我大聲說……』他愈說愈激動，眼淚鼻涕流了滿臉。『所以──為了道德的良知，國家的國格，我也跟著散發傳單，也參加遊行……』」（〈政治白痴〉，頁六二～六三）等等，無不顯示參與街頭活動的人有相當程度的「不由自主」而值得憐憫。其次，文學家對於街頭活動含有「可變性」（隨時有意外的變數加入或自我內部發生質變）和「難以善後」更有著一分批判，如〈路標〉中的蔡策圭發現自己也即將淪為台獨運動的「犧牲品」時知道懸崖勒馬，〈政治白痴〉中的楊國安當他意外獲知自己老爸補上國代後原先抗議「萬年國會」的決心動搖到換成渴望酒和女人，〈屏東姑丈〉中的潘阿舍因參加五二〇農運被監禁卻引不起兩個各自熱衷於自己事業的兒子的「同仇敵愾」，〈佛滅〉中的「他」每每以一句「我支持一切的反對運動」贏得聽講者如雷掌聲而獲取有如性交射精般的快感等等，豈不是在預告走上街頭去進行反抗終非「久長之計」或「無甚裨益」嗎？這不啻給了仍迷信或迷失於街頭運動的人一記「當頭棒喝」⑬！從「同情」到「批判」一路看下來，實在很難讓人感受到文學家對街頭活動會像一些新聞從業者或社會學家那樣的「樂觀」期待它將聚起民間的力量「推動著時代的列車前行」⑭或將成為「發現社會問題的指南，及解決社

會問題的契機」⑮。因此,相對於他人的關懷方式,文學家的關懷方式確是特別了一點。

五

八〇年代已經過去,現實中的街頭活動至今還未退卻。不論文學家們是否仍有興趣繼續關照並取為寫作題材⑯,都不得不承認當時所留下的這段經驗,在台灣的文學史上有它的新鮮處。而如果我們把它放到整個社會情境中來看,又當會發現文學家的入世情懷和應世策略都顯得獨樹一幟。它可對照出別種入世情懷和應世策略可能存在的「問題」和「盲點」(同樣的,別種入世情懷和應世策略也可對照出此種入世情懷和應世策略可能存在的「問題」和「盲點」),而引人深思不已。

為了印證此處所說的不假,還可以舉出一個實例來。當年所發生的五二〇農運事件,引發社會各界譴責、同情、恐慌……等等混合成的一陣大風暴,凡是有「社會良知」的人都免不了要以行動或撰文來表示自己關心該事件的「不落人後」。其中有一段評論是這麼說的:「一九八七年的五二〇運動,原本是一場單純的農民街頭示威,卻在國安局最高決策的一手大製作,由廖兆祥大導演的號令下,果真演出『英勇』憲警濫打濫捕的街頭流血慘劇,緊接著編製上演的『石頭公案』,以及連台的荒謬劇——無數屈打成招的『暴民』,是非不清的檢察官,草率判案的推事們……這一連串上演的重要角色,都將留名台灣歷史舞台。這一齣以農民運動開場,演變成血腥鎮壓,又藉機羅織罪名,拘捕農運領袖,媒體大肆抹黑,最後並利用司法達成政治迫害的大戲,震驚了台灣各界,使『五二〇』成為一個深具多重象徵意義的本土符號,由於五二〇事件涉及的問題,除了農業沈疴之外,也暴露了公權力濫用、司法不公、軍警教育偏差,乃至整個台灣社會體制的重建等問題。這種種問題,

迫使更多的知識分子挺身而出，參與五二〇的相關行動，一年來，五二〇便陸續發展出更多的意涵和影響層面」⑰。這樣高度概括且「一面倒」的關懷模式，豈不顯示當中含有「不願說」或「不便說」及「不知說」的成分？相對於文學家所發出的同情和批判（如七等生的〈我愛黑眼珠續紀〉），這類說法如何能不現出它的「問題」和「盲點」？

當然，如果我們把其他的關懷模式拿來比對，立刻也會發現文學家的關懷模式仍是偏向的（有許多層面他都沒有觸及或不知觸及）。這就顯出彼此的存在同樣必要，讓它們「相互否定」或「相互排斥」總是不智。但由於文學家所呈現的這一面頗有「臨場感」，能帶給人不一樣的心靈上的衝擊和智識上的啓迪（有些小說作品只見「議而不敘」該街頭活動，似乎跟非小說作品談論該街頭活動沒有兩樣。但我們得知道小說作品中所「議」的街頭活動，也只是整體敘事的一部分，畢竟不同於純粹的論說），好像更少不得而可以期待它「普遍化」（也就是能有更多類似的作品），以便「彌補」已有的爲數衆多的新聞報導和社會學研究報告所不及的一段「空白」。

討論到這裏，彷彿已是盡頭了。其實不然，大家一定還會看出當中仍有一些問題被個人有意無意的略去了。如文學家所「敘議」的街頭活動可信度如何？文學家們彼此以不同手法處理街頭活動是出於偶然還是有意要「互別苗頭」（以博讀者靑睞）？這類作品實際的效應又怎樣（而不只是像本文這樣的「理測」）？以及這類作品將來如果仍有生存空間到底要怎麼寫才能「更上層樓」？這些問題不可說不重要，但在本文中都沒有挪出篇幅加以討論。這是因爲受限於題旨和個人能力，實在不便也無法將它們納進來一併探個究竟，只好留待他日再去審視。

附註:

①這涉及一個根本性的「解釋上的困難」問題。所謂解釋,是指在某一特定的假設情況下,經驗的發現是否可以從普遍命題中演繹出來的一種過程。但所有可用來解釋上述現象的普遍命題都是屬於心理學上的;因為這些命題都是有關人類行為,而非該現象或該現象結構。參見荷曼斯(George C. Homans),《社會科學的本質》(楊念祖譯,台北,桂冠,一九八七年三月),頁六一～八三。

②論述(言說)的一個基本特徵,就是從屬於權力意志。因此,個人也毋須諱言底下的論述,在相當程度上有期望它能成為「支配性」的論述,以至整個論述過程就是該期望的策略運作。有關論述從屬於權力意志的問題,參見麥克唐納(Diane Macdonell),《言說的理論》(陳墇津譯,台北,遠流,一九九〇年十二月),頁一三一～一五四。

③參見蕭新煌,〈台灣新興社會運動的分析架構〉;周碧娥、姜蘭虹,〈現階段台灣婦女運動的經驗〉,同收於徐正光、宋文里合編,《台灣新興社會運動》(台北,巨流,一九九四年七月),頁二四、九二。

④參見張茂桂,《社會運動與政治轉化》(台北,業強,一九九四年十二月),頁一一～一三。

⑤參見布勞(Peter M. Blau),《社會生活中的交換與權力》(孫非、張黎勤譯,北京,華夏,一九八八年一月),頁二五八～二九一;史美舍(Neil J. Smelser),《社會學》(陳光中、秦文力、周愫嫻譯,台北,桂冠,一九九一年七月),頁六二四～六二七。

⑥詳見注④所引張茂桂書,頁一四～一八引述。

⑦宋書出版於一九八五年(最新版有台北,草根出版事業有限公司於一九九五年一月所印),藍文發表於一九八八年九月、十月《人間雜誌》第三十五、三十六期,林文發表於一九八三年七月十六日《自立晚報》本土副刊,王文發表於一九八九年八月《聯合文學》第五十八期。

⑧見注③所引蕭新煌文,頁二六。

⑨見注④所引張茂桂書，頁四〇～四二。

⑩七等生文發表於一九八八年八月一～二日《中國時報》人間副刊，收於詹宏志編，《七十七年短篇小說選》（台北，爾雅，一九九〇年四月），頁一一五～一四五；朱文發表於一九八九年一月二十二～二十六日《自立早報》大地副刊，收於朱天心，《我記得…》（台北，遠流，一九九二年十二月），頁一三七～一七二；羊恕文獲一九八九年海軍第十九屆金錨獎，收於羊恕，《太平市場大事記》（台北，遠流，一九九〇年十月），頁一〇三～一三五。

⑪陳文發表於一九八三年一月十一～十三日《台灣時報》副刊，收於鄭清文、李喬主編，《台灣當代小說精選（一九四五～一九八八）③》（台北，新地，一九九五年一月），頁五一～七二；王文發表於一九八九年《小說族》第十期，收於王湘琦，《沒卵頭家》（台北，聯合文學，一九九三年十二月），頁八一～九一。

⑫朱文發表於一九八九年六月二十九日～七月三日《中國時報》人間副刊，收於注⑩所引朱天心書，頁一七三～二〇一；李文發表於一九八八年十月十八～二十日《中國時報》人間副刊，收於注⑩所引詹宏志編書，頁三一七～三四三。

⑬也許這正應了一位社會學家的說法：「階級利益」才是社會運動的關鍵，一味贊同社會運動或鼓勵社會運動，都不免於盲目。參見趙剛，〈五二〇事件：社會學的剖析〉，收於注③所引徐正光、宋文里合編書，附錄，頁二一一～二二三。

⑭見楊渡，《民間的力量——台灣社會的現代啟示錄》（台北，遠流，一九九〇年五月），頁一八。

⑮見楊國樞〈「台灣新興社會運動研討會」總結報告〉，收於注③所引徐正光、宋文里合編書，頁三二五。

⑯這類作品大多跟政治有關，而常被論者歸爲「政治文學」。進入九〇年代，政治文學已經不流行，原因到底是什麼，論者有不同的推斷：有人認爲那是

文學家「逃避現實」進入「後現代的叙述模式」裏的結果；有人認爲那是文學家由於「實踐的迷失」、「藝術的侷限」所導致，以及外在「市場的萎縮」相對的制約。分見呂正惠，《戰後台灣文學經驗》（台北，新地，一九九二年十二月），頁七五～九三；林耀德，〈小說迷宮中的政治迴路——「八○年代台灣政治小說」的內涵與相關課題〉，收於鄭明娳主編，《當代台灣政治文學論》（台北，時報，一九九四年七月），頁一八○～一八四。然而，更有可能是題材本身的「爛熟」，文學家變不出什麼「新花樣」，索性就不寫了。

⑰見黃美英，〈展開符號與儀式的抗爭運動——瓦解權力的象徵〉，原發表於一九八九年七月四日《首都早報》文化版，收於黃美英，《文化的抗爭與儀式》台北，前衛，一九九五年四月），頁一三八～一三九。

特約討論

⊙楊照

　　這篇論文大概可以分成兩個部分，第一個部分，周先生提到他的論文題目改了三次。我想在論文的前半段，他花了很大的力氣，來解釋或自圓其說，爲什麼從「社會運動」又變成「街頭運動」，再變成「街頭活動」，很顯然，周先生希望讓人家知道他這篇論文當中有限的範圍在那裏，不要把他看做一個全面性的討論八十年代台灣小說的一篇文章，也不要認爲它是一篇討論社會運動或街頭活動的論文。這是我所理解的第一部分的內容。第二部分，周先生大概用了七篇小說，來概括八十年代台灣小說中的街頭活動。在這七篇小說當中，再抽取出裏面的重要部分，加以歸類，包括「夾議夾敘」、「敘而不議」、「議而不敘」等三種不同的敘事型態，和同情與批判的兩種態度。希望我對這篇論文的理解沒有太大的誤差。

　　基於我自己對這篇論文的理解，在此提出一些小小的意見，給周先生作爲參考，同時作爲大家討論的起點。第一點，爲什麼要把論文限在八十年代？如果把台灣的社會運動史攤開來看，會很清楚的發現，台灣街頭運動的興起是在解嚴之後；所以，解嚴前和解嚴後的街頭運動是非常不一樣的。台灣街頭運動最熱門的時候，大概是八九、九十年，等到包括社運界、新聞界和文學界開始反省社會街頭運動的時候，顯然不是八十年代的事情了，所以，用八十年代來斷代台灣文學或小說和街頭運動的關係，是有商榷餘地的。例如

陳恆嘉的這篇作品，事實上是一九八三年發表的，這是在解嚴前的作品，和其它六篇作品的性質非常不一樣。

另外，如果我們把視野稍微放寬一點，不要拘限在八十年代的話，我們會發現周先生漏掉了很多也描寫到街頭運動，而且對街頭運動的反省或對街頭運動的描述，有更多元性或更有意義的作品和作家。例如正坐在我身邊的履彊先生就有一篇小說，還有，張大春的《大說謊家》裏面相當多的篇幅，和當時的街頭運動是結合在一起的，他的三本小說集裏面，也有非常多篇寫到街頭運動。另外。雪眸的〈悲劇台灣〉、何文振、邱亞才、苦苓、黃娟，還有和王湘琦風格很類似的另一種黑色幽默作家林宜澐，他們的作品裏頭有很多有關街頭運動的部份，可是在周先生的論文裏面都缺席了。

如果我們硬要用一九八〇年做爲一個斷代的話，那我們必須處理的是解嚴前的運動，因爲解嚴後運動的眞正反省是在九十年代才出現的。那麼如果要講八十年代，就不能忽略掉宋澤萊，他七十年代末期到八十年代早期的作品〈打牛湳村〉，還有〈鄉選時的兩個小角色〉，都是很重要的作品，有很多味道和陳恆嘉很相似，也應該被列入考慮。另外，陳映眞先生有一部代表作〈雲〉，大概是台灣幾年前寫社會抗爭的經典作，是描寫女工抗爭的故事。

另外一個意見，周先生在論文裏面提到小說家對於社會的街頭運動，比較悲觀，不像新聞界或其它寫街頭運動的人那樣的樂觀。就我的理解，這是一個假的比較。因爲，我們沒有在周先生的論文裏看到，新聞界或其他人是怎麼樣樂觀，我相信社會運動界本身從來沒有純粹的樂觀，新聞界更是沒有純粹的樂觀。所以，要說文學界比其它各界來得悲觀，這一點不是我能夠完全接受的。

最後想向周先生請教的是，文學研究的方法論的問題。我想到一篇非常重要的文章，它改變過美國以及西方人類學的大的走向，叫做〈Rethinking Anthropology〉。在這篇文章中，作者提出一

個方法論的大批判,對於過去的人類學,他用了一個詞語,叫做「 butterfly collecting 」,像搜集蝴蝶般的研究方式,這是什麼意思呢?我們知道有一種昆蟲叫做「蝴蝶」,就像我們知道有一個領域的作品,叫做「台灣小說」。要如何去研究台灣小說呢?「 butterfly collecting 」主張要像搜集蝴蝶般,以蝴蝶的顏色來歸類,所以研究台灣文學的時候,其中有街頭運動的,就把它統統歸為一類,然後再一塊一塊的拿起來做研究。但是這種研究方式,最大的問題,在於文學、文化不是「 butterfly 」,它不是蝴蝶,不能夠一個一個的研究。把所有提到街頭運動的小說抽離出來,但這也抽離了這個作者與其他作品的關係,抽離了街頭運動或整個主題在台灣文學內部的一個有機的聯繫。我們可以懷疑或者進一步討論的是,如果繼續用這樣的方式研究,到底要讓閱讀論文的人得到什麼樣的新知識?只是要讓他們知道那幾篇小說中有提到街頭活動嗎?或者說,還可以有更大的企圖,用更完整的不要切割的方式,來研究台灣文學?(**羅秀美記錄整理**)

命與罪

六十年代台灣小説中的宗教意識

◉李豐楙

　　戰後五十年來，整個台灣在歷經急遽的社會變遷中，政治、經濟等已發生劇烈的變化，而人們在思想、宗教信仰等精神生活上也隨之生變。類此變革也大多反映在不同階段的小説中，其中有關宗教意識表現得較爲深刻生動的，應是六十年代的現代小説，作者大多是在戰前出生而在戰後完成其文學教育的。這一世代都親身經歷二次大戰前後的戰爭年代，無論是在台灣本土成長、抑是從大陸隨著國民政府撤退來台的，都親眼看見那種動亂中的人及所表現出來的人性。那是從農業社會轉型爲工商社會的過渡階段，不同階層的人都表現出精神生活中對於宗教信仰的一種心態。由於戰後、撤退後的時代情境，使得當代人對於生活的鉅變、生命的困頓等，都產生較爲深沈且深刻的感受，特別是中下層社會的芸芸衆生，對於命運、罪罰之類的宗教意識，多具體表現於信仰行爲中，這是六十年代小説中較具特色的成就。它多少已引起當代文評家的關注，以今觀之：台灣在進入開發中國家之後，將這些文本置於那一世代的歷史文化脈絡中解讀，就更可發現一些時代變遷中精神生活的面貌，「命與罪」正是其中較爲重要的宗教性主題，也是一個值得今人深入分析的文學課題。

一、變亂與失序：六十年代台灣社會的面相

　　在當代台灣文學史上，小説這一文類對於社會的反映與批判，

較諸其他諸如散文、詩歌等，確是顯得較爲直截而有力。由於大戰前後所面臨的國際局勢的急遽變化，台灣已不再能長保太平洋上「福爾摩莎」的原貌，而成爲國際強權輪替下的一個「亞細亞孤兒」：日本帝國崩潰退出後，台灣的土地和人民在短短數年間內，經歷了對「光復」的希望與失望、陳儀政府所引發的二二八事件、國民政府挫敗後所實施的統治政策……，一系列的歷史變革所形成的形格勢禁的時局，使戰後成長的世代深深感受到嚴峻時代中的嚴肅問題。在台灣出生成長的如陳映眞、王禎和、黃春明及王拓等，固然是親身證驗了那個苦難年代的苦難和悲哀；就是白先勇、王文興等也在戰敗後的挫敗情緒中，較深刻地觀察同一歷史命運的人和人性。他們在完成了較完整的藝文敎育後，有能力分別採用不同的筆調記錄了那個年代，多少作了那時代的見證者、代言人，也多少成爲那個冷肅年代的社會良心。

由於國人所形成的宗敎信仰環境的緣故，作家如何透過文學作品中以宗敎意識來表現人性？如何在洞燭人性之後表現出宗敎道德性的批判？較諸歐美一些成功的小說家及其傑作，台灣當代小說家確實顯得較不自覺、較無意對此作強烈的表達。除了陳映眞本人緣於牧師家庭而有較爲濃厚的宗敎氣氛外，其他的就如同大多數的國人一樣，是在一種泛宗敎信仰的習俗中自然而然地表現其宗敎心態。一般言之，宗敎的組織型態有如楊慶堃敎授所區分的，凡有組織性與擴散性（普化性）兩種不同的性質。（註①）基本上陳映眞在他成長的過程中所信仰的基督敎，就是一種具有明確敎義、制度及宗敎生活的組織性宗敎，它曾以相當深刻的宗敎精神深入其青少年生活中，並影響及爾後他進入社會後所抱持的人生觀、社會觀及宇宙觀。所以在他的小說中常有意地表現出一個基督敎徒眼中的中國人與中國社會，相對於同一世代的小說家，這是一種較深刻的宗敎態度。（註②）

　　大多數的小說家縱使是出身於熟讀西洋小說的文學環境中，他們在作品中所表現的宗教心態仍是較爲普化性的，也就是較廣泛地接納中國傳統的宗教，一種長久流傳於庶民中的「宗教意識」，而並非嚴格教義下的宗教思想。白先勇所出身的白氏家族是在較濃厚的回教氣氛中，其宗教生活中自是保有一些回教教義中的基本信念，不過由於它已經歷了與中間社會的長久融合，他們所相與接觸的仍是一般的中國人，是在一種泛宗教意識下不自覺地表達出來的。這一情況特別是在王禎和、黃春明及王拓等的作品中，由於那個和作家相與互動的台灣社會，其中活動的大多屬於社會底層的小人物，因而在面對人生中的某些特殊的困境時，所用以因應的也是一種較模糊卻又普遍存在的宗教心態：諸如天命、命運、功過及罪罰之類。類此國人所共通認同的宗教精神，其實已成爲一種民族文化心理，平常固然只是隱性地存在，但是一旦面臨生命中的困頓情境時，就會從隱而顯地成爲一種顯性的宗教心理，因此可將它稱爲一種「宗教意識」。

　　台灣六十年代的社會環境，對於國人、對於作家而言都是一個苦難而艱辛的時代，也正是「宗教意識」隱然存在的時代情境。在這年代中每個人多少背負著共同的歷史負荷，那些不可承受之罪之命：戰爭與殺戮、饑荒與貪婪、放蕩與淫穢……，這些人性中較爲負面的陰暗面，是變動而混亂的時代中的眞實，有許多人反覆地面對它並不得不承受。諸如戰爭中骯髒與神聖混合的殺戮任務，在白先勇筆下〈梁父吟〉中的王孟養就是「打了一輩子的仗，殺孽重」的將軍；而陳映眞在〈文書〉中所寫的「精神異常」的安某，也是「歷經戰事」的殺戮者。他們能活著是因爲殺了那些不讓他們活著的，但是不管何種理由的殺，都是觸犯了宗教的好生之德、都是冥律中的一種殺的罪孽。戰爭、殺戮與死亡是那個時代的人所共同面對的，作家對於戰爭中的人性要如何加以反映與批判？宗教意識又

啓發他們思索了那些問題？

在那貧瘠而匱乏的年代中，嚴重的物質壓力常將人逼迫得頻臨於絕境，「如何活著」就成爲一種生物式的本能，甚至因而需要犧牲他人的生命或生存，這種人性的扭曲既是本能的存在，卻也是道德上的惡、宗教上的罪。陳映眞就在〈鄉村的教師〉寫婆羅洲時的吳錦發，因爲「沒東西，就吃人肉」；連睡覺都不敢，怕睡了就被殺了，這是人殺人、人吃人的戰爭年代，所以饑餓至極也將激發人類所潛藏的凶狠的本性。而在王禎和所寫的名篇〈嫁妝一牛車〉中，萬發無奈地接受妻子與姓簡的共，但無論如何總是在饑饉、匱乏至極的情況下的大遺憾，經由生命中一再的挫折後，他的道德感也摧折殆盡，才不得不「無聲」地面對生命中的難堪。如何活下去？不管是在戰爭中或在戰後都發生過，「苟活」的生存方式是否會面臨宗教、道德的反省？小說家之所以會選擇這些時代中的非常性題材，其實正是要借此來嚴肅地思考一些人生在困境時的反應：到底是道德高於一切？抑是生存的本身才是人尊嚴的存在事實？

戰後的台灣社會中，芸芸衆生所面對的生存之苦，特別具體地反映在社會底層，諸如貧農、勞動者或是眷村中的逃難者。在鄉土文學的代表性作家中，之所以會共同描述當時他們所認識的浮世衆生相，而不避忌觸犯了當政者的大不諱，乃是因爲戰後社會的經濟蕭條、社會失序，剛好也是作家成長期所親歷的。根據心理學家的研究：一個人在青少年成長時期的人生經驗，常成爲其後一生的創作泉源，而且也是作品中較爲深刻生動的一部分。王禎和在民國五十三年到六十三年十年間所發表的，就是一批讓人印象深刻的台灣婦女群相：諸如來春姨、阿緞等，都是在現實生活中倍感無奈的一群；而黃春明在同一期間則比較喜愛透過一群老人加以表現：如青番公、憨欽仔、甘庚伯、阿盛伯，這些鄉土、草根性十足的名字符號下所隱喻的小人物階層，也正是台灣農村中鄉土文化的最後守衛

者。在面對工商經濟的上昇、轉型期，黃春明一代所見到伯叔輩，由於都親歷過台灣光復後所推行的土改政策，也曾擁有過一些真正屬於自家的土地，原本農業社會的鐵律是有土斯有財，但在轉型時期人力資源所發生的轉移現象卻已逐漸浮現：青少年人口往都市集中而老人則固守田地、或是都市人對於鄰近農村的土地產生了不同的使用觀念，凡此都一再衝激著代表傳統觀念的老伯一輩人。到底在社會的變遷中，農村的土地和人要如何因應新時代的變局？六十年代出現的小說剛好反映了這一階段的經濟、及經濟變革中人與人間的人際、人性關係。（註③）

鄉土作家的筆下所記錄的老婦、老伯，所象徵的是一個即將消逝的農業台灣，就如黃春明所揭題的「甘庚伯的黃昏」，那是農業、農村的黃昏。在台灣戰後所經歷的不同階段中，老人的形象所象徵的社會、道德正是一個傳統信仰猶存的時代，不過其中所反映的宿命觀、罪罰觀，卻也同樣出現在白先勇的作品中，他也擅於處理一批老人、或年華漸將老去的女人：不管是將軍、教授；將軍夫人、交際花，抑是老兵或眷村中的婦人，都是在時代的快速變革中，象徵了一個沒落的年代即將結束；陳映真則從另一個角度也曾饒有興趣地關懷過這些經歷流離命運的一代。這些人物所共同的感慨其實不只是家族的沒落，而是國家民族挫敗後所帶來的無力、無奈感，在時代的陰影中相濡以沫地苟活下來，這也正是宗教意識較為有力的激盪滋生的生存情境。

從六十年代小說家及其作品中，讓人驚訝地發現：他們處理得較成功的多是一批老人，以青年的生命卻早熟地契入男女老者的心境中，從而描摹了那個即將消逝的年代特質：苦難而仍要活著的無奈，無疑的它相當深刻而準確地反映了鉅變時代的人和人性。由於受逼於歷史那不可掌控的鉅力，這世代的老人無論其出身的階級身分如何，都比較會傾向採取一種宗教意識來解說其人生，並用以解

脫其人生困境。這是因爲在小說家的敏銳觀察中，發現老人所象徵的那個變革的時代，其中所隱藏著的是時代共同的痛苦記憶，也是民族共同的文化心理，足以表現出民衆的集體焦慮，一種「變」中存在秩序的崩潰與重建，而這也正是中國人宗敎意識中所特別著重的命與罪諸問題。

二、隨順與抗衡：台灣社會中小人物的命運觀

　　六十年代現代小說中所表現的命數觀，是普遍存在於當時社會各階層中的一種宗敎意識，這一點在歐陽子解說白先勇的小說世界時旣已明確的闡明：「他是個相當消極的宿命論者」。（註④）類似的看法不只是白先勇有之，其他的小說家也在不同的作品中巧妙運用了個人所觀察體會的命數觀，除了用以塑造小說人物的性格，更且以此進一步推動了情節發展，預示了整個故事的結局。這一種命數主題的表現所具有的意義，與其說是類似白先勇等作家「對人類命數的看法」，還不如說是當時小說世界中諸般人物眞實的生存處境，緣於當時對於生命的不可掌握，使傳統宿命式的天意決定論成爲冥冥中具有主宰性的大意志。宗敎、哲學式的命數觀在常民生活中的表現，經由小說藝術的處理後，常形象化爲小說中較具體的動作，有力地引帶著人物朝向「結局」發展，它旣是事件因果關係的結局，同時也是生命時間前後關係中戲劇性的結局。在文學世界所表現的宗敎意識中，「命運」是一個永恆探索的神秘的人生課題，同時也是小說家習常表現得較深刻的一個文學主題。

　　在現實生活中對於命數所抱持的態度，常是國人處於生命猶疑難決時的一種心理反映，小說家大多擅於把握這一遲疑的人性弱點，充分運用於小說的關鍵事件中。像白先勇在〈遊園驚夢〉中，爲了表明錢夫人作爲崑曲界中出名坤角的歸宿時，就特別安排了得月臺瞎子師娘這一智慧老人的原型人物，從她的鐵嘴中預示了一生

的情緣：就是命定要「嫁給年紀大的」、「榮華富貴你是享定了」；但「可惜你長錯了一根骨頭，也是你前世的冤孽」。所以藍田玉那一段與錢鵬志、錢將軍參謀的曖昧關係，一旦在她半酣清唱「遊園驚夢」時，就一再不受壓抑地浮現於情挑的孽緣幻覺中，「命中的冤孽」、「冤孽」不絕地斷續出現，既是用以呼應了瞎子師娘的預言，也是著力地寫出她命中不可避免的孽緣的兑現。類此經由智慧者所預示的，顯示了一種命運之超越於意志的決定性力量，它對於唱戲的呻伶是如此嚴峻、不可轉移，因而等而下之敍述在五月花中的娟娟，就更是只能按照命中註定的走盡其生命的歷程。

白先勇處理〈孤戀花〉中的娟娟，筆調就如同女主角的命運一樣，淒厲而冷。五寶和娟娟的同一悲劇都是命定的，不管是薄命相：三角臉、短下巴、高高的顴骨、眼塘子微微下坑；抑是生辰八字都給批爲「犯了大凶」，是命底的凶險。所以娟娟命中的一再受苦遭難：爸爸的強暴、酒家中的惡客及魔頭柯老雄，都共同扮演將她逐漸推向瘋狂的生命最後的結局。白先勇大體遵照中國相法及命法的法則，從一開始就預示了娟娟的一生命運，因此故事情節的發展只是論證這個命定的前提而已。不過藍田玉、尹雪艷；五寶、娟娟等一干風月場中的女性，她們所不能超越的命運，卻都是由一干的男性所造成的：錢將軍和參謀、華三和柯老雄、尤其是縱慾亂倫的父親，都成爲命運的劊子手。她們的認命是由於無法掙脫男性的橫暴，所以命運對於女性弱勢者的感受而言，也顯示出男性中心社會中的冷酷而威權的男性形象，常與命運之不可抗拒具有聯想關係。

對於命運的屈從是否意味即是弱者？抑只是認命的人？弱者是在認命之後就沒有反抗意志；抑或可從行善的功德上即有機會減輕命運的威脅；而在小説世界中有些則是在逐漸體會命運之不可違之

後，再來逆轉生命的本身，因而表現出生命中另一種駕御或順從而利用的態度。王禎和在〈三春記〉中所塑造的阿嬌，整篇就完全將情節發展安置在命定的敍述框架裏，相士的出現仍是一貫的智慧者形象，乃是代不可知的命運之神傳下預言：果然她命中的三個男人——如言登場以兌現命運：第一個阿源是破相：耳露骨、鼻露孔、嘴露牙，三露四露死於道路；第二個高瘦子則是三寒四寒（骨寒、眉寒、顴寒），榮華保難；不過王禎和式的嘲諷，則主要是爲了安排第三個區先生登場：「額高禿、財大發、不做也有吃」，卻反而成爲阿嬌有恃無恐的掌控對象，因爲這是命中註定的最後一個，阿嬌本人也並非完全有意的，而只是隨順著命運的安排試圖擁有生命中的最後依靠。類似的平凡女子的一生，其生命（命運）的軌跡也就是小說情節發展的主線，都是作家深有體會於常民的命運觀後，乃能將它得心應手地運用於小說中而成爲其情節發展的內在結構。

　　命運是否就能完全構成人一生中的決定力量？王禎和也曾嘗試加以嘲諷式的處理，對命運開個無傷大雅的玩笑，在〈寂寞紅〉中世昌（一個嘲諷意味的命名法）就在離開親娘來春姨（女人），想自立門戶地蓋一間大鐵店時，找了算命攤子的吳通天要「先知」一下未來的命。結果被斷出：相貌氣色本有一番事業的，可惜犯了六沖，娶上敗家妻；解決的辦法則是休妻再娶、要不就找個妾小（另一女人），否則一生就沒得福享。小說至此情節的發展就逆轉爲背叛對妻罔市的忠貞，而勾搭上烟花女子阿彩。他對於髮妻的不忠後所獲得的，相當嘲諷的是並沒有眞的獲得妾小，反而只成爲阿彩所接客中的一個。類此露水式的姻緣也算應了命中合該有妾小的桃花運，因此不能說吳「先知」算得不準，不過卻只是一場沒有結局而又花錢受氣的桃花劫而已，「命運」至此仍是高高在上地俯視著可憐的芸芸眾生。在國人的算命邏輯中，「應驗」與否有時常會出現吊詭的答案，造成既是又非的詭譎情境，因此反而具有嘲弄人生的

況味。

在西洋文學中命運的主題，從史詩時代開始就成為作家表現才華的試金石，在意志與命運的抗衡中常會形成戲劇性的張力。台灣的現代文學家有不少即出身於西洋文學系的，他們又如何在中國傳統中作適當的處理，其實也相當程度地考驗了東方作家的創作能耐。由於當時台灣的時局與世情，作家並未多處理一些英雄式的悲劇人物，只能就一些現世中的挫敗者的角色加以表現，因此悲哀、無奈感也就多於悲劇性。陳映真的〈死者〉一篇就以王發伯這個平常角色嘗試寫出命運的冷酷無情，他為了出生莊頭的通奸背德傳統而憤然離鄉，卻又在臨死前受逼於現實生活的形勢，不得不返回到故鄉：這是因為命運殘酷地對待：喪盡二子而老來孤獨、返鄉後又怕媳婦犯奸背德，這種命運鍊鎖式地加諸老者一身，使他在臨死前一再慨歎「命呢」？諷刺的是故鄉中那些敗德的卻反興旺；而他想脫離敗德，卻反而勞苦終身、家破人亡。這種難堪的結局讓他深深感慨：「這都無非是命運罷！」死者在臨死前所感慨的正是一種命運不可掙脫的鉅力，表現出小人物縱使有意志想要改變卻又無法無力加以改變的事實，這是吻合東方社會對於命運的認知的。

王文興也曾試著處理這類反抗命運的主題，角色的選擇更是屬於「小」人物，即採用學童的命運認知，在啟蒙小說的格局中思索命運是否可以改變？〈命運的跡線〉，在題目中既已點明，孩童式的玩「命」（命相）中，既是孩童間所玩的算命遊戲，卻也促使高小明這一「奇特、神秘而復具異稟的孩子」，在得知自己的壽命線不長後，他想要「反抗」，於是用保險刀片切割，讓壽命線以永恆的疤痕終止於掌心的終點。這不是兒戲，而是早熟的孩子想要超越、抗逆命運的努力，可憐的孩子在被救回後，雖然留下了一道跟真的壽命線一樣的疤痕，但是否就反抗成功了呢！故事是沒有結局的，但經歷了一場生與死的搏鬥後，死亡教育、啟蒙了他：命運仍

是不可預知並可加以改變的。

對於命運的抗衡,短篇小說所敘事的小人物自是無法有史詩式的劇力萬鈞,不過卻在他們的生命史上仍然有種啓示:面對命運的鉅力需要如何才會有生命的尊嚴?反抗或改變!黃春明在強調小人物的尊嚴中,也隨順著凡人如何在屈服與打拚中,讓這些角色各有各的命。在社會的既成格局中,小人物所能努力地改變事實的辦法,就是相信自己的打拚能幸運地作些小運轉。所以黃春明相當溫厚地讓這種轉運適時地發生,「帶給小說一個小小的光明的結局」:〈蘋果的滋味〉中,江阿發攜妻帶小的「到大都市(北部)碰運氣」,結果卻碰撞了美軍格雷上校的車子,斷了腿後原本可能是歹運連連的,卻被妻小、打工同伴反而視爲「運氣好」,逆轉了他及他們的命運:個人乃至全家的。〈兒子的大玩偶〉中坤樹努力爭取作「廣告的」,以此維持了一家的溫飽;他的努力使他贏得了踏三輪車的機會,這一小小的改變,阿珠就說是「你走運了」!而〈癬〉中阿發在太太阿桂面前,得意地說有三個月的工可跟班,「這一次我們運氣很好」。市井小人物所能爭取到的工作就是運氣好、走好運,這是用打拚的力和眞誠的心所掙來的。〈看海的日子〉中白梅下決心要掌握自己的命運,在從「養女到妓女的命運」中,需要爲自己帶來一些希望。她不顧一切地要擁有孩子,回到生母家坑底後,她爲家爲坑底也帶來好運、好吉兆:「運氣就是梅子帶來的」。黃春明童話式的浪漫讓小人物感受到命運之神溫馨的一面,就如「阿發」的命名所隱喻著的民衆期望旺、發的內心願望,如此的努力打拚始可能具有人的尊嚴的存在。

在當時台灣社會的經濟上昇期之前,無數的大、小人物在不同的崗位上努力工作,因而得以改變了個人及家庭的命運,也改變了整個台灣的共同命運,這是意志與命運在抗衡之後所獲得的回報。在命運之前人常是顯得卑微而無力,從命數心理分析:人一旦活在

不可掌控的形勢下，確是較易於傾向相信命定的、宿命的，而一點點卑微的滿足自是基於報意識所形成的回報；但是對於較大的命運的軌跡，小說中常會表現出其鉅力之不能撼、不能變。主因所在即是當時社會的不穩定、動盪不安，使市井小民並無多大的能力可以完全掌握自己的現在和未來，而完全是隨順地由外力所驅使。這種生命認知經內化後就成爲性格上的弱點，「認命」地過完一生。六十年代在小說世界裏登場、活躍的，何嘗不是反映了當時小人物對於台灣命運的眞實感受，一個易變的世情中不可捉摸的鉅力決定了一切。

三、護佑與罪罰：一個中國式的天意賞罰觀

在命數觀的形象表現中，小說家其實已觸及中國人的天意決定論，這一自古哲學家旣已思索的天命論，常民也一直持續其感知、體驗的傳統。在一些睿智的哲人所提出的問題中，諸如天是否有意志？天是否有賞善罰惡的意志行使力？人如何與天溝通、妥協？中華民族的傳統文化中，其實並不缺少這類神學式的思考，只是一般的庶民大衆所採取的是一種較簡約的形式，不過卻也一樣嚴肅地思考人與天的關係，也試圖借由道德上的努力，建立其與不可知的無形的鉅力間的良善關係。雖則如此，人就是人，會有軟弱、脆弱的情況，因而常會墮落、犯罪，也必然需要面對良心的自責和諸神的懲罰。在中國式的宗教意識中，功過意識是形成人的罪感的原動力，廣土衆民即深深滲透了這類思維，因而什麼是罪？如何解罪？也就成爲小說中必得處理的人性問題。它在基督文化中是個永恆的原罪觀，在台灣小說中則表現爲中國式神學的罪罰主題。

西洋小說家之擅於處理人的原罪，完全是基督文化的宗教神學思維，這一宗教教義對於現代小說的深刻影響，也讓研讀西洋小說的作家思索國人有關罪與罰的問題，較具代表性的就是陳映眞，白

先勇也曾有一部分精采的嘗試。不過終究五、六十年代的台灣社會與人民，自是生存在中國式的罪感過感文化氛圍中，因此他們也自是不會套用西洋式的原罪觀，它只是激發他們思考這些人性中較深沈的罪罰意識。由於戰後所遺留的戰爭經驗至六十年代記憶猶新，戰爭中的人性、戰爭後的生存壓力等等都讓經歷過的人多多少少存留一些痛苦的苦難記憶，因而讓中國傳統較缺少的懺悔性內省式小說得以出現，它嘗試探索了國人較少深入挖掘的具有宗教中罪罰意識的諸般問題。

傳統社會中國人所形成的罪感，乃是建立在天有意志來執行賞罰的天律、冥律說上，它被神格化爲「天公」──簡稱爲「天」，所以天常扮演著人在絕境時的最後裁判者。中國古典文學中屈原在〈離騷〉中自覺受讒罹難而不得申訴時，只能跪求公正的舜主持中正之道；而司馬遷也在《史記》中強調「人窮則呼天」。被呼的天是公正且有大能的裁判者，知識分子在窮困至極時，相信有天的存在；而鄉野小民自是有更多的面對冤曲的情況，人世的不平如果不能完全由人世來解決時，則「天」就成爲冥冥中的一種力量。王禎和所塑造的阿緞應是台灣當代小說中問天的典型，在〈伊會唸咒〉中所呈現的一個封閉的空間內封閉的人性，花蓮就成爲一個由街坊所築成的人性圍牆，圈圍出人性中的邪惡和陰晦，這一童年的記憶即一直延續到後期的〈香格里拉〉，阿緞仍是要面對一堵人性邪惡之牆。

阿緞系列中一再表現出阿緞的不幸乃緣於夫君早亡，就被世間男女認爲是剋夫的掃帚星，因而她的身上帶煞，會沖犯鄰里街坊。類此的保守信念牢牢地存在於封閉的鄉鎮裏，並被合理化成爲逼壓其賣屋搬家的理由：議員及其夫人及一些幫凶的街坊，聯結官僚成爲一股邪惡的龐大勢力；而阿緞則是孤兒寡婦再加上能力弱的弟弟，這麼微弱的力量卻要對抗一股現實和傳統所凝結的偏見。在困

迫至極時阿緞就不由得發自內心地呼「天公」、「天」，祈求「保庇我們母子倆」、「救救我的小金」；而更具體的行動則是前往大大小小的寺廟，祈求神明庇佑；在情急之下則是咀咒對方：「不得好報！出門定給汽車輾死！」阿緞對於天及神明既祈求又請求主持公道，就是深信天是有意志的公正裁判者，能對命薄的無助女人施以援手。前一階段的阿緞是由不可知的意外——章議員被車壓死，解決了困局，卻也再度被街坊塑造爲會唸咒的女人；到了後一階段，王禎和則以較平實的「香格里拉」的飄忽音樂，給予一些虛幻的希望。對於苦命的女人，天是否眞能讓人世得到公平？這是不確定的年代中天之所以被質疑的原因，但弱勢者卻又不能不依恃天。

基本上這種質疑折射地反映出世界的失序、社會的失序及人性的失序，五六十年代的政治、社會所帶來的不穩定感，讓原本信天信神的子民大膽地質疑：公道何在？黃春明筆下的甘庚伯，在生命的黃昏時面對南洋回來的瘋兒阿興、老伴的過逝，心裏只能無助而焦灼地喊「天哪！天哪！」而旁邊人則對於做人善良卻命運這麼歹的情況，直接質疑「天實在是太沒有眼睛」！現實的無助讓百姓懷疑天理。王拓的〈望君早歸〉中：老婦金水嬸在得知兒子出海未歸，而媳婦絕望時，也不得不起疑：「媽祖婆敢會沒眼睛？」，然後又轉念而從媽祖的信仰中得到一種堅定無比的信念。類似的矛盾情緒其實正反映出那個年代中小百姓的無助無力感，當時政府的社會福利救助政策是不全的；精神病及海難家屬的照顧闕如，只有逼使百姓求請天地神明，千百年來同一種祈求何嘗不是同一種受難的心聲的折射地反映。

在天命、天律的信仰傳統下，凡是違反天理的就是罪，宗教在此開出了儒家合理性道德主義所不語的另一個天地。基本上儒家的倫理學，對於現世的人類行爲只規範性提出恥感、過感，讓人經由道德性主體的發揚以改過去惡。而道教及民俗則在天律觀中，相信

冥冥中的罪惡將會受罰，它完整地存在於民間的功過意識中。不過對於這一根深蒂固的民眾道德，嚴格說來，現代受過西洋文化洗禮過的小說家只能有某一層面的處理，他們多少是從原罪觀的啓發中，再回頭思索國人的罪孽文化，這種手法已多少較深入地進入人物心理、人性性格，而有較深刻的人性刻劃。本來這一部分是可以好好寫出宗敎意識中的懺悔精神的，如此就可建立有關赦罪、解罪的精采情節，可惜這一部分在當時形格勢禁的政局中並不敢深入作發揮，而傳統中國文學於此也較少直接的啓發。

有關罪孽意識在五、六十年代，多少都會觸及戰爭的責任問題，王文興在那篇深具雄心的〈龍天樓〉中，只生動地刻劃一些將軍的逃亡經驗，而無暇涉及殺戮本身的果報。白先勇則以他較特殊的白將軍之子的身分，有機會接觸過一批將領並聆聽其心事，因而在系列懷舊之作中多少觸及「殺」是種罪孽的問題，其中有三篇都已觸及而尙不深入，但這已是難得的春秋筆法了。〈梁父吟〉中樸公在雷委員臨走前特別交代：「你老師打了一輩子的仗，殺孽重。他病重的時候，跟我說常常感到心神不寧。我便替他許下了願，代他手抄了一卷金剛經，剛剛抄畢。做『七七』那天，拜大悲懺的時候，正好拿去替他還願。」王孟養在成功爲將軍之時，是歷經多少「萬骨枯」，不管是國家賦予多麼合理殺戮的任務，抑是好大喜功的濫殺；在宗敎家的眼中一律都是「殺孽」，其實命學家就常說：將軍無善報，也正是點明殺孽的果報極爲深重。孟養臨老病重而「心神不寧」，即是良心不安的曲折表現。而較嚴重的則是可怕的現世果報，〈思舊賦〉中從羅伯娘的口中交代出長官家中的情況：「死的死、散的散」：女兒和有老婆的男人跑了、兒子出國後成爲精神病者回來而成爲廢人；夫人死了，長官也想出家當和尙去。護主的羅伯娘只好解說是「他們家的祖墳，風水不好」，其實可說是一種承負、報應，前罪的懲罰結果，就是一個將絕後的家族。

　　對於罪的解除，李公館中的男主角曾想去當和尚，固然當時是心事成灰，卻也是一種想出家懺悔之路。〈國葬〉中出現在李浩然將軍的公祭場景中，那個「老和尚身披玄色袈裟，足登芒鞋，脖子上掛著一串殷紅念珠」，就是鐵軍司令劉行奇，他北伐征日，立下不少功勞；卻在一場保衛戰中，整個廣東子弟兵團，「盡喪敵手」、「全軍覆沒」。他所實際承擔的「被革除軍籍」，只是軍令上的懲處；但是在罪孽上說：又如何對得起「十幾萬的廣東子弟」？所以他選擇了出家，為自己的罪孽而承受心理的譴責。出家當和尚在此不是逃避，而是一種解罪的行為，那較諸樸公「在善導寺替孟養唸經超渡」、代抄一卷金剛經、拜大悲懺，更是一種自譴解罪的方式。近代史上多的是戰爭和殺戮，但是又有多少將軍能如此良心地自省其罪孽？白先勇在誇飾將軍之功時，也能觸及將軍之過之罪，確實已點到宗教上罪與解罪問題，在當代小說中是較具有自省能力的。

　　相對於白先勇之擅寫將軍的晚年心境，陳映真則是另一個異數，他挑選一些戰爭中的小角色，使用更深刻的方式思索戰爭的殺戮之罪，〈文書〉本身所用的敘事觀點就是較利於呈現心理分析的藝術手法，冒頭的公文、報告裏表明敘事者是血案中「精神異常」的殺妻者，而自白書則是「精神異常之狀態」下所陳述的，使用擬法醫、法官的觀點來評判其所陳述的「荒謬妄誕」、「鬼魂神秘」，反而提醒讀者這是潛意識下的罪孽感的扭曲呈現：安某作為准尉的軍族生涯中，自己舉槍或命令手下進行殺戮，固然是戰爭中執行任務的行為，但是那種罪孽感卻化身為貓一再地出現，精神異常狀態下所見的貓是罪惡的象徵；它在娶了女子楊珠美之後，真實的貓出現在夫妻的生活中，都與死亡的象徵關聯，因政治犯而死的伊的哥哥、而伊也死在貓所幻化的少年中，貓與罪感幻化為一，戰場上的殺戮、政治獄中的死囚……，使貓的神秘性格具有潛意識心

理的象徵作用，隱喻手法下的精神異常徵象是較諸明白說出的「殺孽」兩字，反而能夠較深沈地表明那種被壓抑下去的罪孽感。

陳映真特別喜愛處理來台大陸人過去的夢魘，安某及〈第一件差事〉中的胡心保、〈一綠色之候鳥〉中的趙公……，類似的陰影常逼使主人翁無法正常地愛和生活，時常詮釋其作品的尉天驄教授就明確指出：他出身的宗教家庭，一種原罪意識使他能作宗教家一般的反省。（註⑤）在〈鄉村的教師〉中吳錦發之所以墜落、自殺，就在於記憶中夢魘似的：「南方的記憶，袍澤的血和屍體，以及心肌的叮叮咚咚的聲音，不住地在他的幻覺中盤旋起來。」當然這種罪不是原罪，而是真實人生中所犯的，它易於被人遺忘、作家也較少處理，陳映真則成功地轉換原罪感，用以反省人性深處不應被沈埋的良心，那種清教徒式的自責使他筆下的人物常是痛苦、甚或以自殺自我了結。

罪感在當代文學中還有一些與情慾有關的：白先勇所寫的罪孽，就是命中註定的男女情慾：尹雪艷是「妖孽」、錢夫人私好參謀是冤孽、順恩嫂說長官女兒搭上有婦之夫是「造孽」；陳映真在〈死者〉中寫男女私通是背德的罪惡，凡此邪淫的罪在民間的功過格中就常被一再提醒；而賣淫之罪則在王禎和〈快樂的人〉中，是從信教的阿婆口中，諄諄勸誘含笑要信主、作禱告，才能得救。基督信仰在常民生活中，自是擁有另一種救贖的傳統。（註⑥）不過終究那只是教徒的解罪方式，對於大多數的國人，犯罪之後的解救之道仍是在神前的懺悔，多是民間信仰的通俗方式，在當代小說中甚至連佛教、道教式的自省也較少見，所以作家只能以出家和承受不了即自殺來解脫諸般罪孽。由此可知內省人性罪惡的心理描寫小說，在五六十年代只是剛開拓出一新的創作領域，也已獲致了一定的成果，這在當時的政治、文化飽受檢查之風下已是一種突破，就是在台灣小說史的寫作創意上也是一個新突破。

四、死亡關懷：小說中兩種終極問題的思維

　　在宗教學上對於生死大事及死後世界，一直是頗受宗教家關注的終極關懷問題、它也是小說家所擅於處理的人物歸宿，近年來所興起的諸宗教的死亡學中，有關中國宗教、特別是民間禮俗的臨終關懷，不僅是醫療工作者需要閱讀，就是一般人也需了然於國人對於死亡的看法。六十年代小說中既是擅於處理老人、罪罰諸問題，也就出現不少有關死亡的場景，並由此衍生出相關的死亡習俗。基本上小說家都能忠於民間禮俗的真實，不自覺地處理兩種死亡的狀態：即自然死亡與非自然死亡，這是緣於國人對待死亡的兩組結構：即「自然／非自然」、「正常／非正常」。（註⑦）只是小說是經由人物對話及動作作形象化的表達，它常化爲整個故事情節中動人的片斷或結局，這是以往較少受到特別注意的關鍵情節。

　　中國人所講究的死亡是要「壽終正（內）寢」，並有家人送終，即在時間空間上死得其時、其所，以免死後淪爲孤魂野鬼，這是緣於好人必得好死、善終，而歹人才是歹死、不得好死的民俗信仰。因此福壽全歸、備極哀榮常被視爲人生最後的幸福，它也成爲檢驗人之一生在生前的道德、福德的標準和依據。白先勇所處理的〈國葬〉場面，李浩然以一級上將在殯儀館的哀榮喪禮，從秦副官的眼睛看來，確是福、祿、壽三者俱全的，仕爲上將，又經征戰而能不戰死沙場成爲敗軍死將，自是在外表的榮耀下，還兼寓有福德的完美；相對於秦副官的傳統觀念，就可較深入理解樸公的口中，爲何王孟養之子家驥「不太懂事」？因爲此子在美國住久了，不甚了解「我們中國人的人情禮俗」：那是有過功勳的、是國葬的儀式，千人萬衆都要來瞻仰的，這個外表哀榮的排場足以掩飾其病死前「心神不寧」的殺孽之感，至少在大庭廣衆前要如此才會被視爲人生得意、人死也得意。

　　王孟養之死至少有子從美國回來送終，而〈思舊賦〉中的李長官夫人，在醫院開刀而死，臨終前只喊了一句「好冷」，便沒有話了。順恩嫂的悄聲細問所得到的答案，實際是反映她並非壽終「內寢」，而是醫院——一個「好冷」的空間感，難怪順恩嫂一連夢見夫人站在牡丹花裏頭，招手要討件披風；至於李長官死後，送終的可能只是個痴呆的歸國兒子、瘋子。縱使長官一家曾有三十年「轟轟烈烈的日子」，世人的評價也還是「不幸」兩字，因為痴呆子並未能結婚生子，讓他死後得享香火、傳續香火。在李公館中的兩個女僕，羅伯娘眼見李家如此的下場，不免羨慕起順恩嫂：

> 「有個孝順兒子送你的終，像我無兒無女，日後還不知死在甚麼街頭巷尾呢。」

平平凡凡的一段話，確是表現國人的死亡意識中相信有後嗣送終才是被認為「福氣」的。可見臨終時有人送終、死後有子孫送死、成神後有後嗣奉祀燒香，即是平凡人的一種終極幸福觀。

　　白先勇的內地人觀點如此，台灣籍的小說家也是這般的反應，王禎和在〈來春姨悲秋〉中安排老人阿福伯出場，就有一段通情達理的話：阿發伯的女人早逝後並沒留下尺男寸女，「他胞兄深深驚怕無人傳他香火，就慨然將一個自己的兒子過繼給他」；如果他要和罔市作堆，「就是你百年之事，我敢說她定規矩地替你辦。」死後辦後事的「規矩」，就是能遵禮舉喪，入土為安；而後點主成神，得享香火。阿福伯那代人完全通曉死亡學的運用，以此相勸也是人情練達了。而有關死後成神的祭拜，來春姨就是很傳統的想法：只要逢上初一、十五祭祖的響刻，她都記得敦促罔市（媳婦），「一片肉一尾魚規規矩矩地祀祭」，後來媳婦只用水果餅乾充代，她就看不順眼而指責。其實阿福伯、來春姨與罔市之間所存

在的代溝，具體顯示兩代之間對於死後世界的關懷已漸有差距，五六十年代正是傳統與現代的觀念轉型期，也反映出社會的價值觀念正在變化中。

在常民的生死觀中，如何才能算是幸福地過去，從臨終到埋葬的關鍵時間並不長，但其重要性絕不亞於漫漫一生。黃春明對於甘庚伯的悲哀，就曾採用一段有關送終的對話，深刻地表達出這位堅強老人的心境：他的老伴死時，要阿興「這個孤子披麻帶孝，端香爐送出殯」，結果這個瘋兒子瘋得太厲害了，「害你的母親一柩棺木抬出門，一直伐不開腳」；而他的卑微願望，竟然只是阿興「要是他真的會替我帶孝，那總算天有眼睛了。我死目也甘願瞑罷！」老庚伯的這一心願其實是相當傳統的，而他的悲哀也就在連這一卑小的願望也可能落空。可見國人除了重視幸福的人「生」觀外，人「死」觀在消除了一些死亡禁忌後，其實更為人們所熱心關注。

死而瞑目表示死得了無遺憾，如果不是如此，縱使兒女成群也是一大憾事。王拓在〈金水嬸〉中有一段金水臨終的場景極為傳神動人，也是當代小說中有關死亡及死後兄弟分憂的經典片斷，金水嬸是在兒媳、孫子未全部趕回來守喪時，獨自面對金水的斷氣，他在掙扎中有話要交代，她就問了一句「金水」：

> 突然，他又緩緩睜開眼睛，像是醒了，在回應她。
> 「阿蘭！」
> 隔了一會兒，他又叫了一聲，怔怔地望著她，像是有話要跟她說，終於又說不出來。
> 「金水，你要什麼？」
> 只見他嘴唇嚅動了良久，很艱困地，終於說了一句：
> 「錢！」眼睛一合，似乎又睡去了。
> 「金水……」

　　金水嬸心裏一驚，慌忙去摸他的胸口，跟著把耳朵貼上去，
聽了半天，突然，「哇！」地大聲號哭起來。

金水死後，金水嬸依例燒了一堆紙錢，接下兒媳陸續回家奔喪，她
也嗚咽地訴說：「金水，兒子們都回來看你了！」但是在最後親人
瞻望遺容時，卻發現「金水的眼睛竟然睜得大大的，像是醒著，在
發怒。」最後三叔公才講了一段話：「金水，你的兒子們都回來
了，你沒有解決的後事他們會替你發落，你的眼睛可以閉上了。」
說完輕撫金水臉上，「金水彷彿是聽見了，果然就閉了眼睛，像是
眞的睡去了。他的兒子們都忍不住掉下眼淚，甚至嗚嗚咽咽哭出聲
來。」不過事實是兒子們並沒眞正如死者之願地解決了問題。這段
金水的兒子們臨喪前後的場景，是當代台灣小說中處理死亡的精彩
場面，就是在中國現代小說中也並不多見，完全具現出國人對於死
亡的民俗看法。

　　對於自然死亡而正常處理的從人成神（祖先）的過程，在中國
的家族主義中所形成的祭祖的祖先崇拜傳統，民間其實並不特別怖
懼這種死亡及鬼神；與之相對的則是「非自然死亡」、「非正常處
理」，在白先勇和陳映眞的筆下，它通常會被當作一種罪孽的處置
方式，也就是一種天譴、天罰，這是銳利的死亡觀察，也具現出中
國式的罪罰觀。歐陽子曾扼要地揭舉「生死之謎」，並試著解說這
種非常性死亡的意義：如〈那片血一般紅的杜鵑花〉中王雄的自殺
死後，「毀了自己肉身，他就眞正又活起來，擺脫了肉體的桎梏，
回到麗兒花園裏澆杜鵑花。」（註⑧）這自是深有體會文本之後的解
讀。不過從另一個角度就可發現小說一開始就處理「王雄之死」，
從認屍到後來引起的一陣騷動，白先勇都妥善地安排了一些必然的
反應：舅媽除了燒紙錢，唸安魂話外，「她說像王雄那般凶死，家
中難保乾淨」；下女喜妹由於在王雄生前，兩人老是像犯了沖，一

再故意地頂嘴作弄，所以聽後「極恐怖的尖叫了起來」，並辭職逃回老家去。在這些文字脈絡中其實暗示著「那片血一般紅的杜鵑花」，是冤死的王雄用血所澆灌的，就如神話中女娲死後所化的「冤禽」精衛鳥一樣。冤而又怨的死魂自是「不吉利的事情」，也難怪「神經極衰弱」的舅媽會講出許多鬼話：說聽到王雄回來澆花！（註⑨）

　　凶死的怖懼較具體的還有一幕就是〈孤戀花〉中：五寶殺死華三重疊在娟娟錘死柯老雄，確是一幅淒厲的死亡場景，交雜著瘋狂和凶暴，透出死亡的恐怖本質，這是與生命的自然衰歇不一樣的。凶死自是一種冤孽，華三和柯老雄是自個招來不得好死的下場。而尹雪艷會被吳家阿婆逕呼為「妖孽」，就在她帶給了徐壯圖的凶死下場：被工人刺死；阿春也是另一個凡俗之世的妖物，讓盧先生卒死在桌前，難怪顧太太不要生人知曉那個死了人的房間。（花橋榮記）由於白先勇的筆下一干人物多背負著過往的陰影，內地來的老兵王雄、教師盧先生，都有過一段不得了結的情緣，因而非自然的死幾可視為非自然地終結此世，而希圖回歸那時不能回歸的「彼岸」。白先勇的筆似冷酷、殘酷而又慈悲，那種尋死也可視為自求解脫，一種通往彼岸與心中戀人結合的唯一方式，這是兩岸隔絕時期的悲劇。

　　陳映真之擅於使用非自然方式的死亡作為小說人物的結局，從早期的作品中既已出現，在當代作家中是較冷酷且冷洌的筆法，直到近期也仍有其一貫的處理習慣，它可說是面對生命困境時的非常手段：〈第一件差事〉中胡心保在得不到廚娘女兒的愛，而討了另一相似的少女為妻，但那種悲哀足以驅使人自殺；〈將軍族〉中三角臉和小瘦丫頭的相偕自殺，則是在此世不能乾淨相守後，期之以來世。這種死其實來自於時代、社會的有形無形壓力，他們實在並不曾背負什麼特大的罪孽，卻要如此凶死地結局！在他的筆下諸如

此類爲了承擔昔日之罪而自衛了結的凶死、歹死方式,其實都可視爲一種向命運反抗的姿勢,就如那兩位死得「像兩位大將軍」的卑微人物一樣,並不是眞的悲壯如許,而只是「安詳、滑稽,卻另有一種滑稽中的威嚴。」這是陳映眞觀察來台大陸人的衆生相後,所能體驗的脫離昔日之悲之罪的凄絕手段,他們在難以互愛及結合的情況下以死明志,這是外省人與本省人關係的隱喻,在省籍作家中是較少如是試圖寫出逃難者的深沈悲痛之情的。

不過陳映眞採用非常之死作爲「救贖」式終結的,仍以他所親歷的台灣人的悲哀寫得最爲當行本色。在多篇相類的作品中較早處理的是吳錦發之死,青年改革者歸鄉之後,曾在鄉村教師的職位上奮發過,「改革是有希望的,一切都將好轉」,但他卻終究成爲「墮落了的改革者」,原因何在?在五六十年代的白色恐怖年代中,陳映眞以隱晦的筆法委婉表達對「祖國」挫敗的失望而絕望,改革者逐漸轉爲中國式的悲哀:撤退老兵的形象所象徵的懶散卻又倨傲,「祖國啊!」滑稽的圖象迸發出南征日本帝國的挫敗記憶,終於誘發了內心深處無比的絕望驅使自殺,而根福嫂的號啕則更透露出莫名的絕望,至此小說將結局時陳映眞乃有一段神來之筆,採用山村中人的反應作結:「年青的人有些慍怒於這樣一個陰氣的死和哭聲;而老年人則泰半都沈默著。」當中清楚表明自殺的陰煞、凶煞之極的民俗認知,那是國人集體的民族文化心理的反映,但何嘗不是象徵作者對於「祖國熱」之橫死的委婉含蓄情緒?

從吳錦發之死引發進一步理解陳映眞後來處理的蔡千惠之死,當然〈山路〉並非作於六十年代,而是他趨向成熟期的突破之作,在當前仍較缺少記錄二二八、白色恐怖的情況下,鶯鎮這個舞台、千惠這一角色仍是至今少數的二二八紀念碑式的人物。千惠之死自是救贖式的,陳映眞兼具基督教徒的內省和革命浪漫主義的憧憬,塑造了少女千惠勇於承擔罪的救贖形象,蔡氏家族在被逼洩密之罪

後，使她用了三十年來補償、救贖，然後在得知貞柏出獄後，自願掙取了懺悔地自絕式之死，「也該有個結束」！改革者陳映眞在親歷綠島經驗，親見並訪談諸多二二八受難者之後，將人性所潛在的良心和自責完全集中於女子千惠一身，讓她承擔了男性式暴虐政治所造成的罪，千惠奇特的死即是個人、家族，也是爲國族的救贖而殉難。

宗教學對於救贖或殉難式之死，常能超越非常性死亡的凶煞觀，而轉變成爲義烈、功烈的神秘魅力，足以讓民間惑於其「非常性」使之成神成崇拜的對象。（註⑩）現代小說中較具代表性的兩篇也都與信仰習俗有密切的關係，而且都是由較少讓小說主人翁以死作結局的作家來完成，就是黃春明〈溺死一隻老貓〉中的阿盛伯和王文興〈海濱聖母節〉的薩科洛，都是主角在完成自認爲神聖的行爲後即非自然非常地死。如何解讀兩位鄉土小角色之死的價值，就需從敘事者所特意安排的文脈中細加尋繹，否則就不易解讀出其中所蘊含的殉難式的深刻意義，在六十年代小說所形成的社會情境中，傳統信仰到底形成何種氛圍？如此能誘使作家虛構這類事件，並成功地塑造出兩個以死表明義烈的角色？

黃春明以慣用的嘲弄筆調處理阿盛伯事件，足以讓粗心大意的讀者誤讀了阿盛伯的抗議：乃是在聯結一群老者的抗議無效後，最終才孤獨地水而死的一種抗議，以爲他及他們是爲了逆反時代的潮流？但是街仔人及倡議建游泳池者所隱喻的又是什麼？文明式的進步主義者、抑是破壞傳統信念者？這就要看黃春明特意標出的「小地理」及「民權初步」中阿盛伯所明白解說的清泉村龍脈的地理，到底應如何理解龍目井與清泉村集體性的命運共同體的關係？龍目的破壞和褻瀆足以關聯及村人及其後代的共同命運，阿盛伯的堅持是傳統理念型的、是現代環保風興起前的傳統先知，當時人多惑於黃春明嘲弄式結局中孩童在阿盛伯出殯日偷入游泳的笑鬧聲！以今

觀之，阿盛伯之死是先知式的殉難、殉道，這種溺死在傳統喪儀（俗）需要「率水車藏」解煞濟度的習俗中，清泉村人是否因而就對那座游泳池有所禁忌固是不可得知，但阿盛伯卻是特意採取非常之死作了義烈的告白。

王文興筆下的薩科洛則是為了許願後的還願而死，由於他自覺「軟弱」需要神佑以保平安，待平安歸來後要舞獅還願謝恩，這是人與神之間的契約，為了不能及早還願，使他的心中一再「懺悔」，以此自責其罪過。因此還願當日的舞獅以謝罪不僅為慶祝媽祖的節慶帶入高潮，也為個人的生命推向高潮，舞獅力盡而死則是那個頂點。對於薩科洛所超越了的力之極限，象徵他的亢奮、忘我已瀕臨於祭師式的奉獻，「死」在神前、舞獅的道具法具中即是一種犧牲式的獻祭。所以縱使村民依死亡習俗覺得「不幸」，全體心中有「一層陰影」，但卑微人物的薩科洛卻以超常的舞獅技藝及壯烈的死，自我塑造為「英雄」、「英烈」式的形象。不管王文興對於台灣民間死亡習俗的理解如何？在文本中確是可解讀出一種殉身式的神聖。

在國人的宗教意識中，死亡為此界與彼界的過渡，這一關卡決定了死後的神格及其永恆的存在。小說所反映的生死認知的真實，讓社會中不同階層角色都共同認知，有後嗣送終傳香火的，將成為所有家庭中的祖先神，被認為是穩定的安寧的死後世界的秩序；與之相反的非自然非常的死及死後處置，如吳錦發、王雄則是陰煞頗重的不安定不安寧的狀態，生前死後都是痛苦、痴愚的；只有選擇義烈的方式才能跨越陰煞而發揮靈力而成神、人性之神。六十年代小說家所關懷的生與死，即是忠實反映了民族文化心理，及隱藏在那集體心理下的深沈的結構性意義；同時它也形象地隱喻了那個變亂、失序的時代，這些小說就如同古老的神話傳遞了族人所關懷的永恆主題：一種存在和秩序，這是中華民族對於終極問題的神話式

思維。

五、結語

在台灣小說史上，六十年代曾出現了一批優秀的小說家，他們多跨越了兩個時代：從大陸來的是親歷了戰敗後的挫折，又與同一命運者流移到島上相濡以沫；從日據末期到國民政府統治期的，則剛好經歷了嬗變時期的變亂：殺戮、揖捕以及一波波的恐怖、死亡。由於那個時代的冷肅氣氛，他們幾乎一致地選擇了一批老人作爲時代的見證，因爲這一世代完全見證了那個悲哀的年代。從宗教意識的觀點考察，諸如「命」與「罪」等觀念剛好也是這一世代所深切感受的信仰文化，面對時代的變亂，他們以此解說了生命的本質，將其猜疑、不定的生命感放置在宗教意識中並加以合理化，其中相當曲折而又深沈地表現了時代加諸個人的夢魘，經由小說的形象表達後，獲致一種深刻的感動力。

相對於西洋小說的專擅於刻劃人物心理，台灣的現代小說自是已受到諸多啓發，這就是爲何在當時臺灣本有的文學傳統傳續不佳而大陸三十年文學斷層的情況下，反而會出現一批讀西洋文學出身的優異作家之故。不過中國傳統的宗教意識，主要的是由廣土衆民所傳承，他們並非是一批英雄人物而多爲市井小民，因而面對嚴峻的命運和冷酷的罪罰時，較少以昂揚而堅毅的意志去強力抗衡，得以激起戲劇性的張力；而只是平實地承受、認命地屈服，如此這般其實反而較能貼近眞實的人生。這就是被視爲六十年代的卑微人物，在命和罪中也顯得卑微地活著：比較言之，陳映眞的基督教背景確有助於他創造出一些典型，諸如蔡千惠之以一介女子而承擔時代的罪並進行救贖，其中既有五十年代的現實，也有革命浪漫主義精神的遺存，因而塑造出較獨特的罪罰與救贖的形象。其他的作家則從傳統的過感罪感文化中，重新塑造出一批會墮落犯罪也會懺悔

自責的小人物角色，在道德的下降和上昇中掙扎、生存，也具有國人的宗教信仰認知。如果宗教對於人性的深刻反省，對於讀者和作者都有一定程度的啓發性，則這一代的小說家確實都能從不同的面相嚴肅地思考人性的善惡，所以冷肅的時代眞正能讓作家「窮而後工」。

　　目前台灣已跨入九十年代，解嚴之後社會在急劇地變化，高度現代化所帶來的商業化、世俗化，也深刻地影響了新世代作家。由於抗爭的年代已經過去，作家曾用以提撕其精神力量的外在因素也改變了，想要嚴肅而認眞地思索一些文學中的永恆主題：諸如生與死、愛與恨、罪與罰之類，也就顯得不易認眞起來。不過戰後至今只有五十年，仍有許多歷史事件值得繼續挖掘、思考，那些變亂中的浮世面貌也仍有感動人心之處。因此從宗教意識重新解讀這批優異的作品，發現其中仍被埋藏的價值，應該仍有許多啓發新一代作家之處。終究五十年曾不足以一瞬，而百年後之現今，到底又有什麼足以見證那些苦難、悲哀的年代？只就這一點，都可爲那一時代及那些作品深致一分感佩之意吧！

附註：

①楊慶堃（C.K. Yany）所提出的區別觀念，見氏著英文Religion in Chinese Society，BERKELEY：University of California Press, 1970.

②尉天驄在《將軍族》的序言曾有清楚地說明，這一宗教背景也多次見於座談中，如尉天驄、齊益壽、高天生的對談、〈從浪漫的理想到冷靜的諷刺〉，《鈴璫花》（台北，人間出版社，1988）。

③詳參拙撰，〈台灣小說中的社會變遷意識〉，第二屆台灣經驗論文集《台灣的社會與文學》（台北，東大圖書公司，民國八十四年）頁167-194。

④歐陽子，〈白先勇的小說世界——「台北人」之主題探討〉，《台北人》序（台北，爾雅出版社，1989）。

⑤尉天驄前引文。

⑥有關基督教文化與台灣現代小說，近來較精采的分析，是有國外的研究者採用此一觀點，此一消息承蒙陳映真先生提供。

⑦詳參筆者所撰，〈台灣民俗中的生死關懷〉、《哲學雜誌》第八期，1990.4，頁32－53。

⑧歐陽子前引文。

⑨施懿琳曾專門析論白先勇所處理的死亡問題，論定其文學特質，〈白先勇小說中的死亡意識及其分析〉，同註③所引書，頁195－232。

⑩詳參拙撰，〈從成人之道到成神之道──一個台灣民間信仰的結構性思考〉，《東方宗教研究》（台北，藝術學院傳藝中心，1994.10）

特約討論

◉柯慶明

　　命運、罪罰和死亡這三種問題，都是人類生存基本的重要問題，爲所有屬敘事文類必談到的問題，在命運的嚴肅及不可知下，可能所有的悲劇和事件的見證和完成都是「死亡」。如從西方基督教來講，死亡在某方面爲原罪的結果，但如果是「橫死」、「自殺」、「他殺」那更是現實中的某種罪惡。從這角度去思索六〇年代的小說家的一些嚴肅的人生問題，是很能掌握的。不過，我們也可從另一個角度來加以思考，一是五四新文學，二是中國傳統的話本或長篇小說。我們知道五四運動企圖塑造一種新文化，五四一般以胡適爲先，其實應以蔡元培提倡「以美育代宗教說」開始，可算是受到西方啓蒙思想的影響，鼓勵理性的思想及探索到底是「以神爲中心」或是「以人爲中心」。六〇年代有些作家受到五四的影響，有些卻受中國傳統話本的影響。如以此角度來看，可以永恆的宗教和當時的社會道德、法律和文化兩個主軸來思考宗教問題，可能會有不同的發現和結果。所以，面對小說中這麼多的宗教現象，如：罪罰、死亡等，就可以由此三個層次來思索：㈠作者本身是怎麼樣？如李教授文章提及白先勇本身有回教的背景，但他的作品仍從中國傳統來寫。㈡作品中涉及死亡時，死亡是此故事的主題，還是修飾的邊緣地位？如〈遊園驚夢〉中的師娘說：「你是錯長一根骨頭。」就有很多的解釋。㈢小說中的人物所反應的思想不一定和

作家本身的思想應合。王文興曾說：「雖然我們受到外國文學思潮的影響，但是我們的人物是吃米飯用筷子的，不是用刀叉吃牛排的。」所以他們的作品在處理比較中下階層的小人物時，都儘可能的採取其思想和語言來表達，但這些人物的想法不一定代表作家本身的想法。六〇年代宗教意識濃厚的作家有朱西甯、段彩華和司馬中原等，朱西甯本身有基督教的背景，他承繼了五四對鄉土的批判和質疑的傳統，而司馬中原雖是對鄉野同情的，但他的「咒語」卻對鄉土的信仰具有諷刺的意味。最後，我們也可單就小說中的小人物所表現出的宗教思想，再做進一步的探討。（**吳秀鳳記錄整理**）

感時憂國中的基督宗敎(註①)

側讀陳映真、張系國的關心文學(註②)

⊙康來新

　　東西文化的接觸與影響，實是本文的終極關懷。

　　原因自然與筆者個人的宗教信仰密切相關，以致延伸爲學術研討時，也不可避免地懷有「護敎」的企圖，企圖在「愛國」「反帝」這百年中國文學的主流心態中，揭示另一種被忽略的眞情實況。亦即：在某些作家的作品裏，基督宗敎未必與帝國主義沆瀣一氣；甚至，這一度被視爲船堅砲利的「外侮」，有可能成爲斯土斯民的救贖之源。

　　然而此次會議的時空原座標於半世紀以來的台灣，似與前段所言的百年中國仍有所出入，因此，在進入正式論述前，宜乎一番邏輯的說明。

　　首先，半百台灣與百年中國的文學親疏，究竟若何？因攸關「統」「獨」的政治詮釋（註③），在此暫不深究。重點是本文探討對象的陳映眞（1937～ ）、張系國（1944～ ），雖不論就人就文而言，譬如：成長背景、鄉土認同（註④）、作品接受等等，都堪稱戰後「台灣」的作家，然而從「感時憂國」（Obsession with China）的中國文學傳統來看，兩人牢不可破的「中國情結」（註⑤），以及因以產生的「關心」文學，又毋寧是「五四」而「中

國」的。尤其前者，不僅「筆下知識份子的『原罪感』與五四人物遙遙相應」（註⑥），他的知識構成也儼然三〇年代的左翼文人，更不用說陳氏在此間解嚴與彼岸六四民運後，依然堅持「社會主義統一中國」的意識形態（註⑦）了。

職是之故，儘管「反帝」「反封建」與五四精神，並未形成戰後台灣文學的重大命題，但異質而另類的陳張二氏，卻不失為「感時憂國」脈絡下的台灣文本。

限於主客條件，此次論文宣讀僅能集中在陳映真的中篇《萬商帝君》（1982），張系國的長篇《黃河之水》（1979）而加以申述。

從新文學的傳承而言，陳映真1982年的《萬商帝君》，與魯迅1918年的《狂人日記》，可謂血脈相連、聲氣相通。

而就聖經觀點來看，《萬商帝君》毋寧又是路加福音「事奉瑪門」的絕佳注腳。（註⑧）

患有被破壞妄想症的「狂人」，舉目所見，無不是「吃人」景象：村人的笑、月光下的狗、碗裏的蒸魚、兄長抹油的嘴臉…甚至滿紙「仁義道德」的書本，頁頁行行，字縫與字縫間，全寫著「吃人」。

魯迅的《狂人日記》，形式上固然標新（日記體加上文白語言、人稱觀點的辯證使用），內容亦屬駭異，其中尤以血腥的「吃人」意象，來形容冥頑千年的「禮教」，最富藝術創意與批判效應，實際也果真引爆了日後新文學反傳統、反封建的主題動力，堪稱五四運動的巨響先聲。

自封「帝君太子」的林德旺，也遺傳了「狂人」被迫害的妄想症。「狂人」夾了幾筷子的蒸魚，吃在嘴裏，滑滑溜溜的，是魚肉

還是人肉？他兜肚連腸的嘔吐起來。而林德旺，這個跨國公司跑龍套的小角色，也一樣處於「吃與被吃」的焦慮中。凡自助餐有肉的菜式，莫不藏著被肢解的人體——頭皮、指甲、脛股、甚至於生殖器……

從魯迅到陳映真，文學中的狂人家族（註⑨）爲數可觀，除「禮教」外，吃人噬人者亦眾。較之《狂人日記》，《萬商帝君》的小說規模與建制都更爲龐大複雜，所指控與諷刺的對象也從「禮教」改爲跨國企業，以及此間的右派與本土派（國民黨、民進黨）。

名義上，台灣民間宗教並無「萬商帝君」，然事實上，財神的信仰卻瀰天蓋地，旣深且廣。

其實，何止市井小民？根本從上到下、不分老中青、無論「反共」或「台獨」，整個島嶼都陷入狂熱的「瑪門事奉」之中。若單純只是「資本主義」便也罷了，偏偏第三世界的經貿發展總是不離殖民境遇，這對社會主義與民族主義的陳映真而言，自然是痛心疾首，情何以堪。

歷史意識強烈的陳映真還穿插了美台斷交的史實，旨在揭露兩者關係的可悲可哀。批美之餘，當然不能錯過惡鄰——日帝。不過在「萬商」雲集的台北某國際性的大飯店，「民族主義這個惡魔的毒牙」（萬商帝君）」應該可以拔除淨盡，嶄新的地球人是跨國的，在「資本」、「財神」的信仰下，異族也可以是一心的。就連「清教徒的中國大陸」（萬商帝君）也必將如烈日下的冰塊，會迅速消失的。

「一個僕人不能侍奉兩個主……你們不能又事奉上帝，又事奉瑪門」（路加福音十六章十三節）。就在《萬商帝君》全民事奉瑪門的拜金熱潮中，陳映真安排了三位宗教女性——林德旺的素香姊姊、他的同事Rita、以及Rita的中學同窗——瓊。三道清流各屬不

同的教派，但無疑都被作者所肯定，即使對「校園團契」型善良
（卻無知）的Rita，也是憫惜多於責備，起碼在「吃人」的跨國公
司，騎著「小天使」機車的Rita會是受害者的唯一安慰。

素香雖是出身本土三界宮的「女童乩」，卻極力主張弟弟接受
西醫的精神治療。顯然陳映眞以「去迷信」在美化她。但她的
「美」又富於神聖性。夏的天光從天窗透露下來，她平靜的臉微微
笑著，一襲暖黃的法衣，顯得披著的長髮格外烏黑，她如歌行板的
低吟——「花草若離了土，就要枯黃」，顯示她除了並不迷信以外
的鄉土智慧。

然而作品中眞正的救贖女神應該是瓊——台北商圈中一束遙遠
的靈光，僅僅出現在屬靈好女孩Rita的記憶裏。

大眼睛捲睫毛高個子的瓊，不僅貌美而已，中學讀柏拉圖，大
學讀《變動社會中的教會》，而後曾休學，並由基督教改宗天主。
畢業後成爲修女，Rita有她離台時的英文贈書——Church and
Asian People，以及最後一次通訊的聖誕卡，來自中南美的玻利維
亞。

「許多世上的苦難，是我們這兒的教會和信徒所完全不能理解
的」，瓊悲感的感慨其實正是陳映眞的心聲，她的宗教抉擇毋寧也
是陳映眞的宗教理想——戰後中南美天主教會的解放神學。

陳映眞因家庭關係，在少年時代首次接觸了聖教會，這份在基
督教派中特別求全教徒道德與行爲完好的信仰經驗，當然影響了陳
映眞的寫作，特別是他早期小說人物強烈而過敏的「罪感」心靈—
—「我的弟弟康雄終於不能赦免他自己吧」（我的弟弟康雄）。

「就神學的觀點來說，精神病有什麼意義呢？」（淒慘無言的
嘴），不獨對「罪」（如少年康雄之於「姦淫」），對於像「精神
病」的這種「苦難」，陳映眞也藉由精神病患的文科大學生與神學
院實習生之對話，顯示了約伯式天問與疑神的精神。

　　然而，苦難是什麼？其意義何在？難道是：其一，「罪」的後果；其二，化妝的「福音」；其三，神的「意志」嗎？

　　陳映真無法釋然於福音派提供的以上三種答案，只有結語爲虛無的幻滅——「但他已然沒有了對新耶路撒冷的盼望了，我的耶路撒冷又在那裏呢？那麼剩下的便似乎只有宿命的毀滅。」（淒慘無言的嘴）

　　〈萬商帝君〉屬於陳氏中期的《華盛頓大樓》系列，基督宗教的影響已從早期神學的玄想落實爲教會教友的人間正義。等到更晚期，亦白色恐怖的政治受難小說——《鈴鐺花》、《山路》、《趙爾平》、《趙南棟》的這一階段，陳映真不再明裏處理基督宗教或宗教人物，而是推出具有宗教獻身情操的女性，如《山路》中的蔡千惠。單就聖美女性的人觀而言，新文學作家群中，似乎只有許地山可與陳映真前後呼應，而許地山正是一位有深厚基督教背景與信仰的學者作家。

　　五十年來的台灣，擁有基督徒身分的作家並不在少數，但像陳映真，在感時憂國的框架下納入基督宗教與神學思想的，卻是難得一見。

　　張系國是陳映真所謂「大陸人」（註⑩）的第二代。

　　也是家庭關係，張氏於中學時代便正式受浸爲浸會信徒，後來因爲教會內部不合，全家改信了天主教（耶穌會）。聖經故事，城隍廟的通俗小說，成爲嗜讀張系國的精神糧食，「說故事」於是也成爲他最重要的小說藝術理念。

　　如果說教會的反智與不義促成了陳映真的出走，那麼屬於張系國的則是大學時代若干學說的刺激與師長的啓發。學之大者如：尼采神死說，沙特反神的存在主義，台大殷海光教授自由主義的教

誨。

因此，儘管張系國的敘述模式，往往不脫言情故事的「演」「說」，然而在相當「通俗」的人物與情節中，還是屢屢表現出張系國的「脫俗」「超凡」與「入神」。科幻作品應比寫實小說更宜於「神祕」思索，但張系國卻在他的長篇政治小說中，也同樣發揮了這方面的心得。

《昨日之怒》（1978）、《棋王》（1978）、《黃河之水》（1979）從某個角度來說，亦堪稱台灣人三部曲。台灣人者，是成長台灣，留學並長留美國的「大陸人」。一個大陸人（張系國本人）視野中的台美種種，三部小說的歷史性格都相當濃厚。《昨日之怒》記錄了美國地區的保釣運動，《棋王》為七十年代經濟起飛電視文化形成的台北，《黃河之水》以黨外人士參選勝利終結，「張生系國」——張系國懷抱史詩企圖在摹寫七十年代的波盪與脈動，小說實則是關心與參與的成果。

《棋王》帶有幾分神祕主義色彩，男主角程凌據作者說，相當成份是他本人的寫照（註⑪），文中夢見的「天國」異象實際也是張系國個人的宗教經驗，靈異不足，但滿懷敬畏之情，這使得蠅蠅苟苟於烟火台北的程凌，其實並不那麼惡俗。《昨日之怒》描寫了海外華人的次文化——查經班，很溫馨，很實惠，又不失真誠的人際關係，但張系國一如陳映真，對這種愛的團體並不以為然。

「吃人」意象的使用牽繫了《萬商帝君》與《狂人日記》的中國新文學血緣，《黃河之水》呢？全篇僅僅在類似楔子或序曲的首頁中，歌吟出海島台灣與大陸中國的一脈相承——黃的水與藍的海都是中國的兒女。

陳映真好奇並關心「大陸人」，在細膩的寫實美學中，陳映真筆下的「大陸人」帶有抒情的氣質，讀來往往令人泫然。相形之下，「大陸人」帶有抒情的氣質，讀來往往令人泫然。相形之下，

「大陸人」張系國筆下的「台灣人」，卻顯得樣板，雖然作者頗有好感，形象也有夠憨樸，生活感則嫌欠缺。而小說中的生活感，往往不離地域或族群文化所形成的某些外在特質，作者避開他可能不易掌握的部份，而努力著墨於這個本土青年的心靈特質，其中不乏校園瑣屑的分數計較，青春旺盛的情欲耽想……，差不多就是一般凡夫俗子，卻又比凡夫俗子多了一點什麼，起碼就比《昨日之怒》的台商陳澤雄多了那麼一點宗教冥想，兩位造型有點相似的本土青年，雖與作者本人所屬海外學人的生活圈不甚接近，卻是張系國的厚望所寄。

以陳澤雄為例，海外保釣運動的一頁歷史，若不是透過他的一趟北美行，便難以在反省間重新建構其意義。這一趟保釣之旅，對單純不失樸厚的陳澤雄而言，無異是一次啟蒙的經驗，故事從小雪到霜降，節氣的擔綱訴說作者一直尋求的人與土地的和諧，台灣這塊土地是屬於像陳澤雄這樣的人物，那些高來高去的哲人學者不能成為大地的主人。

至於詹樹仁，他的宗教心靈在結局時發揮了天啟般的智慧，足以見證作者張系國的樂土嚮往與宗教情懷。南下的詹樹仁無意闖入了陌生的一條巷衖，卻受到辦喜事的主人最真誠的招呼。海防的哨衛與討海的漁人結為親家，天井的一角，爐火正熊熊燃燒，有酒香有笑語，還有人間最單純的信賴、友善與熱絡。詹樹仁由衷致謝與告辭，看著不斷飄上半空的小小火星，心裏忖度著：海一定就在不遠處……。

> 眼前出現一片防風林。他摸索著前進，幾乎為樹根絆倒，潮聲越來越響。他翻過一個小丘，鑽出樹林。狹小的沙灘外面，就是黑色的大海。

> 他屏息望著夜晚的海洋。多少次他夢見這片大海，多少次他憶起那跪在海邊的少年。海潮的聲音，似乎夾雜著嬰兒

的哭聲，他留神傾聽，是誰家的孩子在哭呢？不該聽得見的。但是他清楚聽到嬰兒的哭聲。

他似乎又看到跪在海邊的少年。不，那不是林正吉，那就是他自己。不知何時，他已跪了下來，兩手按在沙地上，手心接觸到潮濕微溫的沙粒，灰黑的海洋在眼前昇起。他聽到自己在説：

——如果有七十七個義人，你還會毀滅這地嗎？

——如果有七個義人，你還會毀滅這地嗎？

——但你必會找到義人，這地不當毀滅！

他極目而視。月亮這時衝破了雲層，潔白無瑕的光芒，灑遍到海洋上，海洋一片銀光閃閃。

他抬起頭來，再度望見那無數顆星辰。（**黃河之水**）

黃河之水奔流入海，海水拍打著美麗島嶼的岸邊，海潮音裏似乎夾雜著嬰孩的哭泣，詹樹仁以少年時代的摯友林正吉總可以在人間喧聲中聽到嬰兒的哭泣，他執意春節的爆竹聲中，分明可夾雜著剛剛出世的孩子啼哭。那時詹樹仁還以爲是這位精神病患摯友的錯覺。但多年後，他自己真的也感受到海潮音裏的嬰啼了。清晰的聲音真實如同手心接觸到的沙粒，潮濕微溫的沙粒，如同遍灑海面的銀色月光；清晰而真實的還有那義人不死、大地不滅的上帝慈愛。

與陳映真解放神學的觀念相較，張系國的義人見證似乎浪漫而近於靈異，實則也許更貼近宗教經驗的真實。然則，果真有嬰兒的哭泣聲嗎？果真有義人嗎？果真有允諾不毀滅大地的上帝嗎？

「狂人」林正吉的感覺何嘗錯誤？人間確實時時刻刻都有誕生的嬰啼，而嬰啼可以見證上帝；上帝的寬容與慈愛。

「狂人」林德旺的感覺何嘗錯誤？資本機器的運作，人確實無刻無處不在支解中，不在被啃食的狀態中。

「狂人」的感覺何嘗錯誤？禮教確實已經食人久矣。

1918年，狂人揭開現代中國文學的新頁，這以後，這日記便不斷被摹寫下來，這多少在意味百年中國的病歷未曾間斷。諸多藥方中，基督宗教不僅未被看好，甚且還是病苦中國的一個肇因。再者，「由於五四運動主要的領導人物均非基督徒，而基督徒知識份子並無參與五四運動行列，但因五四運動而產生之實證主義重於疑古與批判；共產主義，重於無神與唯物；國家主義，重於愛國與排外，故基督教成為攻擊對象事屬必然，至二〇年代所產生的反基督教的運動，更使基督教受到嚴重的考驗。」（註⑫）

同是外來宗教，佛教遠較基督教能普遍深入中土民心與文心，輪迴果報觀解釋了緣命人生；空觀提供了榮名為寶、任重道遠儒家倫理以外的價值抉擇；「不著一字」「無跡可循」的禪境，另闢審美的路徑；不論在認知、價值或審美，佛教均對漢民族的思維產生「質變」的深巨影響。相形之下，基督宗教似乎就是接觸、衝撞，而非融入、接納與改變力量的影響。

關於基督教與中國現代文學，執教美國加州大學的美籍人士路易斯・羅賓遜已於八〇年代，發表了《兩刃之劍》（註⑬）的學術專著。全書分為兩大部分，一是通過「五四」以來的中國小說，一窺中國作家對基督教的反應。

總的來說，自晚清康梁以降，文人學者天真相信文學為國大矣哉——可以救人救國（喚醒民智，醫療沉痾），因此，即使基督宗教曾經有所作用，但也絕不同於西方現代文學因宗教而產生超越國族的人生終極性的追根究底。憂國憂民到了極點，便有流於狹窄愛國主義的危險。

然而「憂國」意識的顛覆卻在戰後台灣新生代的作家中出現，張大春的《四喜憂國》最是一新耳目，基督徒的憂國充滿了喜劇的嘲諷，而不再是以往的危言莊語了。張氏在連載的《撒謊的信徒》

（《聯合文學》，1995，10月號起），對於此間政治領袖的思維模式、內心世界均有大膽的偵探，其中的核心議題就是基督宗教的人心影響。

附註：

①「感時憂國」語出夏志清《中國現代小說史》，附錄二之〈現代中國文學感時憂國的精神〉。該書英文原著於一九七一年由美耶魯大學出版，本文採香港友聯一九七九年之中譯本。「基督宗教」（Christianity），包括了基督教（即通稱之新教或更正教Protestant）與天主教（即舊教Catholic）。

②乃張系國自稱投身保釣期間的寫作，見康來新〈出走檔案──張系國〉（曠野第十三期，1989年一、二月，頁十四～十五）。而楊牧序張氏《香蕉船》一書，亦以「張系國的關心與藝術」稱之。

③70、80年代之交，此間開始展開「台灣文學」名實之爭的論戰。強烈的台灣意識者並不認可五四的台灣影響力，並力持台灣文學──如台灣政治，事實與中國大陸分離的主張。綜合性的討論可參考謝春馨《八○年代「台灣文學」正名論》（中央大學中文所碩士論文，1995）

④陳映真出生竹南，成長台灣，雖心懷大中國，但在鄉土文學論戰之際，扮演鄉土派的理論導師。張系國出生重慶，成長台灣，入籍美國，但台灣始終是他文學中的鄉土，請參〈筆的救贖──張系國的小說見證〉（康來新，台北，宇宙光，1986年12月號）。

⑤陳映真的父親告訴他：「兒子，你要記住：第一，你是神的兒子；第二，你是中國的兒子；第三，你才是我的兒子。」見康來新專訪〈在山路看雲──陳映真的仰望與關懷〉，收入《陳映真的心靈世界》（康來新、彭海瑩合編，台北，曠野，1987）。

⑥見樂蘅軍〈臺靜農先生小說中「我」的影像〉收入氏所著《意志與命運》一書（台北，大安，1992）。

⑦陳映真為此間「統一聯盟」的主要成員。

⑧瑪門爲亞蘭語「金錢」之意，中譯聖經以此音譯。

⑨參見王潤華〈五四小說人物的「狂」和「死」與反傳統主題〉，收入《魯迅小說新論》（台北，三民，1992）。

⑩陳映眞在以許南村爲名所發表的〈試論陳映眞〉一文中，特別表明這份心跡，陳氏筆下的「大陸人」與一般通稱的外省人同義。

⑪見前④〈筆的救贖——張系國的小說見證〉一文。

⑫見李志剛〈五四運動與中國基督敎復興之探討〉一文，收入氏所結集之《基督敎與近代中國文化論文集（二）》（台北，宇宙光出版社，1993）

⑬中譯本由傅光明、梁剛譯，台北，業強出版社，1992。

特約討論

⊙廖咸浩

宗教和政治的議題，在當今台灣社會可謂喧騰一時、方興未艾。康教授以她多年對於文學及宗教的關懷，寫了這篇相當有時代意義的論文。

康教授在文章一開頭說，要揭示另一種被忽略了的真實情況，我們可以預知其發展的潛力，也希望她能繼續發展。據她題目的定義——感時憂國中的基督宗教，而舉張系國及陳映真中的作品為例，是非常貼切的。一方面有省籍平衡的意義，另一方面這兩人的作品同時兼具基督教與感時憂國的特質，且還有另一特色：他們往往透過作品來關懷與他們不同族群的人。

因此，在開始看這篇論文時，我便有一個預測：結論可能會以宗教的普遍性情懷與中國民族主義結合，形成一種對於社會全面性的關愛；另一方面，指出宗教的悲憫，從兩人作品中的狂人行徑，看出救贖的契機。而事實上，康教授並未發展這個議題，而是直接作修正（如其論文的倒數第三段），使得我看到修正性的結論，卻未見其修正過程，顯得發展不夠戲劇性。

從論文中，我們可以看到兩個系譜：一個是狂人系譜；一個是感時憂國的系譜。然而這兩個系譜的關係並未充份建立，也就是說，「感時憂國」可與「民族主義」來大略等同，而「狂人」就是「宗教」（亦即一神宗教），宗教與民族主義間的關係到底是什麼

（一般性的或歷史性的回顧）？另一方面，這兩位作家的民族情懷與宗教關係，似乎也應描述。例如：他們的民族主義是中國的民族主義而不是台灣的民族主義，因此，他們的作品，與一個台灣長老教會教徒寫出的類似作品相較時，可能寫作方式便完全不一樣。為什麼？有一種可能是，他們的民族主義是被當時的教育體制徹底灌輸的意識型態，這種情形下，他們的民族主義與基督宗教的結合變成了一種沒有壓力的現象，基督教搭上這個列車時，大家的情緒是一致對外的，而基督教的普遍情緒才得以展開。因此，對於台灣當時的民族主義情緒的描述成為必要。

另外，對於基督徒少數的型式若要加以描述，那麼加上民族主義情緒時，又會有何種反映、態度？也需要說明。例如：解放神學的發源地，白人與印第安人的關係——信天主教的白人與信天主教的印第安人間的階級關係無法改變，因為宗教對他們形成一種制約；另一方面，信天主教的人與不信天主教的人間，又形成另一種心態。也就是說，宗教與民族主義的結合能形成相當大的殺傷力，從此處我們便能夠較為理解張系國、陳映真作品中兩者的關係，而能讓評論者因著歷史的條件而不斷評價它。（**林秀萍記錄整理**）

組織表

名 譽 會 長：劉兆漢

名譽副會長：鄭光甫・朱建民

會 長：林平和

顧 問：蔡信發・封德屏

總 策 畫：李瑞騰

執 行 長：顏崑陽

執 行 秘 書：林義益・周永荔・蔡芳玲

〈 工作小組 〉

總務組：楊榕鸞（召集人）・李淑萍・林淑幸

場務組：龍亞珍（召集人）・李慈恩・莊宜文

接待組：康來新（召集人）・李慈恩・莊宜文

文宣組：柯明傑（召集人）・向鴻全・吳秀鳳

支援組：楊素芬・孫致文・廖啟宏・許尤美・陳懿文・郭怡君
　　　　朱嘉雯

議程表

【**主辦**】中央大學中文系

【**時間**】84年11月24、25日

【**地點**】桃園中壢・國立中央大學文學院會議廳

11月24日

9：30～10：00　開幕式（主席：林平和）

　　　　　　　　貴賓致詞：劉校長兆漢

　　　　　　　　主題演講：齊邦媛／台灣文學與社會

10：20～12：00　第一場（主席：袁保新）

　　　　　　　　呂正惠／戰後台灣社會與台灣文學（賴澤涵特

　　　　　　　　　　約討論）

　　　　　　　　張堂錡／台灣客家文學中所反映的社會關係

　　　　　　　　　　（羅肇錦特約討論）

13：30～15：10　第二場（主席：章景明）

　　　　　　　　周慶華／同情與批判——八〇年代小說中的街

　　　　　　　　　　頭運動（楊照特約討論）

　　　　　　　　張啟疆／當代台灣小說裏的都市現象（履彊特

　　　　　　　　　　約討論）

15：30～17：10　第三場（主席：金恆杰）

　　　　　　　　康來新／感時憂國中的基督宗教——側讀陳映

　　　　　　　　　　真、張系國的關心文學（馬森特約討

　　　　　　　　　　論）

　　　　　　　　李瑞騰／家的變與不變（陳東榮特約討論）

11月25日

9：00～11：30	第四場（主席：林平和）
	李豐楙／命與罪──六十年代台灣小說中的宗教意識（柯慶明特約討論）
	陳義芝／台灣戰後世代女詩人的兩性觀（何春蕤特約討論）
	林燿德／當代台灣小說中的上班族／企業文化（蔡詩萍特約討論）
11：30～12：00	閉幕式（主席：顏崑陽）
	觀察報告：唐翼明

穿梭台灣文學社會五十年

「台灣文學中的社會」研討會側記

◉向鴻全

由文建會策劃、中央大學中文系主辦的「五十年來台灣文學研討會」系列的第二場——「台灣文學中的社會」研討會已經在十一月底圓滿落幕,會中宣讀論文九篇,並有諸多學者專家參與對話討論,成功地勾勒出台灣從過去到現在所經過的軌跡,給予台灣文學一個新座標。

文學的堅持與追尋

齊邦媛教授為此次會議做一主演講,首先開宗明義地揭示小說中所反映的文學與社會是如魚水般相互交融的關係。小說創作者在不同的時空環境和歷史條件之下,會選擇不同的表現方式呈現所關心的種種議題,不論是最早的農業社會、工商業發展時的都市社會、當今時興的女性社會、或漸漸被遺忘的眷村社會,小說家都會透過作品來達到勸告社會、書寫社會、關懷社會的目的,並同時展現一種對生命尊嚴的肯定,和對人性深刻悲憫的襟抱。文學固然與時俱進,與社會脈絡一起跳動,但是我們無法按圖索驥般地從文學中去尋找社會的影子,是因為文學中更有對價值永恆的堅持和對意

義的追尋，那是小說創作者面對社會瞬息萬變所按下的快門。

族羣／意識形態

　　我們可以從會議流程的設計和論文議題的內在理路中，看到有趣的意義連結。呂正惠教授首先對〈戰後台灣社會與台灣文學〉的議題，以意識形態作爲分期的基點，分別將之劃分成現代文學時期、鄉土文學時期及當代文學現象時期等，並強調其以意識形態的思考來逼顯出文學創作者在意識形態的籠罩下，是如何反應在創作上？其有意無意間呈現出的社會現實又如何？意識形態是關乎時代氛圍和學術風潮的，這樣的研究方法擺脫傳統以作品分析探索小說社會樣貌的方式，而改爲討論社會或文化現象是怎樣支配或影響小說的創作方向，對台灣文學作了一宏觀式的鳥瞰。

　　意識形態應用到文學研究得出成果的基礎上，同樣的我們也在張堂錡先生的〈台灣客家文學中所反映的社會關係〉中，看到文學所反映出的語言或文化意義、族羣意識。在現今高談回歸母語的時候，主張或掘發母語思惟及創作，的確有助於提升族羣意識，並自覺到與自身相關的歷史存在。

都市／鄉村

　　台灣一直被視爲經濟奇蹟下的新興地區，因爲工商業發展和成功轉型爲開發中國家，也爲人所津津樂道。但對於整個社會和文化體制來說，這轉型中所引發的必然陣痛、或者發展中不規律的軌跡，明顯地爲台灣社會投下了識別的信號彈。周慶華先生即以〈同情與批判——八〇年代小說中的街頭活動〉，來試圖勾勒台灣在邁向開放社會的歷程中，所產生的諸多社會街頭運動的原像，以及文學家或評論家又是以何種敍事型態來關懷或安置於作品；而後楊照先生除了質疑本篇論文的標準和篩取作家作品的方向外，更以「蝴

蒐蒐集法」這種以分類和歸納普遍意義的文化研究方法，在意義還原，或者顧慮到普同性而疏於獨特性的可能會有所侷限，來作一些方法學上的反省和思考。

張啟疆先生的〈當代台灣小說裏的都市現象〉，主要探討的是城市中發展出來的新興文類──「都市小說」，並以小說中的「勞資對抗」，和「城鄉差距」做為討論重心，通過辨證過程和文學歷時性的輪軌，到了世紀末的今天，甚或將來，都市／鄉村的平面式的差異認知可能會遭到顛覆，而立體的、空間的，甚至是去空間的城／鄉關係則正悄悄建立著。

另外，林燿德先生以〈當代台灣小說中的上班族／企業文化〉為題，來展現台灣在資本主義的社會中，上班族階層如何看待其身處的環境，或者企業文化又如何地像一隻大怪獸般呈現許多奇形異貌；同時，這篇論文也為我們重新發現被大家所忽略的作家及其作品。

宗教／社會政治

馬克思說「宗教是人民的鴉片」，而今宗教是社會集體良知的再現，它修補著社會上許多不幸和不義，成為超國家機器的另一結構中心。

宗教不僅是人類普遍情感和怖懼的根源、道德的可能底據，也是獲得救贖的法門。因此康來新教授的〈感時憂國中的基督宗教──側讀陳映真、張系國的關心文學〉也就是通過文學家「感時憂國」（即大中國情懷）的關懷，探究作家面對基督教這種本質上與此文化心理矛盾的態度及所採取的寫作策略。李豐楙教授的〈命與罪──六十年代台灣小說中的宗教意識〉，則採中性的宗教意義，不涉及特定的宗教思想或術語，就命運、罪罰、死亡三個面向去探討台灣六十年代小說所反映的普世性的宗教情懷。因近來關於

「死亡學」的討論正方興未艾，故柯慶明教授也特別指出「死亡在某個意義來說，也是一種原罪」來進行對話。

家庭／女性主義

不論從傳統的數代同堂，或者折衷式家庭，到現在流行的核心家庭；或者過去父權式的男性沙文主義，到現在衆聲喧嘩的女性聲音，都顯示了舊結構不斷被瓦解、質疑，新的秩序也正在重建中。李瑞騰教授的〈家的變與不變〉在這種情況下，也試圖探尋「家」的意義從傳統到現代的遞嬗，嘗試爲小說中的家庭觀念找到合理的時代解釋，或者不同的「回家的方式」，而畢竟新的「家變」，如出走、移民等，都只是外在形式的改變而已，其中當有「不變」的想望和期待。

陳義芝先生的〈台灣戰後世代女詩人的兩性觀〉，討論了傳統女性的形象和心理狀態，進而從戰後女詩人的作品找尋其成長和進步的足跡，從詩的語言到意象的運用，可以看出女性詩人努力的方向，而不只是攀附流行女性主義的驥尾而已。何春蕤教授則提出「詩是否具有知識階層的屬性」，和「女性詩人原本就有不平的處境」來補充女詩人變聲的焦慮以及仍有許多議題尚未開發探觸的原因。

說「反映」太沈重

在會議的最後，唐翼明先生提出的觀察報告中，特別討論到文學中所反映的社會的眞實性如何，或者文學與社會是如何的相互呈現及受意識形態影響的問題。但不論是如林燿德先生所謂「現實是文本生產出來的」，或是如柯慶明教授所謂「閱聽大衆所得的眞實都是透過媒體得知，尚未經過文本化的」，或何春蕤教授所云「所有事件都在論述中被塑造」，似乎說文學「反映」社會現實是太沈

重了些，而顏崑陽教授所說，其實「我們都在解釋台灣這個社會」則不啻是減輕作家和作品上的十字架。文學創作者所有努力的方向，是爲了展現更多的可能和適切的關懷，一如此次會議的宗旨般。

編後記

⊙封德屏

　　當「台灣現代詩史研討會」激起的熱潮尚未消退，論詩、談史的聲浪仍在空氣中迴盪，我們又著手準備參與「五十年來台灣文學研討會」的系列活動。

　　爲了凝聚焦點，也爲了開宗明義地探索問題，在台灣光復五十周年的當天，由《文訊》雜誌承辦的〈面對台灣文學〉座談會，在台灣師範大學的國際會議廳舉行。與會學者、作家、學生及社會人士，把原本只能容納一百五十人的會場，擠到近三百人，窗戶外，走廊上，站滿了「旁聽」的學生，而會場內更是激辯熱烈，討論不休。爲整個系列活動，揭開了一個活潑熱鬧的序幕。

　　第二場的〈台灣文學中的社會研討會〉由中央大學主辦，第三場〈台灣文學發展現象研討會〉由靜宜大學主辦，第四場〈台灣文學出版〉又回到台北由文訊雜誌社主辦，參與的情況及一般反應都相當熱烈。

　　當一切絢爛歸於平靜時，我們所惦記的是論文集的編印。經過編輯及匯整，我們將論文集分成三冊，除會議中發表之論文或引言外，也希望加上專題演講、特約討論，以及會場側記、相關會議資料等。因論文篇數衆多，會後的修正也不少，特約討論部分也經細心整理。但因時間關係，除有疑問處分別請敎外，不及一一給作者過目。此外，由靜宜大學中文系主辦之〈台灣文學發展現象研討

會〉，因錄音問題，無法整理，所以論文集只收論文。其次，爲顧及論文性質之考量，與原會議論文發表之順序略有不同，也特此說明。

　　看稿、校對、檢核資料、編排、設計，所有與編輯事務相關之工作，無一不需要細心與耐心。四場活動整編出一套三本的論文集，計八百頁，近五十萬字，《文訊》同仁在日常編輯工作及社務之外，用極少的人力，發揮了最大的工作效率，完成了《五十年來台灣文學研討會論文集》的編輯與出版工作，這一點一滴的記錄及成果，也必將是台灣文學發展過程中珍貴的資產。

台灣文學中的社會
——五十年來台灣文學研討會論文集(一)

發 行 人／林澄枝

出 版 者／行政院文化建設委員會

地　　址／台北市愛國東路102號

電　　話／（02）351－8030

企　　畫／李瑞騰

主　　編／封德屏

編　　輯／高惠琳・湯芝萱

辦理單位／文訊雜誌社

地　　址／台北市復興南路一段127號三樓

電　　話／（02）7711171・7412364

印　　刷／松霖彩色印刷公司

　　　　／台北縣中和市連城路222巷2弄3號

　　　　電話：（02）2405000

定價／480元

初版／中華民國85年6月初版

◎一套三冊合購優待價1000元正

國家圖書館出版品預行編目資料

臺灣文學中的社會：五十年來臺灣文學研討會論
　文集（一）／封德屏主編・--初版・--臺北市
　：文建會，民 85
　　面；　　公分
　ISBN　957-00-7640-2　（平裝）

　1. 臺灣文學 - 歷史與批評 - 論文,講詞等

820.908　　　　　　　　　　　　85006640